箱入り王女の災難

魔術と騎士と黒猫の序曲

三川みり

19212

角川ビーンズ文庫

Misadventures of The Innocent Princess

イラスト／あき
イザーク・シュルツ
貴族専用の監獄・ロートタール砦を警備する騎士団長。
職務柄「地獄の番犬」と呼ばれ、周囲から不吉の象徴として扱われる。
フレデリカ・アップフェルバウム
エーデルクライン王国の王女。美少女だが、不気味なものを愛好する隠れ根暗姫。落馬事故に遭い、召し使いグレーテルの体に入り込んでしまう。
本来の姿

ユリウス・グロスハイム

王族の姻戚グロスハイム公爵家の長男。剣の腕も容姿も完璧だが、天真爛漫すぎるのが玉にキズ。

グレーテル・コール

王城で台所番として働いていたが、落馬事故に巻きこまれ、フレデリカの魂が体に入り込んでしまう。

箱入り王女の災難

Misadventures of
The Innocent Princess

魔術と騎士と黒猫の序曲

Characters

本文イラスト／あき

序章　秘密

あの子は、自分が孤独《こどく》だということに気がつかないほどに、孤独だった。

だからいつも、にこにこ笑ってた。

「あんたとわたしは姉妹《しまい》なの。生まれてすぐに引き離《はな》された、双子《ふたご》の姉妹よ。わたしのことは誰《だれ》にも言っちゃ駄目《だめ》。だってまた、引き離されてしまうもの」

「うん。誰にも言わない。約束する。誓《ちか》う」

黒髪《くろかみ》で黒い瞳《ひとみ》をした小さな女の子と、金の髪をした天使のような容貌《ようぼう》の小さな女の子。二人は、バラの生け垣《がき》に囲まれた芝生《しばふ》の上に隠《かく》れるように座りこみ、互《たが》いの目を見つめていた。

金の髪をした女の子――フレデリカは真剣《しんけん》だった。黒髪の女の子の言葉を受けて生真面目《きまじめ》に頷《うなず》き、厳《おごそ》かに誓った。すると黒髪の女の子は、

「じゃあ、仲良しの印にこれをあげる」

と、あるものをぬっと突《つ》き出した。

「ひぃっ!?」

フレデリカはのけぞった。目の前に突き出されたのは、えらく不気味な人形だったのだ。異様に大きな頭に、しなびた赤い木の実の目玉。目玉の周囲にはギザギザの睫《まつげ》が刺繍《ししゅう》されているが、あまりにも不揃《ふぞろ》いなので、しなびた目玉が爛々《らんらん》と輝《かがや》いているように見える。剛毛《ごうもう》と呼ぶべき、植物の繊維《せんい》をほぐして作った髪の毛。首と手足は奇妙《きみょう》に細く、関節がぶらぶらで、あらぬ方向へ、くたくたと曲がる。

「可愛《かわい》いでしょう？　抱《だ》っこして」

笑顔《えがお》で要求され、フレデリカは恐《おそ》る恐る手を伸《の》ばし、女の子から人形を受け取った。

その瞬間《しゅんかん》、首がかくりっ！　と、背中側に折れた。

「ひゃあああ！」

その突拍子《とっぴょうし》もない動きに人形を放《ほう》り出す。人形は芝生の上に落ちた。首が背中側に折れ、手足は、人体にはありえない方向にねじれているという奇《き》っ怪《かい》な有様。

「こんなに可愛いのに。放り出すなんて可哀相《かわいそう》よ。フレデリカはこの子、嫌《きら》い？」

黒髪の女の子は放り出された人形を抱き上げ、折れた首を元の位置に戻《もど》す。哀《かな》しげに、愛《いと》しげに、彼女は人形を撫《な》でる。よしよしと撫で続ける。

その様子を前にして、ふとフレデリカは冷静になった。彼女が抱いていると、その不気味な人形が、さほど不気味ではない気がしてくる。

いや、不気味なことは不気味なのだが、その不気味さが愛嬌《あいきょう》に思えてくる。

「……もう一度、抱っこさせて」

フレデリカがおずおずと申し出ると、黒髪の女の子は驚《おどろ》いたように目を丸くした。そして自分が抱っこしろと要求していたにもかかわらず、すこし戸惑《とまど》った表情で人形を差し出す。

「いいよ。どうぞ」

そろりと受け取り、抱いてみる。赤くしなびた目玉が、ぴくぴく振動《しんどう》する。

(気味が悪い、……かもしれない。けれどなんとなく愛嬌がある、……かもしれない)

いや、

(愛嬌がある!!!)

と、この時フレデリカは、うっかり思いこんでしまった。

「可愛い！」

瞳を輝かせて黒髪の女の子を見やると、彼女は、大切なものをみつけたように微笑《ほほえ》んでいた。

「それ、そら豆人形っていうの。可愛がって」

「うん！」

フレデリカは、そら豆人形を力一杯《ちからいっぱい》抱きしめた。

その日からそら豆人形は、フレデリカの一番大切な友だちになった。

あれから十一年。

フレデリカは輝くばかりに美しい十六歳の少女になった。

彼女はエーデルクライン王国国王の唯一《ゆいいつ》の嫡子《ちゃくし》。王位継承《けいしょう》権第一位の王女で、将来女王となり国を統治することを運命づけられていた。

フレデリカ王女殿下《でんか》は、優雅《ゆうが》で可憐《かれん》で、賢《かしこ》く、美しい。エーデルクラインの宝石と称《しょう》される美少女。

しかしフレデリカ王女は十六歳のある日、落馬事故であえなく死ぬ——。————。

そして————彼女の、王女としての本当の人生は、そこから始まることとなる。

一章　フレデリカとグレーテル

初夏。花の盛りのこの季節、バラ園をそぞろ歩く人は多い。その人々の視線は今、一人の少女に引き寄せられていた。

「なんて、美しい。まさにエーデルクライン王国の宝石だ」

「天使が舞《ま》い降りたようだ」

誰もが、ため息のような賛辞をもらす。

ミルクにお日様の光を溶《と》かしたような艶《つや》やかな金髪《きんぱつ》に、春の晴れた空に似た澄《す》んだ瞳。白磁を思わせる肌《はだ》と、野バラのように慎《つつ》ましやかな薄紅《うすべに》の唇《くちびる》。天使と評されるその容姿には、瞳の色と合わせた、薄青色《うすあお》の絹のドレスがよく似合っていた。パニエでふんわり広げられたドレスの裾《すそ》には、彼女の繊細《せんさい》な印象そのままの、精緻《せいち》なレースが幾重《いくえ》にも重ねられている。

咲《さ》き誇《ほこ》るバラの花にも劣《おと》らない、十六歳。

彼女こそエーデルクライン国王の唯一の子供で、王位継承権第一位の王女、フレデリカだ。

広大な敷地《しきち》を誇るリリエンシルト宮殿《きゅうでん》は、三百年王国と呼ばれるエーデルクライン王国国王が住む宮殿だ。王の居住宮殿である「王宮」を中心に、「太陽宮」「月宮」「守護宮」など、建国の伝説に基《もと》づいて名づけられた七つの宮殿で構成されている。

敷地の最も北側に位置するのは「天使宮」だった。天使宮は、フレデリカ王女が主《あるじ》をつとめる宮殿。その裏手には、貴族たちの交流の場として整えられたバラ園が広がる。

胸が甘く騒《さわ》ぐような、かぐわしい香《かお》りが満ちるそのバラ園を、フレデリカ王女は教育係の公《こう》爵《しゃく》夫人と侍《じ》女《じょ》を数人従え、白大理石の四阿《あずまや》に向かっていた。

四阿の下では、柔和《にゅうわ》な笑顔のエーデルクライン国王ハインツとその王妃《おうひ》ヘレネが、貴族たちの挨拶《あいさつ》を受けている。普段《ふだん》なら王宮内で行われるはずの朝の謁見《えっけん》だった。しかし今日は侍従《じじゅう》たちが趣向《しゅこう》を変え、バラ園での謁見という気のきいた演出をしてみせたようだった。

「国王陛下。お母様。朝のご挨拶に伺《うかが》いました。ご機嫌麗《きげんうるわ》しいご様子、お喜び申し上げます」

フレデリカ王女は四阿の手前で立ち止まり、ドレスを摘《つま》んでお辞儀《じぎ》した。

国王は満足げに微笑む。

「フレデリカ。ちゃんと勉強はしているかい？　いい子にしているかい？」

「はい」

顔をあげたフレデリカ王女が微笑むと、国王もつられるように笑みを深くする。隣《となり》に立つ王妃も、柔《やわ》らかな優《やさ》しい表情だ。

「いい子ね、フレデリカ。しっかり励《はげ》むのよ」

フレデリカ王女の頬《ほお》が、嬉《うれ》しさでほんのりと染まる。その従順な様子に満足げに頷いた国王だったが、何か思い出したらしい表情になる。

「そうだ、ついでに言っておこう。フレデリカ。今夜、晩餐《ばんさん》を共にする予定だったが、急な公務が入った。晩餐はまたの機会になる」

フレデリカ王女の顔に、さっと哀しげな色が走る。

「けれど陛下。晩餐は二ヶ月前からの……」

「殿下」

背後から教育係の公爵夫人が、ひそめた声で鋭《するど》く叱責《しっせき》した。フレデリカ王女は慌《あわ》てて、

「わかりました。つつがなく、陛下がお務めを果たされることを祈《いの》っております」

と笑顔を作り、今一度深くお辞儀をする。

国王の傍《かたわ》らにいた侍従が、「もう、あなた様の時間は終わりです」というようにフレデリカ王女に目配《めくば》せした。それを察したらしい王女は、名残惜《なごりお》しそうな素振《そぶ》りは見せたものの、「では、また明日《あした》お目にかかりたく存じます」と告げ、国王と王妃の前を辞した。

バラ園を天使宮の方へ戻る途中《とちゅう》、幾人《いくにん》かが「お茶でもご一緒《いっしょ》しませんか」「お散歩に行きませんか」と、フレデリカ王女に誘《さそ》いかけた。だが王女は、「ごめんなさい。経済学の教授が来ていますから」と断って、天使宮へ向かう足を止めない。

しかしそんな王女にするすると近づき、まるで近親者のように、砕《くだ》けた笑顔で声をかけた中年の伯爵《はくしゃく》がいた。

「殿下。オレリアンのお菓子《かし》が手に入りましたので、またお届けいたしましょうか?」

「あなたは確か……?」

妙《みょう》に親しげな伯爵の様子に、王女は小首を傾《かし》げつつ足を止めた。

「ケルナーでございます、殿下。ヘレネ王妃様のご出身、ザイツ侯爵《こうしゃく》家の縁戚《えんせき》でございます」

「あっ、あのケルナー伯爵ですね。時折、国外の珍《めずら》しいお菓子など届けてくださる。ありがとうございます、いつも」

フレデリカ王女への贈《おく》り物は、日々途切《とぎ》れることはない。いちいち覚えきれるものではない。しかしそれが王女の興味を引く珍しいお菓子であれば、記憶に残るらしい。王女の顔に、素《す》直《なお》な笑《え》みがあふれる。

「殿下。もしよろしければ、これからお茶を」

慇懃《いんぎん》に腰《こし》を折ると、伯爵は王女の手を取ろうとする。しかし教育係の公爵夫人がさっと間に割り込み、それを阻止《そし》した。教育係が目配せすると、王女は申し訳なさそうに首を振《ふ》る。

「経済学の教授が来ております。ごめんなさい。またいずれ。ごきげんよう、ケルナー伯爵」

そう言うと王女は、天使宮の中に消えた。ケルナー伯爵は残念そうに肩《かた》をすくめた。

王女は立場上、特定の者と親しくすることを良しとされないのだ。王女に近づこうとする者たちは、ことごとく教育係に追い散らされる。

しばらくすると、謁見を終えた国王と王妃がバラ園を去った。しかしその後も、かなりの人数がバラ園を散策していた。彼らの目当てはフレデリカ王女だった。

フレデリカ王女の姿は普段、国王主催《しゅさい》の舞踏《ぶとう》会くらいでしか目にすることができない。その他の機会となると、宮殿の公式行事を待つか、こうやって彼女が主を務める天使宮のバラ園をうろつき、彼女が気まぐれにバルコニーに出てくるのを待つしかない。

太陽が高くなり木の影《かげ》が短くなる頃《ころ》に、フレデリカ王女が二階のバルコニーに現れた。待ちわびていた者たちの視線は、天使のような美少女に釘《くぎ》付けになる。

未練がましくバラ園に残っていたケルナー伯爵も、バルコニーを見あげていた。

「あら、殿下は何をされていらっしゃるのかしら」

ケルナー伯爵の近くにいた貴婦人が、小首を傾げて問う。

フレデリカ王女は華奢《きゃしゃ》なオペラグラスで、バラ園の向こう側を熱心に見つめていた。

「あれは小鳥の観察をなさっておいでなのだ。殿下は、花や小鳥など、美しく愛らしいものを、ことにお好みなのだ。まさに天使のごときお心延《こころば》えでね」

「よく御存《ごぞん》じですこと。ケルナー伯爵」

「わたしは殿下を、心からお可愛《かわい》らしいと思っているからね。愛していると言ってもよい」

冗談《じょうだん》めかして声をひそめたケルナー伯爵に、貴婦人は声を出して笑った。

「まあ、めったに会話すらできない殿下をそこまで熱烈《ねつれつ》に？　でもお気持ちもわかりますわよ。わたくしも、あのお美しい殿下と、せめてお茶をご一緒してみたいですもの」

「あれは！」

オペラグラスでバラ園の外周通路を観察し、エーデルクライン王国王女フレデリカは、息を呑《の》む。むさぼるようにオペラグラス越《ご》しに見えるものを凝視《ぎょうし》し、視線で追いかける。

「あれは地獄《じごく》の番犬！　初めて目にする。なんて怖《こわ》いの。ああ、……嬉しい。どきどきする！」

オペラグラス越しに見えているのは、小鳥ではなかった。

彼女が追跡《ついせき》していたのは、バラ園の外周通路をずかずか歩く、なんとなく不吉《ふきつ》なオーラを纏《まと》った、黒い騎士《きし》団の軍服を身につけた青年だった。彼の軍服が金モールで飾《かざ》られているのは、騎士団長の証《あかし》だ。腰にはサーベルと一緒に、騎士団には珍しく拳銃《けんじゅう》を下げている。

黒い軍服は第三騎士団のものだ。

第三騎士団は、貴族専用の監獄《かんごく》、ロートタール監獄を警備するために存在する騎士団。

ロートタール監獄は、反逆や横領、殺人など、重犯罪をおかした貴族が収監《しゅうかん》される。ここに収監されて、再び外へ出た者はいない。ロートタール監獄に収監されることは、死を意味した。

勢い、そこを警備する最高責任者たる第三騎士団長の姿を五歩圏内《けんない》で見る事があれば、それは死刑《しけい》宣告を受けたのと同じと、貴族たちは恐《おそ》れた。

第三騎士団長は地獄の番犬と呼ばれ、黒猫《くろねこ》以上の不吉の象徴《しょうちょう》扱《あつか》いされている。

しかし現在第三騎士団長を務める青年は、不気味な存在感とは裏腹に、冷たく整った容姿をしている。剣《つるぎ》の輝《かがや》きのような銀の髪《かみ》に、夜明けの空のような、薄紫《うすむらさき》の瞳《ひとみ》が印象的だ。

(不吉感満点なのに美しいなんて、素敵《すてき》。あの容姿から察するに、慇懃に冷淡《れいたん》にしゃべるんだろうな。彼の名前は確か、イザーク・シュルツよね)

地獄の番犬の名前は、ずっと前に、しっかりひっそりと調査済みだった。

不吉で美しい、不気味で可愛い、怖いのにふざけている。そんな相反する性質をあわせもつものは、フレデリカの最も好みの存在だった。

「殿下《でんか》。課題は終えられたようですね」

経済学の老教授が部屋に入ってきた。そして机の上に置かれた課題を手に取り、眼鏡越しに確認《かくにん》しはじめたので、フレデリカはオペラグラスから目を離《はな》し、慌てて室内へ戻《もど》った。

「よろしいでしょう。良く、出来ておられる。今日はここまでに致《いた》しましょう」

老教授が本をまとめるのを待っていると、ふと、先ほどバラ園で出会ったケルナー伯爵のことを思い出した。

時折、国外の珍しいお菓子がフレデリカの手元に届けられるのは記憶に残っていたが、それがあの、母王妃の縁戚であるケルナー伯爵からだと、顔と名前が一致《いっち》していなかった。

時々顔を合わせるだけの人なので、強い印象はない。どこかの親切なおじ様、といった感じだ。そのケルナー伯爵が、今日はオレリアンのお菓子を届けると言っていた。

（オレリアン……）

近頃《ちかごろ》、侍女《じじょ》たちの会話に出てくる不穏《ふおん》な噂《うわさ》がある。そのことについて詳《くわ》しく訊《き》きたいと思っても、フレデリカがその話題に興味を示すと侍女たちは、「わたくしどもも、詳しくは知りませんので」と及《およ》び腰《ごし》になる話題。その噂は、フレデリカを不安にさせた。

「先生。オレリアンで市民革命が勃発《ぼっぱつ》したというのは、本当ですか？」

オレリアンは、大陸西方にある大国だ。老教授は微笑して顔をあげた。

「ちょっとした一揆《いっき》のようなものだと聞いております。それが王都で起こったので、大げさな噂になっているのですよ」

「ただの噂だとしても、そんな噂が流れる程度に、不穏な気配が大陸には蔓延《まんえん》しているのでしょうか。もし大陸の情勢が不安定だとしたら、エーデルクラインはこれからどのように……」

「殿下。殿下はまず、ご勉学にのみ集中してください」

咎《とが》める口調で老教授に言われ、フレデリカは口を噤《つぐ》む。

「国内政治、外交。その他のあらゆることは、国王陛下の支配の下《もと》にあります。陛下のお考えがあります。そのことについてあれこれと口にするのは、感心いたしません」

「出過ぎた真似《まね》、ですね」

『王位継承者《けいしょう》であろうとも従順であれ』というのが、エーデルクラインの王家の教えだった。

王以外の者をのさばらせないための、徹底《てってい》した教えだ。

王女は女王となるまでは、硬《かた》い殻《から》に閉じこめられているようなものだ。けして出しゃばらず、しかし厳しく教養をたたき込まれ、躾《しつ》けられ、いずれ来る王となる日を待つ。

「ごめんなさい。余計な事は考えません。ありがとうございます。ご教授、感謝いたします」

老教授は「わかればよろしいのです」と言い、部屋を出ていった。

老教授を見送り机の上の時計に目をやると、予定よりずっと早く勉強が終わっている。途端《とたん》に、フレデリカの心は明るくなった。

勉強時間と決められている間は、教育係の公爵《こうしやく》夫人も侍女も、フレデリカの部屋に入らないので、余った時間は自由に使える。人目のない時間は貴重だ。

ネックレスにして、肌身《はだみ》離《はな》さず持ち歩いている鍵《かぎ》を胸元《むなもと》から引っ張り出すと、嬉《うれ》しげに握《にぎ》りしめて寝室《しんしつ》に向かった。明るい光が射《さ》しこむ寝室の中で、小ぶりな衣装箪笥《だんす》が部屋の隅《すみ》に一棹《さお》、ひっそりと佇《たたず》んでいた。この衣装箪笥だけは、侍女にも触《さわ》ることを禁じている。

衣装箪笥の扉《とびら》の鍵穴に、握りしめていた鍵を差しこむ。扉を開く。

「放《ほう》っておいてごめんね、そら豆たち」

天使の微笑みでフレデリカが眺《なが》めるのは、箪笥の中にぎっしりと詰《つ》め込まれたそら豆人形だ。その数、大小とり混ぜて五十体。薄暗《うすぐら》い箪笥の中に、巨大《きょだい》な頭としなびた赤い目玉の人形がみっちり並ぶ様は、飛び退《の》きたくなるほどの衝撃《しょうげき》と迫力《はくりょく》。

その中の一体をいそいそ取り出し、ベッドの上へ持ち込む。本来、刺繍《ししゅう》に使うための裁縫《さいほう》道具も持ち込み、脳漿《のうしょう》がはみ出したように見えないこともない、頭から藁《わら》が飛び出たそら豆人形の顔を繕《つくろ》いはじめる。

「このでろっとした残念感漂《ただよ》う姿……可愛《かわい》い！　極上《ごくじょう》の、ふざけた悪夢みたい」

独自の審美眼《しんびがん》を発揮し、愛《いと》しさにうち震《ふる》えた。

それはフレデリカが初めて手にしたそら豆人形で、ある少女がくれたものだった。

フレデリカが五歳の時、天使宮のバラ園に、時折姿を見せる同い年くらいの少女がいた。身なりからして、宮殿《きゅうでん》で働く召《め》し使《つか》いの子供のようだった。

その子はフレデリカに、自分はフレデリカの双子《ふたご》の姉妹《しまい》なのだと打ちあけた。生まれた時に引き離され、自分は召し使いの子供として育ったというのだ。

その告白は今思えば、子供のついた他愛《たわい》ない嘘《うそ》だったとわかる。だがその時は嬉しかった。

肉親というものの存在が、フレデリカにとっては遠い。

生まれた時から、フレデリカは両親とは別の宮殿で育てられた。両親に会えるのは、毎朝のご挨拶《あいさつ》をするために、王と王妃《おうひ》の私室へ行くほんの一時だけだった。

叔父《おじ》や従兄弟《いとこ》たちもいたが、彼らは節度をもって国王や王妃に接するので、自然とフレデリカにも他人行儀《たにんぎょうぎ》だった。

ケルナー伯爵《はくしゃく》のように、親切に声をかけてくれる人たちはたくさんいる。しかし結局、その人たちの誰《だれ》とも親しく話したことはない。王女が特定の者と親しくなるのは、公平さを欠く恐れがあるために、立場上望ましくないからだ。

「あの子は今、どこにいるのかしら」

ある日突然《とつぜん》ぱたりと姿を見せなくなって、それきりだ。だから彼女の置き土産《みやげ》のそら豆人形を彼女の代わりにして、話しかけ、抱《だ》きしめ、共に眠《ねむ》った。

しかし実は、そら豆人形は、エーデルクライン王国の三大不気味民芸品の一つに数えられる人形。魔除《まよ》けの一種だが、魔除けにしても気味悪すぎて好まれない。

世間的には不気味なのだと認識しながらも、自分的には可愛すぎて、手放せなかった。

結局フレデリカは、そら豆人形に偏愛《へんあい》を捧《ささ》げていることをひた隠《かく》しにして成長した。

そして困った事に、そら豆人形の不気味可愛さに心酔《しんすい》すると、それに近い雰囲気《ふんいき》を醸《かも》しだすものに愛着と安らぎを感じるという、奇妙《きみょう》な習性が芽生えていた。

好きな生物は、瞳がらんらんと輝く黒猫。

好きな本は、怖すぎて発禁処分ぎりぎりと言われた『神聖聖教と大陸の暗部』と題する、虚《きょ》構《こう》だかそうでないかよくわからない、実は作者も誰かよくわからないという、怪奇《かいき》書。

エーデルクライン建国の英雄《えいゆう》に仕えた『六人の天使と一人の悪魔《あくま》』という伝説にも興味をひかれ、古文書もあさった。無論、調べたのは六人の天使のことではなく、一人の悪魔に関係することばかり。その悪魔とは、湖水地方に実在した大魔術師《だいまじゅつし》だという説があり、そこからさらに興味を広げ、魔術師のあれこれまで調べてしまった。

不吉《ふきつ》で美しく、不気味で可愛く、怖《こわ》くてふざけているもの。そんなものが好きだ。残念ながら、大好きだ。そして正直、悪趣味《あくしゅみ》だ。可憐《かれん》な王女の趣味としては、絶対公表出来ない。

（それでもわたしは、王女らしくあらねばならない）

気弱で、社交が苦手で、地味で大人しい自分の生来の性質は自覚している。その本来の自分では、将来、王としてやっていけないのはわかっている。

だから、華《はな》やかなエーデルクラインの宝石を演じているのだ。

王にふさわしい教養と思考力を身につけるために、勉強ばかりしているのだ。自分はけして秀才《しゅうさい》でないから、勉強しなくては理解が及ばないことばかりだった。

本来の自分をひた隠し、全《すべ》ての人々を欺《あざむ》いている。だからだろう。彼女のことを誰もが天使や、宝石に喩《たと》えるのは、美貌《びぼう》のためだけではないはず。周囲の人々の目に映る自分は、人としての実感が伴《ともな》わないほどに空々しい虚像《きょぞう》なのだ。

けれど虚像であるべきだ。

将来国を背負う者の責任は重い。それは得体のしれない、とてつもなく大切で、けして取りこぼしてはいけない大きな影《かげ》を背負わされるような不気味さと不安がある。

だが王位継承権を放棄《ほうき》し、他《ほか》の誰かに押しつけることは卑怯《ひきょう》で無責任だ。

自分の資質が支配者に向いていないなら、人々が望む王になれるように、自分の全てを殺して虚像を演じる。それは後ろめたいし、窮屈《きゅうくつ》だし、息苦しい。しかしそうであろうとも、虚像であるべきなのだ。それが責任だ。

（でも……将来大きな責任を負うわたしが、毎日これでいいの？）

それは常々感じることだった。いずれ大きな責任を負うはずの自分の立場であれば、もっとなにか、するべきことがある。そんな気がしてならないのだ。

抱《いだ》き続けている疑問を、父である国王に訊いてみたかった。けれど国王も王妃も忙《いそが》しく、まとまった時間会えることが、ほとんどない。

だから晩餐《ばんさん》を一緒《いっしょ》にする機会でもあればと考え、国王の侍従《じじゅう》に申し入れをした。やっと二ヶ月前、晩餐の予定を組んだと知らせを受けて喜んだ。今日がその日だった。しかし私的な晩餐など、最も後回しにされる部類の予定だ。簡単に流されてしまったらしい。

幼い頃《ころ》から、フレデリカにとって両親は遠い存在だ。慕《した》わしくても、遠くから眺めるだけ。微笑みかけられると有頂天《うちょうてん》になれるが、ずっと側《そば》にいてくれる存在ではない。

それを思うと心にすきま風《ふ》が吹いたような気がしたので、慌《あわ》ててそら豆人形を抱きしめた。こんな気持ちに向き合ってしまったら面倒《めんどう》なことになるのを、幼い頃からの経験で知っていた。

「フレデリカ！」

突然、居間の方から明朗な青年の声がした。

ぎょっとした。この声の主には、遠慮《えんりょ》や配慮は一切《いっさい》ない。

ベッドを飛び降り、開かずの箪笥に向かって一直線に駆《か》けるが、ドレスの裾《すそ》を踏《ふ》んで体ごと箪笥の中に突《つ》っこんだ。そら豆人形がばらばらと頭から降ってくるが、

「ごめんね！　ごめん！　あとで、あとできちんとしてあげるから！」

小声で謝りながら、頭の上に載《の》るそら豆人形たちを箪笥の中に押し戻《もど》す。ついでに手にしていたそら豆人形も押しこむと、無理矢理《むりやり》に箪笥を閉めて鍵をかけた。

「フレデリカ！　やあ、こんなところにいたの！　可愛いフレデリカ」

間一髪《かんいっぱつ》、寝室の扉が開く。朗《ほが》らかな笑顔《えがお》で扉を開き、大げさに両手を広げてみせたのは、背中にバラの花を背負っているような派手な雰囲気の青年だった。

はーはー息を乱しながらふり返り、フレデリカは引きつった笑顔で応《こた》える。

「ユリウス・グロスハイム。なぜいつも、ノックもせずに寝室に入るの？　不躾《ぶしつけ》ではない？」

と、とりあえず淑女《しゅくじょ》らしいことを言ってみたつもりだった。

「……ブシツケ……って？」

「それ美味《おい》しいの？」と訊《き》きそうな顔で、青年は首を傾《かし》げる。頭の上に、ひよひよとヒヨコが飛んだのが見えた気がした。淑女の苦情は、通じないらしい。

「……。ええっと、無礼ではないの？　という意味だけど」

「そういう意味か。無礼であれば謝罪するよ！　愛するフレデリカ。とりあえず結婚《けっこん》しよう」

「結婚はしません」

謝罪を口にしながら悪びれるところのない青年の笑顔に、脱力《だつりょく》した。彼はエーデルクライン王国六公爵《こうしゃく》の一人、内務大臣であるグロスハイム公爵の嫡男《ちゃくなん》ユリウス・グロスハイムだ。

六公爵は、建国の英雄ヴァルターに仕えた六人の天使の末裔《まつえい》とされている。伝説にある六人の天使とは、この地方を支配していた領主たちのことだろうと解釈《かいしゃく》されているからだ。英雄ヴァルターはその領主たちを支配してエーデルクラインを建国し、天使になぞらえられた領主たちは、公爵として王家に仕えた。そして、三百年。

ユリウス・グロスハイムも天使の末裔として、いずれグロスハイム公爵家を継《つ》ぐ青年だ。長身の引き締《し》まった体軀《たいく》に、純白の生地《きじ》に銀糸の縫《ぬ》い取りがある、近衛《このえ》隊第一騎士《きし》団の軍服を身につけている。その肩《かた》には金モール。彼は、第一騎士団の騎士団長だ。明るい夏の光のような金髪《きんぱつ》と、真夏の森林のような清々《すがすが》しい緑の瞳《ひとみ》が、清潔感あふれる白い軍服に映《は》える。

剣《けん》の腕《うで》も立つし、信仰《しんこう》心も厚い。家柄《いえがら》と剣の腕と信仰心で、神聖聖教会から聖騎士の名誉称《めいよしょう》号《ごう》まで授《さず》けられている、まさに非の打ち所のない貴公子。

彼は七つの歳《とし》に出会ったその日から、「愛している」「結婚しよう」を連呼する。

四、五年前、思春期にさしかかったフレデリカは、「愛している」を連呼するユリウスの言葉に、ときめきかけたことがある。その時に恥《は》じらいながら「わたしのどこが好き?」と、問うと、彼は太陽のような笑顔で「顔だけ!」と言いきった。

思春期のフレデリカは衝撃《しょうげき》のあまり、三日間、鏡を見るのが嫌《いや》になった。

「まあ、結婚は後でいいよ。今日は、遠乗りに行こう」

「えっ!? そ、それは、いや。心から遠慮します。ユリウスと遠乗りに行ったら、ひどい目にあうに決まってる。この前も狩猟《しゅりょう》の森を散歩していて、あなたがどこかの姫君《ひめぎみ》を馬に乗せているところを目撃《もくげき》したわよ。彼女、最終的に馬から振《ふ》り落とされて、池に放《ほう》りこまれてたわ」

「そうだっけ？ まあ、僕は過去のことは、ふり返らないから」

鷹揚《おうよう》に微笑《ほほえ》み格好をつけているが、要するに忘れている。

（心から……残念な貴公子）

隠れ残念な美少女は、自分のことはさておき、目の前の青年の弱点を嘆《なげ》く。

ユリウスは、『天真爛漫《てんしんらんまん》な振る舞《ま》いをのぞけば、完璧《かんぺき》な貴公子』と宮廷《きゅうてい》で囁《ささや》かれている。こんな忘れっぽい、天真爛漫男と危険な遠乗りなど、全力で遠慮したい娯楽《ごらく》第一位だ。

「今日の遠乗りは、本当は国王陛下とのお約束だったんだ。東洋の外交官が滞在《たいざい》してるから、そのお方のおもてなしの一環《いっかん》でね。けれど陛下が急な公務で行けないから、君を代わりにと仰《おっしゃ》ったんだ。フレデリカが同行するなら、先方の外交官も喜ぶしね。陛下から君へのご命令だよ」

「国王陛下のご命令なの？」

フレデリカにとって父親は、父である前に国王陛下だ。だから、お父様と呼んだことは一度もないし、どんな些細《ささい》なことでも、王の命令に背《そむ》いてはならないと教えられている。

(でも、この程度のことなら拒否《きょひ》しても。なにしろ生命の危機)

顔をあげて口を開きかけるが、長年の躾《しつけ》が、フレデリカの言葉を喉《のど》の奥で引き留めた。観念して、フレデリカは大きくため息をつく。

(命の危険なく遠乗り出来るような、安全対策を考えよう)


「良い天気だ。神も僕たちの遠乗りを祝福しておいでだね」

ユリウスは上機嫌《じょうきげん》だ。反対にフレデリカの気分は、眩《まぶ》しさと暑さで、馬の蹄《ひづめ》の辺りに落ちこんでいた。だが、安全対策は完璧だった。

フレデリカは、ユリウスとは別の馬に一人騎乗《きじょう》したいと申し出た。そして遠乗り前に、父であるエーデルクライン王国国王ハインツに挨拶《あいさつ》に行きその旨《むね》を報告すると、国王は機嫌良く、自分の愛馬をフレデリカに貸してくれた。

国王の愛馬はよく慣らされていて大人しい性質で、めったなことで動揺《どうよう》しない、いい馬だ。

フレデリカは国王の愛馬に横乗りし、轡《くつわ》は、熟練の馬手に引かせていた。

悠然《ゆうぜん》と前を歩くユリウスの愛馬は、貴公子にふさわしい白馬。

東洋の外交官らしき男はユリウスと馬を並べて談笑《だんしょう》しているが、時折、フレデリカの方を見ては微笑んでくれる。その満足げな様子に、自分が国王の名代として、この場に存在するだけで役立ったことに安堵《あんど》する。

リリエンシルト宮殿《きゅうでん》の背後には、小さな泉を中心に森がある。ここは国王専用の狩《か》り場になっており、管理されている森なので、ゆっくりと遠乗りを楽しむには最適だった。

背後からは、フレデリカと同じように馬手に引かせた馬に乗った、教育係の公爵夫人もついてくる。他《ほか》にも数人の侍女《じじょ》と従者も徒歩で随行《ずいこう》していた。遠乗りとはいえ、馬に乗ったお散歩行列といった風情《ふぜい》で、どことなく気怠《けだる》い空気が満ちている。

フレデリカは、光がまだらに落ちてくる頭上の枝葉を見あげた。初夏の光は、フレデリカが気後《きおく》れするほどにきらめいて美しい。

その時突然《とつぜん》、体がぐらぐら揺《ゆ》れた。

「どう、どう」

轡をとっている馬手が、困ったように馬の鼻面《はなづら》を撫《な》でている。

「どうしたのですか？」

「申し訳ありません。馬の機嫌《きげん》が良くないようです。いつもは、こんなことはないのですが」

「いいえ、構いません。でも、なぜでしょう？　何か馬の気に障《さわ》ることが……？」

馬は好きだ。臆病《おくびょう》で優《やさ》しい瞳が可愛《かわい》らしい。自分の乗る馬が不快を感じているのが可哀相《かわいそう》で、馬の首の方へ身を乗り出した瞬間《しゅんかん》だった。

突然、馬が激しく首を振り立て、高く嘶《いなな》いたと思うと、馬手の手から轡が離《はな》れた。

滑《すべ》り落ちそうになり、フレデリカは悲鳴をあげて馬の首にしがみついた。馬手は轡を取り直そうと伸《の》び上がるが、馬は今一度嘶くと、首を振りながら突如《とつじょ》駆け出した。

「フレデリカ様！」

「殿下《でんか》！」

付き従っていた教育係の公爵夫人や従者、馬手の、悲鳴のような声が背後から聞こえたが、ふり返るどころの騒《さわ》ぎではなかった。激しく首を振りながら、右に左に跳《は》ねるように全速力で駆け出した馬から落ちないように、しがみついているので精一杯《せいいっぱい》だ。

「フレデリカ！」

背後から追ってくる馬の蹄の音と、緊迫《きんぱく》した声。ユリウスだ。彼の乗馬術はぬきんでていて、この場に居合わせた誰《だれ》よりも速く馬を走らせる。彼は、必死にフレデリカに追いつこうとしているのだ。天真爛漫な青年だが、こと、こんな時には最も頼《たよ》りになる。

（助けて！）

今にも馬から振り落とされそうだ。ただ必死に、馬の首にすがりつく。

左右の緑の景色が、もの凄《すご》い速さで流れていく。下生えも木の枝も木の幹も、区別がつかないほどに素早《すばや》く流れる。前方の視界が涙《なみだ》で滲《にじ》む。その前方の滲んだ景色も、恐《おそ》ろしいほどの速さでぐんぐん迫《せま》り、左右に流れていく。

汗《あせ》で手が滑り、今にも馬の背から体が浮《う》きそうだった。

（誰か！　助けて！）

心の中で悲鳴をあげたその時だった。前方に、人影《ひとかげ》が飛び出した。それはフレデリカと大差ない年頃《としごろ》の、粗末《そまつ》なエプロンドレスを身につけた黒髪《くろかみ》の少女だった。

ぞっとした。このままでは彼女を蹄にかけてしまう。こんな暴れ馬の蹄にかかれば、命はない。しかし黒髪の彼女は、黒い瞳で挑《いど》むように真っ直《す》ぐこちらを睨《にら》みつけ、逃《に》げる素振《そぶ》りがない。馬を止めようとしているように見えた。

「駄目《だめ》！　逃げて！」

舌を噛《か》みそうな振動《しんどう》の中、フレデリカは必死に叫《さけ》んだ。

しかし少女は逃げない。あっという間に、馬は少女に迫った。

（止まって、止まって、お願い！　あの子を殺さないで!!）

悲鳴を殺し、馬の首にすがりついて、心の中で叫ぶようにして祈《いの》った瞬間、がつんと馬の蹄がなにかを蹴《け》り上げた振動が伝わった。その激しい振動で、体がふわりと宙に浮かぶ。

やけにゆっくりと体が浮き上がり、きらきらと光が降る枝葉の隙間《すきま》から、青い空がはっきり見えた。そして浮き上がった体は、ゆっくり落下する。フレデリカは覚悟《かくご》した。

（死ぬ）

地獄《じごく》の番犬ことイザーク・シュルツは、六公爵《こうしゃく》の一人である陸軍大臣ミュラー公爵に呼ばれていた。

ロートタール監獄《かんごく》に収監《しゅうかん》されて五年になるさる貴族が、三日前に獄死した。その後始末を巡《めぐ》って、陸軍大臣から直接あれこれと指示が出されたので、その結果を報告するためだった。

「本当に、死んでいたか？」

王宮サロンの片隅《かたすみ》に座り、イザークの持参した書面をめくりながら陸軍大臣が訊《き》いた。書面には獄死した者がどう扱《あつか》われ、誰の立ち会いでどのように埋葬《まいそう》されたか、細かく記されている。

陸軍大臣を務めるミュラー公爵は、二十代半ば。精悍《せいかん》で理知的な風貌《ふうぼう》だ。六公爵の中で最も年若い公爵だったが、切れ者と評判が高い。

開け放たれた掃《は》き出し窓《まど》から、涼《すず》やかな風がサロンに吹《ふ》きこむ。そして明るい日射《ひざ》しが、大理石の床《ゆか》を温めていた。適当な間隔《かんかく》を空けて配置された長椅子《ながいす》や椅子には、貴婦人や貴公子たちが小集団を作って集まり、密《ひそ》やかに、あるいは声高《こわだか》に会話をしている。

「どういう意味でしょうか、閣下」

周囲の雑音を遮断《しゃだん》するように、冷たい声と表情で答えた。イザークは貴族が嫌《きら》いだ。この陸軍大臣にしても好きではないが、ただ有能なのは認めていた。

「獄死したカルステンス侯は、シュバルツノイマン党と繋《つな》がっているという噂《うわさ》があったのだ」

「シュバルツノイマン党ですか？　国王陛下の暗殺を企《くわだ》てているという噂もある、あの？」

近年大陸では啓蒙《けいもう》思想が広がり、中世から続く絶対王政に対して、人々が疑念を抱《いだ》きはじめていた。その最たるものが、数ヶ月前にオレリアン王国で起こった市民蜂起《ほうき》だ。情報が錯綜《さくそう》し確かなことはわからないが、オレリアンの王族たちは市民に捕縛《ほばく》されたらしい。

オレリアン市民の蜂起を促《うなが》したのは、啓蒙思想家を名乗る連中が立ちあげた、党と呼ばれる集団だった。この党と呼ばれるものが、エーデルクライン王国内にも密かに結成されている。それがシュバルツノイマン党だ。

「シュバルツノイマン党は、なかなか厄介《やっかい》な連中らしいからな」

「わたしの見たところ、カルステンス侯は完璧《かんぺき》な死体になっていました。シュバルツノイマン党も、啓蒙思想で死人を生き返らせることはできないでしょう」

「おまえの見立てがそうなら、間違《まちが》いないか。それはそうと、おまえはケルナー伯爵《はくしゃく》の領内にある、コーゼル村の出身だったな。確か騎士《きし》団に採用される際、保証人になったのがケルナー伯爵だったと記憶《きおく》しているが」

我知らず眉《まゆ》をひそめていた。ケルナーとは、嫌《いや》な名前を聞かされるものだ。

「それがなにか？」

「ケルナー伯爵は、カルステンス侯と親交があったらしいな」

「そのようでしたが、ケルナー伯爵が手紙を届けたことも、面会に来たこともありません」

苦々しさを抑《おさ》え込み淡々《たんたん》と答えるイザークを、陸軍大臣は探《さぐ》るように見つめていた。しかしそれで、何かが納得《なっとく》できたらしく微笑した。

「ご苦労だった、シュルツ。さがっていい」

一礼すると、イザークはサロンを出た。廊下《ろうか》を歩き出すとすぐに、どこぞの貴婦人と鉢合《はちあ》わせた。彼女は「びぇっ」というような、妙《みょう》な悲鳴をあげて飛び退《の》いた。

こんな反応は慣れっこだったので、イザークは薄《うす》く笑い、優雅《ゆうが》に会釈《えしゃく》して通り過ぎる。すると貴婦人は目を見開き、歩き去るイザークの後ろ姿を名残惜《なごりお》しそうに見送った。

第三騎士団は任務の性質上、騎士団の中で唯一《ゆいいつ》、第三身分と呼ばれる平民で構成される。そこに所属する者は名誉《めいよ》騎士という胡散臭《うさんくさ》い称号《しょうごう》を与《あた》えられ、礼儀《れいぎ》作法を仕込まれる。だから宮殿《きゅうでん》に出入りしても恥《はじ》をかくことはないが、これがイザークには心底面倒《めんどう》だ。

しかも宮殿内で貴族連中と顔を合わせると、「ひゃっ」だの「ぎゃぁ」だの「助けて！」だのと悲鳴をあげられる。その反応を見ると、いっそ追い回したい衝動《しょうどう》にかられるが、そこは我慢《がまん》している。

ロートタール監獄へ帰るために、預けた馬を取りに廏《うまや》へ向かった。すると馬手たちが騒がしく喚《わめ》きあい、あちこち駆《か》け回って混乱していた。

焦《あせ》る大人たちを、馬手見習いの少年が廏の壁《かべ》に貼《は》りつき、青い顔で見守っていた。その少年の背後に近づくと、くしゃくしゃの巻き毛頭を撫でる。

「おい、どうしたトンダ。何の騒ぎだよ。なにがあった」

不安げな表情で、少年が顔をあげた。

「あ、シュルツさんか。事故があったんだよ。フレデリカ殿下《でんか》が遠乗りをしていたら、馬が暴れて、落馬したんだ。フレデリカ殿下は天使宮に運ばれたけど、意識がないって」

馬が暴れたとなると、馬手たちの責任を問われるはずだ。彼らが右往左往し、慌《あわ》てふためいているのは無理からぬことだ。

「まずいな、それは。しかしなんだって、フレデリカ殿下が遠乗りに」

フレデリカ王女のことは、公式行事のおりに遠目で姿を見たことがある程度だった。宝石や天使に喩《たと》えられるのも当然と思えるほど、美しい王女だった。だが、どこか人形めいていた。本当に生きているのかと怪《あや》しむ程《ほど》に、イザークの目には笑顔《えがお》さえ虚《うつ》ろに映った。

「とても遠乗りに行くタイプには見えなかったが。お姫様《ひめさま》が何の気まぐれだよ。迷惑《めいわく》な」

「そうだ。シュルツさん、グレーテルと仲良かったよね!?　グレーテルも巻きこまれたんだよ！　フレデリカ殿下の馬に蹴られて、グレーテルも意識がないって。台所に運ばれた」

「グレーテルが？　あいつは頑丈《がんじょう》にできてるが、さすがに馬に蹴られたら……」

グレーテルは幼なじみだ。五つも年下で、しかも女の子なのに、彼女に関しては守ってやりたい気持ちや可愛《かわい》いという感情は、抱いたことがない。グレーテルが側《そば》に来ると、イザークはまず警戒《けいかい》する。そして用心深く相手の出方を探る。そんな癖《くせ》がついている。

喩えるなら、グレーテルは小さな悪魔《あくま》。イザークは常々、そんなふうに思っていた。

しかし悪い奴《やつ》ではない。とある理由で昔から、ずっと気にしている存在ではある。大怪我《おおけが》をした可能性があるなら放《ほう》ってはおけなかった。

「わかった、ありがとう。グレーテルの様子を覗《のぞ》いて帰る」

イザークは今一度少年の頭をくしゃくしゃにすると、元来た道を戻《もど》った。

「良かった。気がついたね」

目を開けて最初に見えたのは、太った中年女だった。女の背後には、煤《すす》が黒く染《し》みこんだ剝《む》き出しの梁《はり》がある。どうやらフレデリカは、硬《かた》いベッドに寝《ね》かされているようだった。

石炭の燃える、ちりちりという音が聞こえる。周囲には、野菜を煮《に》ている暖かい香《かお》りと煤の臭《にお》いと、蒸気が満ちている。複数の人間が室内で立ち働いているらしく、食器が擦《こす》れる音や、話し声や、水を使う音がする。

(台所?)

そんな場所に入ったことはないのだが、周囲の状況《じょうきょう》からそんな気がした。とすると、フレデリカを覗きこんでいるのは、台所番の女なのだろう。

「ここは、……どこですか?」

なぜ自分がこんなところにいるのか、状況が飲み込めない。けれど命だけはあるようだ。不思議と、自分の声が別人の声のように聞こえた。落馬の衝撃《しょうげき》の影響《えいきょう》だろうか。

「台所だよ。でもよく助かったね、奇跡《きせき》だよ。あんたは幸運の星の下に生まれたんだね」

周囲には、中年の女と似た格好をした女たちが十人近くいた。彼女たちも、フレデリカが気がついたのを見ると、通りすがりに覗き込み、「よかった」と笑顔を向けてくれる。

「ありがとう。本当に幸運です、わたし」

礼を言いつつ体を起こそうとすると、女はフレデリカの肩《かた》を支える。

「無理するんじゃないよ、グレーテル。暴れ馬の蹄《ひづめ》に蹴飛《けと》ばされたんだから」

そこでフレデリカは、はてと首を傾《かし》げる。

(蹴られた? 落馬ではなく? しかもグレーテル?)

女を見返すと、女は背中をさすってくれる。

「さあさあ、無理せずもう少しお休みよ、グレーテル。あんたの仕事は、あたしたちで分担してやっておくから。なんならお休みをもらって、二、三日実家のコーゼル村に帰ってもいいし」

「待ってください。グレーテルとは、誰《だれ》ですか?」

問うと、女がきょとんとする。周りで立ち働いていた女たちも目を丸くする。しかしそれは一瞬《いっしゅん》のことで、すぐに全員が、がはははっと大声で笑った。

「なんだい、記憶喪失《きおくそうしつ》ごっこかい？　そんな茶目《ちゃめ》っ気があるなら、大丈夫《だいじょうぶ》だね！　グレーテル」

「違《ちが》います、ふざけてません。わたしは、グレーテルではありません。何の誤解が生じているのか分かりませんが、わたしはフレデリカです。フレデリカ・アップフェルバウムです」

妙な間違いが起こっているようだ。焦りつつも訴《うった》えると、女たちが困惑《こんわく》した表情になる。

「フレデリカ・アップフェルバウム？　フレデリカ殿下だって？　あんたが？」

と、女たちが呆《あき》れたように顔を見合わせたので、愕然《がくぜん》とした。信じてもらえていない。彼女たちは、フレデリカの顔を見たことがないのだろうか。

「あんた、自分がエーデルクラインの宝石だと思うのかい？　よく、顔を見てごらん」

鉄オーブンの前で火加減を見ていた女が、苦笑《くしょう》しながら近寄ってきた。エプロンドレスのポケットから、オーブンの熱で温まった木枠《きわく》の手鏡を取り出し、フレデリカの手に押しつける。

「顔？」

手鏡を覗きこんだ。そこに映っているのは、黒い瞳《ひとみ》と真《す》っ直ぐな黒髪《くろかみ》の少女。フレデリカの作り物のような美貌《びぼう》よりもずっと魅力《みりょく》的な、子犬のように愛らしい少女だ。

（まあ、可愛らしい）

と思ったのは一瞬。間髪《かんはつ》容れずに、息が止まりそうになった。

「えええええええええっ!?」

二章　王女死す？

呼吸困難に陥《おちい》りそうだったが、口から飛び出た妙な悲鳴の効果で、肺に空気が入る。そのおかげで失神しなくてすんだらしい。

「わたしはフレデリカです！　でも、でも、どうして、こんな……!!」

そこから先なにを言えばいいのか分からず、口はぱくぱくと虚《むな》しく空気を吐《は》き出す。

「なんだ、元気なもんじゃないかよ」

フレデリカを取り囲む困惑顔の女たちの背後から、呆れたような男の声がした。その声にふり返った女たちの顔が、嬉《うれ》しげに緩《ゆる》む。

「イザーク。なんで宮殿にいるんだい？」

「来るなら、知らせといておくれよ。そしたら一張羅《いっちょうら》着て、待ってるのに」

中年女たちが、年頃《としごろ》の娘《むすめ》のようなはしゃいだ笑い声で迎《むか》えたのは、金モールで飾《かざ》られた黒い騎士《きし》団の軍服を身につけた青年だった。少し前、フレデリカがオペラグラスで覗き見していた地獄《じごく》の番犬。第三騎士団団長のイザーク・シュルツだ。

（五歩圏内《けんない》に地獄の番犬が!?　こんな間近で会えるなんて！）

動揺《どうよう》する心に一瞬だけ、余計なときめきが滑《すべ》り込んできたが、

(じゃなくて！　今、わたしは、なにがどうなっているの!?)

状況が状況なので、喜びはすぐに消える。

「陸軍大臣に報告があったんだ。帰り際《ぎわ》に、グレーテルが馬に蹴られたって聞いて、様子を見に来たんだが。来る必要なかったか。元気そうに大声出してやがったな、グレーテル」

イザーク・シュルツは近寄ってくると、フレデリカを覗きこんだ。銀色の髪《かみ》が、光に透《す》けると白になる。夜明けの空のような紫《むらさき》の瞳が、フレデリカを見おろす。

「わ、わたしは……わたしは、グレーテルではありません」

「ふぅん。じゃあ、おまえ誰？」

イザークは面白《おもしろ》そうに目を細める。ぞんざいな口のきき方が、遠目で見ていたときの印象とそぐわない。もっと慇懃《いんぎん》な言葉遣《ことばづか》いで、冷淡《れいたん》にしゃべると思っていた。けれど声は想像したとおりの、張りのある低い声だ。ハーブでも噛《か》んでいるのか、吐息《といき》から爽《さわ》やかな香りがする。

「フレデリカです。王女のフレデリカです。どうしてこんなことになっているのか、わかりません。けれど、わたしはフレデリカです」

「王女殿下？　おまえが？」

「そうです。そうなんです」

「エーデルクラインの宝石？」

「そうかよ。……まあ、なかなか……素《す》っ頓狂《とんきょう》なことを……」

「そうです」

地獄の番犬に、絶句された。

「目が覚めてから、これなんだよ」

太った女が、やれやれと掌《てのひら》を上に向ける。

「信じてください！」

身を乗り出すが、イザークの冷たい視線も、女たちの困惑顔も変わらない。

（どうしよう？　どうしよう？　どうするべきなんだろう？）

涙《なみだ》ぐんでしまう。けれど泣き出したところで、どうにもならないのは知っている。

フレデリカは天使宮に住まい、大勢の侍女《じじょ》にかしずかれ、様々な教師から教えを受けている。

貴族たちは彼女を褒《ほ》めそやし、楽しい余興に招こうとしてくれる。

けれどフレデリカが本当に困ったとき、困惑したときは、今まで誰にも相談できなかった。

王女らしくあれと教えられているために、他人に惨《みじ》めな姿をさらせなかったからだ。

そもそも、女の泣き顔は醜《みにく》いと教えられている。だから人前で泣いてはならない。王女だから。エーデルクラインの宝石は、醜くあってはならない。

だからフレデリカは知っていた。本当に困ったときは、誰にも助けを求められない。

（どうすればいい？）

唇《くちびる》を噛み、必死に考える。

まずは誰かに自分の状況を説明し、信じてもらうべきだ。そのためには信頼《しんらい》出来る誰かと話す必要がある。ただ、この身なりはまずい。せめて身なりだけでも整えておかなければ、誰もフレデリカの話に耳を傾《かたむ》けてくれないはず。

「とにかく、わたしは部屋に帰ります！　身なりを整えて、誰かに説明をします」

膝《ひざ》にかかっていた薄《うす》い毛布をはねのけると、床《ゆか》に足を下ろした。

「ちょっとお待ちよ、グレーテル。なにを馬鹿《ばか》なことを」

焦《あせ》ったように呼び止められ、腕《うで》が伸《の》びてきたが、それをすり抜《ぬ》ける。「グレーテル！」と呼ぶ女の声を背中に聞きながら、台所を飛び出した。

外へ出ると、まばらな林だった。台所のある炊事《すいじ》棟《とう》は、その林で目隠《めかく》しされているらしい。目隠しの林を抜けるとバラ園に出た。目の前は天使宮だ。そこを目指して走った。

天使宮に到着《とうちゃく》したときには、息が切れていた。

床は白大理石、壁《かべ》は白漆喰《しっくい》。窓枠《まどわく》や扉《とびら》も白で塗《ぬ》られ、金箔《きんぱく》で精緻《せいち》な草模様を描《えが》いてある。白を基調とした天使宮の内装は、少女趣味《しゅみ》ともとれる軽《かろ》やかさと愛らしさ。

しかし今、その軽やかで愛らしいはずの天使宮内は、異様なざわめきで満ちていた。

一階のサロンに幾人《いくにん》もの人間が出入りしているが、その誰もが、フレデリカが普段《ふだん》接触《せっしょく》しない大人たちだ。国王や王妃《おうひ》の側近で、政治や宮廷儀式《きゅうていぎしき》を取り仕切るような人々ばかり。

なにが起こっているのかわからないが、とにかく誰かに、自分の窮状《きゅうじょう》を知ってもらわないことには始まらない。その思いだけで、ゆるい曲線の階段を駆《か》けあがる。自分の部屋が見えた。

部屋の扉は開けっ放しで、中からは喚《わめ》く声がする。聞き覚えのあるユリウスの声だ。

（ユリウス！　あの場にいた彼に、なにがどうなっているのか事情を聞かないと）

一直線に部屋に向かっていると、

「フレデリカは死んでいない！」

と叫《さけ》ぶユリウスの声がはっきり聞こえる。

「なにを馬鹿なことを！　明白に死んでいる！　意識がない、動かない、心臓が止まっている」

「ならなぜ肌《はだ》が温かいんだ⁉　生きているんだ。きっとそうだ。動かなくても、心臓が止まっていても、きっと生きているから温かいんだ」

「薄々《うすうす》知っていたが、おまえは馬鹿か⁉　ユリウス⁉」

「失敬な、父上！　僕は愛の力を信じているだけだ！　僕の愛の力で、彼女の体はまだ生きている。そうに違《ちが》いないんだ。彼女が生きていると感じるんだ！」

「やっぱり馬鹿だったんだな！　そもそもおまえがお側《そば》にいながら、なぜこんなことに！」

ユリウスと口論しているのは内務大臣、ユリウスの父親でもあるグロスハイム公爵《こうしゃく》の声だ。

「グロスハイム。ユリウスを責めるでない。フレデリカに余の馬を貸した……余の責任だ」

さらに弱々しくはあるが、父である国王ハインツの声も聞こえた。

部屋の出入り口には、第一騎士《きし》団の騎士が立ち番をしていた。「おい」と呼び止められそうになったが、無視して部屋に駆け込んだ。

部屋に飛びこむと居間には誰《だれ》もおらず、幾人もの人間が、続きの間の寝室《しんしつ》に入っているのが見えた。ユリウスも内務大臣も、そこで口論しているらしい。

(みんな寝室にいるの⁉)

肝《きも》が冷えた。そら豆人形を詰《つ》め込んだ箪笥《たんす》の前に、いったい何人いるのか。誰かが、開かずの箪笥に興味を抱《いだ》かないとも限らない。

(いいえ、それよりも。わたしは死んでないと、とりあえず伝えなければ)

この際、身なりがどうこう言っていられないようだ。

寝室の出入り口に立つと、フレデリカは肩《かた》を上下させて息を切らしながら、声を張った。

「フレデリカは死んでいません！　ここにいます！」

寝室の中にいる全員の視線が、こちらに集中した。フレデリカは寝室の内部を見回した。

誰も開かずの箪笥に興味を抱いている様子はなく、箪笥扉《とびら》から、そら豆人形が飛び出す事態にもなっていない。

ユリウスとグロスハイム公爵は、出入り口近くで突《つ》っ立って、唖然《あぜん》とこちらを見ている。

寝室中央にあるベッドの傍《かたわ》らには、父国王と母王妃がいる。二人はベッドの脇《わき》に跪《ひざまず》き、横たわるフレデリカの手を握《にぎ》っていた。ベッドの上にはフレデリカの体があった。天使と形容される可憐《かれん》さで、目を閉じて横たわっている。その睫《まつげ》は震《ふる》えることすらなく、握られた手には力がなく、あきらかに死んでいた。

（そら豆人形は飛び出してない！　わたしの死体もある！　良し！　……えっ!?）

二度見した。「良し」ではなかった。

（わたしの死体!?　し、死体!?）

さすがに衝撃《しょうげき》だった。青ざめるフレデリカに、ユリウスが小首を傾《かし》げて近寄ってくる。

「君は？」

「わたしは、あの……フレデリカです。わたしはフレデリカです。別人の姿になってますが、わたしがフレデリカです。どうしてなのか、わかりません。でも、でも。フレデリカなんです」

説明しようがないので事実だけを口にすると、とんでもなく馬鹿《ばか》馬鹿しい訴《うった》えだった。

「このようなときに、なんたる配慮《はいりょ》のない、無礼きわまりない冗談《じょうだん》を！　この召《め》し使いをつまみ出せ！　どうしてこのような者を中へ入れたのだ！」

目を三角にして眉《まゆ》を吊《つ》り上げたのは、ユリウスと口論していた内務大臣だ。その声に反応して、立ち番をしていた騎士が慌《あわ》てて駆け込んでくる。

「申し訳ありません。焦っている様子だったので、誰かの使いを頼《たの》まれたのかと思い。すぐに連れ出します」

厳しい表情で騎士が近寄ってくるので、フレデリカは身を縮めた。

「待ってください。お願い。わたしは、本当にフレデリカなんです」

「まだ言うか！」

内務大臣に一喝《いっかつ》され、騎士に腕を摑《つか》まれる。

「その者は即刻《そっこく》、宮殿《きゅうでん》から放《ほう》り出せ！」

怒《いか》りに震えながら、内務大臣は喚いた。


宮殿の通用門らしき場所まで、引きずっていかれた。そこで白い騎士団の軍服を身につけた騎士は、忌《い》ま忌ましげに、放り出すようにフレデリカの手を離《はな》した。

勢い、フレデリカは地面に転がったが、騎士は鼻を鳴らして冷たく見おろす。

「フレデリカ殿下《でんか》の一大事という時に、なんて悪趣味《あくしゅみ》な冗談をするんだ。お仕置きが必要だな」

騎士は、サーベルを鞘《さや》ごと腰《こし》から引き抜き、近づいてくる。おそらく鞘で打つ気だ。鞘なんかで打たれたら、とても痛いはずだ。痛みを想像するだけで怖《こわ》い。

「……やめて……」

声が細く震えた、その時。

「待てよ」

騎士の腕を背後から、黒革《かわ》の手袋《てぶくろ》をはめた手が摑む。騎士がふり返るのと同時に、フレデリ力も騎士の背後に立つ青年の姿を認めた。

不敵な笑《え》みを浮《う》かべているのは、イザーク・シュルツだった。

「なっ、ななな!? あなたは!?」

さすがは不吉《ふきつ》の象徴《しょうちょう》。彼に腕を掴まれた騎士の顔から、血の気が引く。

地獄《じごく》の番犬に五歩圏内《けんない》に近寄られるどころか、腕を掴まれたのだ。貴族なら、黒猫《くろねこ》が大挙して目の前を横切ったのと同じくらい、嫌《いや》な気分になるはずだった。

「俺を知らないわけないな？ おまえたち俺を地獄の番犬呼ばわりして、いつも逃《に》げ回ってるだろうが。ありゃなんの遊びだよ」

「はい！ い、いえ！ そんなことしてませんシュルツ団長。手を放してください」

「そのサーベルを使わないなら、放してやる。女を殴《なぐ》るのは、感心しない」

「しかし、この召し使いは悪趣味な冗談をしました。その罰《ばつ》を」

「こいつはフレデリカ殿下の馬に蹴《け》られて、危《あや》うく死にかけたんだ。混乱してるんだから、大目に見てやってくれ。責任は俺が取る。こいつとは出身の村が一緒《いっしょ》で、幼なじみだ。こいつの両親も知ってる。このまま村に連れ帰って、こいつを宮殿から遠ざけてやる。それでいいだろう」

「わかりました！ わかりましたから、それでいいですから、手を放してください！」

「信じていいのか？」

と言いつつ、イザークは相手の腕を摑んでいない方の手で、騎士の顎《あご》をちょんとつついた。

騎士はひっと身を縮めて逃げ腰《ごし》になる。

「そう言ってます！　放してください！」

騎士は半泣きだ。もうすこししたら、泣きながらサーベルを振《ふ》り回しそうだ。明らかにイザークは、相手の反応を楽しんでいる。しかし騎士が泣き出す前に、彼は手を放してやった。

騎士はきっちり五歩、イザークから飛《の》び退き胸元《むなもと》で清めの印を切る。

「で、では、シュルツ団長。お願いいたします」

サーベルを腰に戻《もど》し、騎士は逃げるような早足でその場を後にした。

フレデリカは地面にへたりこんだまま、イザークを見あげていた。

自分の身に起きた変化に衝撃は受けたものの、気弱な心に植え付けられた義務感だけで立ちあがった。なんとかしようと試みた。だが結果はどうだ。砂埃《すなぼこり》のたつ地面にへたりこんでいる、この有様。

この状況《じょうきょう》に、フレデリカの気力は尽《つ》き果ててしまった。頭は真っ白で、呆然《ぼうぜん》としていた。

イザークはフレデリカの傍らに膝《ひざ》をつく。

「立てるか？」

あまりにも頭が真っ白で、曖昧《あいまい》に首を振ることでしか応《こた》えられなかった。

イザークはフレデリカの二の腕《うで》を摑むと、自分が立ちあがるのと同時に、彼女の体を引っ張り上げた。よろめくように立ちあがったフレデリカの腕を摑んだまま、彼は歩き出す。

「どこ……へ……」

よろめき歩きながら、かろうじてそれだけ訊《き》けた。彼はふり返りもせず、

「家に帰るんだ」

と、告げた。家とはどこのことなのだろうかと思ったが、もはや質問する気力はなかった。

歩き出してすぐ、しなやかな体の尻尾《しっぽ》の長い黒猫が、フレデリカの足元にまとわりつくようにして一緒に歩いているのに気がついた。

（……黒猫……？）

いつ、どこから現れたのか、わからなかった。


フレデリカはどうやら、グレーテル・コールという、台所番の召し使いとして宮殿で働く少女になってしまったらしい。

グレーテルは、暴走したフレデリカの乗る馬の前に立ちはだかった、あの勇敢《ゆうかん》な少女だ。

彼女はフレデリカと同じ十六歳で、出身は王都ザルツシュタインの近郊《きんこう》にある、コーゼル村。

コーゼル村はイザーク・シュルツの出身地でもあり、彼の実家もそこにある。そしてグレーテルの両親もまた、コーゼル村で健在。

イザークの操《あやつ》る馬に同乗してコーゼル村に向かう道すがら、イザークからもたらされた情報で知りえたのは、ざっとこんなものだった。

しかしなぜ自分がグレーテルになってしまったのかは、さっぱりわからない。馬に揺《ゆ》られている間に何度も、「わたしは、グレーテルではありません。フレデリカです」と訴えた。だが、「ああ、そうかい」と、おざなりな答えが返ってくるだけだった。

最後には、「信じてください」と心から震《ふる》える声で訴えたが、「信じてる。信じてる。信じてるから、黙《だま》れ」と面倒《めんどう》そうに言われ、心が折れた。

女の泣き顔は醜《みにく》いと教えられ続けていたが、ここに至って我慢《がまん》できなくなった。

(どうせ今は、誰《だれ》もわたしをフレデリカだと思っていないのだもの。王女でないわたしが、泣こうが喚《わめ》こうが、逆立ちしようが、国王陛下や国の威信《いしん》が傷つくことはない)

フレデリカはイザークの腰に背後から抱《だ》きつき、黒い軍服の背中でごしごしと涙《なみだ》を拭《ぬぐ》った。

彼は嫌な顔をして「鼻水は拭《ふ》くなよ」と注意したが、お構いなしに、なにもかも拭いた。

(国王陛下とお母様は、きっと落胆《らくたん》なさっているはず)

父国王と王妃《おうひ》である母は、フレデリカを愛してくれていると思う。フレデリカが死んだとなれば、きっと哀《かな》しんでいるはずだ。そしてそれ以上に、国の後継者《こうけいしゃ》が亡《な》くなったことに落胆しているだろう。そのことが申し訳ない。

この状態では、こうやってグレーテルとして扱《あつか》われるしか道はない。怖かった。台所番の生活など知らないし、グレーテルという少女がどんな家に住んでいるかも想像がつかない。

初夏の日射《ひざ》しに照らされて、馬の蹄《ひづめ》の音がのんびりと響《ひび》く。

王都を出ると、さほど深い森はない。小さな林が点在し、岩の突《つ》き出た草地が広がっている。王都を中心とした一帯は、硬《かた》い岩盤《がんばん》の上に砂礫《されき》が載《の》った地質だ。作物の収穫《しゅうかく》はほとんど望めない土地であるからこそ、建国の英雄《えいゆう》ヴァルターはこの場所に王都を建設したという。国内の耕地を減らさないための、英断だったらしい。

馬と並行して、黒猫が歩いていた。宮殿《きゅうでん》でフレデリカの足元にまとわりついてきた黒猫だ。その黒猫は当然のような顔で、ずっとフレデリカについてきている。

「どこの黒猫かしら、宮殿の誰かの飼い猫なら、帰してやらないと……」

ぐずぐずと鼻を鳴らしながら呟《つぶや》く。その呟きに周囲を確認《かくにん》したイザークは、肩《かた》をすくめた。

「猫なんていない」

「いいえ、います。そこに」

指さすと彼はそちらへ視線を向けるが、見えないらしい。訝《いぶか》しげに眉根《まゆね》が寄っただけだった。

これから向かうコーゼル村は、ケルナー伯爵《はくしゃく》の領地内にあるはずだった。伯爵の居城のコーゼル城も、近いはず。

今朝バラ園で出会った、愛想《あいそ》の良い伯爵を思い出す。時々しか顔を見ない人だし、親しく話したことはない。けれどあの親切そうな伯爵にならフレデリカの窮状《きゅうじょう》を訴《うった》え出て、協力を仰《あお》げないだろうか。一瞬《いっしゅん》そんなことを考えたが、すぐに自分の中の冷静な部分が否定する。

(無理だわ、きっと。国王陛下や、お母様すらも信じてくれないことなのに)

そうこうするうちに、コーゼル村に到着《とうちゃく》していた。

コーゼル村の主要路には石《し》が敷かれ、路《みち》の両脇《りょうわき》に二階建ての商店らしき建物が並んでいた。石葺《いしぶ》き屋根の農家が点在する、鄙《ひな》びた農村とは趣《おもむき》が違《ちが》う。どちらかというと職人や商人の集まる、こぢんまりとした町といった風情《ふぜい》だ。

建ちならぶ家は、木組みの間を煉瓦《れんが》の壁《かべ》で埋《う》めた、頑丈《がんじょう》なハーフティンバーの家だ。意匠《いしょう》を凝《こ》らした筋交《すじか》いの彫刻《ちょうこく》が、風雨に黒ずんでいる。すくなくとも百年以上経《た》っていそうな家々を見ると、この村が、かなり昔から存在するのだとわかる。

けれど職人の家を示す看板のたぐいがほとんど見えないし、商業地にしては、人通りが少なくて閑散《かんさん》としている。村そのものが、ひっそりと息をひそめているように思える。

農作物の収穫が望めない場所にあるこの村は、なにを収入源にしているのだろうか。村に入ると、もう涙も出なくなっていたフレデリカは、ぼんやりそんなことを考える。

村に入ると、ずっとついてきていた黒猫も、ふいと脇道に逃げてしまった。

「ほら、着いたぞ。おまえの家だ」

一軒《いっけん》の小さな家の前に、イザークは馬を止めた。

小さな庭を、大切そうに丸太の柵《さく》で囲ってあった。鮮《あざ》やかな緑が目に眩《まぶ》しいハーブが、所狭《ところせま》しと植えてある。その向こうに見える建て屋は平屋で、赤い屋根が可愛《かわい》らしい。木と煉瓦の頑丈そうな家だ。鎧戸《よろいど》も明かり取り窓も開けられ、家の中で立ち働く主婦の姿が見えた。

馬の鼻息の音で、窓の中にいた主婦が顔をあげた。そしてイザークとフレデリカを見つけると、驚《おどろ》いたような顔になる。急いで手を拭きながら、庭に飛び出してきた。

「どうしたのグレーテル！　お帰り！　びっくりしたよ！」

庭を横切った主婦は馬に駆《か》け寄ると、満面の笑《え》みでフレデリカを見あげた。

「え、あの……」

戸惑《とまど》い、フレデリカは身を引こうとするが、その前に主婦の手が伸《の》びてきて、フレデリカの両腕《りょううで》を掴《つか》んで馬から下ろした。声を聞きつけたのか、家の裏側から熊《くま》のような髭面《ひげづら》の男が出てきた。彼はフレデリカを見るなり、

「おお、グレーテル！」

顔をくしゃくしゃの笑顔にして、手にしていた斧《おの》を地面に放《ほう》り出して駆け寄ってきた。

雰囲気《ふんいき》から察するに、この主婦と髭の男が、グレーテルの両親だ。

「久しぶり、おじさん、おばさん」

イザークが二人に会釈《えしゃく》すると、髭の男が豪快《ごうかい》に笑った。

「村に帰れないほど忙《いそが》しいのはいいことだぞ、イザーク。ところでどうしたんだ、これは」

「宮殿で事故があって、こいつは馬に蹴《け》られたらしい。まあ幸い、どうってことない。ただ衝《しょう》

撃《げき》で、言動がちょっと妙《みょう》になったから連れて帰ってきた」

主婦はあらあらと言ってフレデリカの頭や肩を撫《な》で回したが、別段怪我《けが》がないとわかると、ほっとしたらしくイザークを振《ふ》り仰ぐ。

「悪かったね、イザーク。わざわざ送ってくれたんだね。あんた子供の頃《ころ》から面倒見《めんどうみ》がいい子で、助かるよ。夕食、うちで食べていくかい？」

「気持ちだけありがたく受け取っておくよ。仕事の途中《とちゅう》だから、すぐに引き返す。じゃあ」

軽く馬の腹を蹴ると馬首を返し、イザークはもと来た道を戻《もど》っていった。

（………行っちゃった………）

捨てられたような気分になって項垂《うなだ》れる。彼が去ってしまったことで、もはや宮殿とフレデリカを繋《つな》ぐものが断《た》ち切られたようだった。

「どうしたんだい、グレーテル。気分が悪いかい？」

温かい手がフレデリカの頬《ほお》に触《ふ》れた。驚いて、フレデリカはびくっと体を引く。

髭男の方も、心配そうに眉《まゆ》を下げる。

「びくびくして、大丈夫《だいじょうぶ》か？　父ちゃんがいるから心配するなよ」

「事故に巻きこまれたって、よっぽど怖《こわ》い目にあったんだね。でも家に帰ってきたんだから、怖いことなんかないよ。父ちゃんは当てにならないけど、母ちゃんがいる」

「ひどいなぁ、母ちゃん」

「当然だよ。あんたより、あたしのが強いんだよ。だから、ね、大丈夫」

主婦はまたフレデリカの頰に触れる。今度は、されるがままに任せられた。

今までこんなふうに、頰に触れられた経験はない。

侍女《じじょ》も教育係たちも、教師たちも、父国王や母王妃にしても、こんなふうに触れない。彼らは一定の礼節を持ってフレデリカに接するから、こんなに無遠慮《ぶえんりょ》に触れられることはない。

けれど、

（なんて、温かい）

じんわりと、心がとろけるような嬉《うれ》しさが胸の中に生まれる。

村に到着するまで頭の中にいっぱい詰《つ》まっていた不安が、一気に消えていく。

（グレーテルの家は、いい場所だ）

幼い頃、狩猟《しゅりょう》の森で見た森番小屋の一家を思い出す。

狩猟の森には、森を管理する一家が住んでいた。幼い日に、フレデリカは教育係の公爵《こうしゃく》夫人に連れられ森の中を散歩していて、その森番小屋を目にしたのだ。

木漏《こも》れ日の中、エプロンドレスを身につけた三つ四つの女の子が、手製の丸太ベンチに腰掛《こしか》けて足をぶらぶらさせていた。背後には母親がいて、娘《むすめ》の赤毛を編み込んでいる。

女の子はそれが当然であるかのように母親の手には無頓着《むとんちゃく》で、けれど時々笑顔で、背後の母親に声をかける。母親は娘の顔を覗《のぞ》きこみ、笑いあう。父親らしき男は、額に汗《あせ》を浮《う》かべ、近くで薪《まき》を割っていた。彼は時々手を休めては、妻と娘の様子を見守っていた。

小屋の前にはリンネルのシーツが干され、はためいていた。煙突《えんとつ》から細い煙《けむり》が立ちのぼっていた。野いちごでも煮《に》ているのか、甘酸《あまず》っぱい匂《にお》いがしていた。

その光景を見た途端《とたん》に、フレデリカは突然《とつぜん》、涙が出た。

なぜかわからないけれど切なくて切なくて、涙が出た。

泣き出したフレデリカに、教育係の公爵夫人は「泣き顔はみっともないので、泣き止《や》んでくださいませ。泣き止むまで、顔をお隠《かく》しなさいませ」と言って、絹のハンカチを手渡《てわた》した。

あの時のことを思い出し、なぜか涙《なみだ》があふれる。

「おやおや、可愛い顔が台無しだよ。グレーテル」

主婦は優《やさ》しく頰をさすると、フレデリカの首を引き寄せて抱《だ》きしめてくれた。

(嬉しい。どうしてかわからないけれど、嬉しい。けれど、ごめんなさい)

煤《すす》の臭《にお》いが染《し》みついた主婦のエプロンドレスは、夏の太陽の香《かお》りもして、とても温かい。

けれど温かければ温かいほど、今まで気がつかなかった重大な事に気がつき、胸が押しつぶされそうになった。

(わたしは、グレーテルではないんです)

申し訳なさで息苦しい。しかし告白はできない。告白しても、きっと信じてもらえない。馬に蹴られた後遺症《こういしょう》だろうと、もっと優しくされるだけだろう。

（わたしがグレーテルになってしまったのなら、本物のグレーテルはどうなったの？　こんなに優しい人たちが帰宅を喜んでくれる、本物のグレーテルはどこに？　あの子は勇敢《ゆうかん》に暴れ馬の前に立ちふさがって、わたしを助けようとしていた。なのにわたしは、グレーテルの体からグレーテルを追い出してしまったの？）

もしそうであったら大変なことだ。恐《おそ》ろしいことだ。

だからこそ、怖がって立ちすくんでいては駄目《だめ》だ。

フレデリカは一刻も早く状況《じょうきょう》を理解し、原因を探《さぐ》り、全《すべ》てをもとの状態に戻す必要がある。

国の後継者《こうけいしゃ》が死んでしまったら、きっと国王陛下も母王妃《おうひ》も落胆《らくたん》する。

しかし自分のためだけではない。グレーテルのためにも、いや、グレーテルの存在があるからこそ、このままにしておくという選択《せんたく》ができないのだ。

（わたしが、なんとかしないと）

泣き出してしまったが、コーゼル村への道中に引きずっていた、混乱と絶望からくる無気力に代わって、決意が体の芯《しん》に凝《こご》っていた。

叱責《しっせき》されたわけでもないし、苦言を呈《てい》されたわけでもないのに、すこし体がしゃんとした。

これは、自分に向けられた優しさではないと知っている。それでも、誰《だれ》かの労《いたわ》りと優しさに触れると、どうして元気になれるのか不思議だった。

しかし。すぐに名案が浮かんで行動できるほど、フレデリカは小器用ではなかった。

一人娘を心配し、あれこれと世話を焼く夫婦《ふうふ》に促《うなが》され、勧《すす》められるままに家の中に入ってしまった。そして日陰《ひかげ》の椅子《いす》で休むと、精神的肉体的な疲《つか》れのためにその場で居眠《いねむ》りをし、目が覚めると夕食だった。

「さあ、たんとお食べ！」

食卓《しょくたく》の上に鎮座《ちんざ》しているのは、ハーブを内側に詰めた鶏肉《とりにく》の丸焼きだった。鶏の周囲には、ジャガイモやニンジン、タマネギが、まるのまま焼かれてごろっと並べられている。

手元には木製の皿が一枚。フォークは添《そ》えられていたが、ナイフがない。いや、ナイフはあった。鶏の丸焼きに、巨大《きょだい》なナイフが突《つ》き刺《さ》さっている。

フレデリカは息を呑《の》んだ。

(なんてこと！　山賊《さんぞく》料理だわ！)

宮殿《きゅうでん》の図書室所蔵の本の中には変わった書物もあり、フレデリカは膨大《ぼうだい》な蔵書の中から、妙な雰囲気を醸《かも》しだす本を探す嗅覚《きゅうかく》に長《た》けていた。あれこれと妙な書物を読みあさった中に、山賊の生活を活写した、何のために書かれたのかわからない書物もあったが、その中で詳細《しょうさい》に記述されている豪快な山賊料理に憧《あこが》れた。

ごちゃごちゃと手を加えた結果、素材がなにかすらわからなくなった宮廷《きゅうてい》料理と比べ、山賊料理の、なんと直接的に美味《おい》しそうなことか。

「こ、これは……まず、どのように食すのでしょうか？」

生唾《なまつば》を飲むのを悟《さと》られないように必死に隠しながら、フレデリカは冷静を装い問う。

「イザークが言うように、やっぱりちょっと妙だねぇ、グレーテル。大丈夫かい？」

グレーテルの母親は、木のカップにハーブ水を注ぎながら心配そうだ。

しかしフレデリカの視線は、肉に釘《くぎ》づけだ。

「え、ええ。平気です……で、これはどのようにして」

「よっし、父ちゃんが取り分けてやる」

髭熊《ひげくま》の父親が立ちあがり、肉に突き刺さったナイフで、ばりばりと鶏肉を切りにかかる。その様は、まさに解体。

（まるで大陸の伝説の勇者のように大胆《だいたん》……そして美味しそう。ひたすら、美味しそう）

切り分けはじめると、肉の中からあふれ出すハーブの香り。そして滲《にじ》み出る肉汁《にくじゅう》に、フレデリカは目を見開く。

（死者すらも蘇《よみがえ》りそうな、この芳醇《ほうじゅん》な、人を誘惑《ゆうわく》する香り。きらきらと澄《す》みきって輝《かがや》く油の混じる、神の恵《めぐ》みの輝きのごとき肉汁……）

自分の皿に、もも肉が骨ごとドカッと置かれるに至っては、嬉しさに鳥肌《とりはだ》が立った。

（あああっ、この世の楽園がここに!!）

冷静さを装う理性は消えた。

「さ、かぶりつけグレーテル。おまえの好きな、もも肉だ」

かぶりつく。それは夢にまで見た作法だ。フレデリカは目を輝かせた。

「これは、わたしが本で読んだお作法によれば、手摑《てづか》みで食べるんですよね⁉　そうですよね⁉　肉をわし摑みして、食いちぎるようにして嚙《か》みちぎって、もう一方の手にはワインを満たした木製のゴブレットを持ち、肉と酒とを交互《こうご》に流し込むという、あれですね！」

喜びに、頰《ほお》が上気する。はやる心を抑《おさ》えつつ、とりあえず作法を確認《かくにん》する。せっかくの山賊料理だ。作法どおりに食すのが、最も美味しいはずなのだ、きっと。

「……まあ……年頃《としごろ》の娘《むすめ》らしくはないが、やりたいなら、……そうしても構わねぇぞ。酒はないから、水と交互になるけどな」

さすがに呑気《のんき》そうな父親も、笑顔《えがお》が引きつった。だが興奮したフレデリカは一向に気がつかずに、輝くばかりの最高の笑顔で、肉に手を伸《の》ばした。

「いただきます！」

姫君《ひめぎみ》や貴婦人たちは、小食こそ美徳である。小鳥のようについばみ、「お腹《なか》が一杯《いっぱい》です」と席を立つのが望ましい。しかし不幸なことにフレデリカは、生まれながらに食欲旺盛《おうせい》なタイプ。しかも食事の時ですら、周囲からの厳しい監視《かんし》の目がある。小鳥のようについばんで泣く泣く席を立つ日々で、常にひもじい。お腹いっぱい食べた経験など、今までなかった。

片手にもも肉、もう一方の手には水のカップを握《にぎ》りしめ、がつがつと本物の山賊よろしく鶏肉を頰張《ほおば》る娘を、グレーテルの両親は温かく見守った。

「よっぽど宮殿のまかないが、まずいのかね。恐ろしく行儀《ぎょうぎ》は悪いけど、食べる姿は可愛《かわい》いね」

と、母親が母親らしい欲目《よくめ》を発揮し、ほくほくした笑顔で言った。

鶏肉を満腹になるまで食べた。そして食事が終わるとグレーテルの両親は、部屋で寝《ね》たほうがいいと勧めてくれた。娘の様子がおかしいのを、両親も充分《じゅうぶん》に理解したらしい。一晩ぐっすり眠《ねむ》れば、元に戻《もど》るだろうとも言ってくれた。

グレーテルの部屋は庭に面していた。

窓枠《まどわく》には明かり取りの窓が嵌《は》めこまれ、月光がぼんやりと室内を照らす。窓辺には、日に焼けて色が抜《ぬ》けたそら豆人形が、しばり首さながらに、だらりと吊《つ》り下げられている。ささくれだった床《ゆか》の上にある家具は、簡素なベッドが一つきりだ。藁《わら》の上にリンネルのシーツを掛《か》けた、素朴《そぼく》なマットレスの上に座る。麦わらの匂《にお》いがする。

「……美味しかった。明日《あした》の朝ご飯は、なにが出るんだろう」

一息つくと、満足のため息と共に出てきた言葉はそれだった。

様々な期待に胸を膨《ふく》らませかけたが、ベッドの足元にぼんやりと落ちる自分の影《かげ》が目に入り、はっとする。真っ直《す》ぐな髪《かみ》が肩《かた》にかかるその影は、本来の自分の影ではない。

(なにをやってるの⁉)

鶏肉の魅力《みりょく》にすっかり取り憑《つ》かれていたフレデリカは、正気に戻った。仰天《ぎょうてん》して立ちあがる。

グレーテルの両親に甘え、彼女のふりをして、鶏肉などがっついている場合ではない。

グレーテルにこの体を明け渡《わた》すには、まず自分がこの体から出る必要があるはず。自分の本来の体は宮殿にある。なにをするにもまず、その体の近くに戻るべきではないか。

幸い、グレーテルの両親はまだ台所にいる。目の前にある窓から外へ出て家の裏手に回れば、彼らに気づかれずに抜け出せる。そしてとりあえず宮殿へ帰るのだ。

フレデリカは決心すると、両の頰を軽く叩《たた》いて気合いを入れた。そして「よし」と小声で言うと、窓へ近づく。明かり取り窓をそっとはずし、窓枠に飛び乗った。

(なんて軽い体)

軽々と窓枠に飛び乗れたことに、驚《おどろ》いた。グレーテルはとても身軽な体を持っているらしい。

窓枠に吊り下げられたそら豆人形が気になって、撫《な》でてみる。色あせているが、それも味わいだ。一瞬《いっしゅん》、抱《だ》いて逃《に》げようかと思ったが、それは窃盗《せっとう》だと気がついて思いとどまる。

音もなく、難なく庭に飛び降りる。闇《やみ》に身を潜《ひそ》めるようにして庭の裏手に回り、家を離《はな》れた。

村の目抜《めぬ》き通りに出ると、ゆっくりと歩き始めた。

石を踏《ふ》む靴《くつ》の音が心細さを助長する。徒歩で宮殿に向かうと、どのくらい時間がかかるのか知らない。けれどこの身軽な体であれば、難なく辿《たど》り着けるような気がした。

しばらく道を進むと、

「どこへ行く気だ」

低い声が聞こえ、フレデリカはぎょっとして足を止めた。背後をふり返ると、煉瓦塀《れんがべい》の陰から、黒い軍服を身につけた青年が静かに出てきた。イザーク・シュルツだった。

なぜ彼がこんな場所にいるのか。彼の目的はわからないが、「宮殿へ帰ります」と、正直に言うべきではないことだけはわかる。彼はフレデリカを宮殿から遠ざけたのだ。のこのこ戻りますと言って、許してくれるはずはない。

「さ、散歩です。お散歩」

「こんな夜に？　嘘《うそ》つけ。おおかた宮殿へ戻ろうっていう魂胆《こんたん》なんだろう」

見透《みす》かされているらしい。とはいえ、グレーテルの家に連れ戻されるわけにはいかない。

(わたしがここで連れ戻されたら、本物のグレーテルはどうなるの？)

グレーテルの両親の、温かい笑顔を思い出す。彼らの許《もと》に、本物のグレーテルを帰したい。

拳《こぶし》を握る。今のフレデリカの体はグレーテルだ。身軽で俊敏《しゅんびん》で、体力もありそうだ。そう判断して決心が固まった。

(逃げる！)

脱兎《だっと》の勢いで駆《か》け出したフレデリカに、

る追いつかれる。

イザークはすこし慌《あわ》てたようだったが、すぐに彼も駆け出した。そしてあろう事か、みるみ
「おいっ⁉」

（速い！　男の人って、こんなに足が速いの⁉）

そういえば宮殿《きゅうでん》では、全力疾走《しっそう》する男子なんか見たことない。

あっという間に背後に迫《せま》られ、腕《うで》と肩を摑まれた。

「いきなり逃げるか⁉　待てって！」

「放してください！　わたしは、宮殿へ帰らなければならないんです！　あなたに言ってもわからないでしょうけれど、わたしは！」

「知ってる！　あんたはフレデリカ殿下《でんか》なんだろう」

言われると、コーゼル村へ来る道中、散々おざなりに対応されたことを思い出した。怒《いか》りと情けなさがない交ぜになって頭に血が上り、じわっと瞳《ひとみ》が熱くなる。いくら気弱でも、無下に扱《あつか》われ続ければフレデリカだって情けない。

「また……また、馬鹿《ばか》にしてますか⁉　馬鹿にするくらいならば放《ほう》っておいてください！」

暴れるフレデリカの腰《こし》をイザークは強く引き寄せ、もう一方の手で易々《やすやす》と両手首をまとめて握って縛《いまし》める。

「暴れるな！　馬鹿にしてるわけじゃねぇ！　ちゃんと聞け！　あんたは見た目はグレーテ

ル・コールだ。だが中身はエーデルクライン王国王女フレデリカ殿下、それで間違《まちが》いないんだろう！　そうなんだろう⁉　答えろ！」

月明かりに照らされ、薄紫《うすむらさき》の瞳はくっきりと美しい色だった。その瞳が真剣《しんけん》にフレデリカを見おろしていた。彼の言葉に、フレデリカの抵抗《ていこう》は止まった。

「今、……なんて？」

「グレーテルの中にいるのはフレデリカ殿下。あんたはフレデリカ殿下だ。違うか？」

瞬《まばた》きを二、三度繰《く》り返すと、怒りに震《ふる》えて滲《にじ》んでいた涙《なみだ》が、別の理由で、じわりとさらに熱くなる。涙で視界が曇《くも》った。イザークの美しい薄紫の瞳が、霞《かす》んで見えなくなる。

「……そう。……そう、……です」

その答えを聞くと、イザークは縛めていたフレデリカの手を放した。

「わたしは……フレデリカです」

俯《うつむ》くと、涙が路《みち》の石にぽつぽつ落ちる。

(やっと、信じてくれた。なぜかわからないけれど、……信じてくれた。この人だけが)

女が泣く姿は醜《みにく》いと言われ続け、ほとんど人前で泣いたことがなかった。なのに今日だけで一体、どれほど人前で泣くはめになっているのか。情けないような、同時に、解放されきってしまったような妙《みょう》な気分だ。

「やっぱりそうか」

そう呟《つぶや》くと、イザークの手がいきなりフレデリカの襟首《えりくび》を摑《つか》んだ。

「顔を上げな、王女殿下」

言われるまでもなく、襟を摑まれたので顔を上げざるを得なかった。つま先立ちになるほどに強い力で襟を摑まれ、フレデリカは恐怖《きょうふ》と驚きに、息が止まりそうになった。

イザークは、怒りをこらえるように薄《うす》く笑っている。

「あんたは魔女《まじょ》か？　王女殿下。いったい、グレーテルになにをしたんだ。あんたが王女殿下であろうとも、俺の幼なじみの体を乗っ取った魔女に、手加減はしない」

「わたしにも、わかりません。落馬して意識がなくなって。気がついたら、グレーテルの体に」

かろうじて答えたが、声は震えた。

「グレーテルはどうしたんだ。あいつは、どこにいる」

「わかりません、本当に。だから宮殿へ帰って、とにかく、元に戻《もど》れる方法を探したくて」

ぐっと、更《さら》に強くイザークの手に力がこめられ、フレデリカは小さく呻《うめ》いた。それほど苦しくもなかったが、恐怖感が喉元《のどもと》にせりあがって呻き声になったのだ。

「信じて……。信じて……わたしも……戻りたい……。わざとじゃ、ない……」

喉がわななき、そしてまた涙が盛りあがる。今度は恐怖の涙だった。

この美しい顔をした地獄《じごく》の番犬の、冷酷《れいこく》な気配と振る舞《ふま》いが怖《こわ》い。これ以上なにか、ひどいことをされるかもしれないと思うと、怖くてたまらなかった。彼はフレデリカをグレーテルとして扱い、コーゼル村まで連れて来てくれた。なのに、その時の彼と別人のようだった。この体の中にいるのがフレデリカだと確信した瞬間《しゅんかん》、彼は冷酷な地獄の番犬の顔になった。

フレデリカの様子を、冷たい目でしばらく見おろしていたイザークだったが、ふんと鼻を鳴らし、放り出すように手を離した。

前屈《まえかが》みになって咳《せ》きこみながら、フレデリカは必死に、数歩イザークから離れた。前髪《まえがみ》をかきあげると、イザークは大きくため息をついた。

「おかしな混乱が起こったらしいな。それなら……この混乱を元通りにするために、俺が力を貸してやれるかもしれない」

意外なその言葉に、フレデリカは目を見開く。咳《せき》をこらえて顔をあげた。

「助けてくださるんですか」

「あんたなんか、どうでもいい」

突《つ》き放すように言われ、フレデリカはびくりと身を縮めた。イザークは無表情だ。冷たい瞳だ。フレデリカに対する嫌悪感《けんおかん》すら、彼の瞳の中にはあるような気がした。

「あんたが王女殿下だろうが、死のうが生きようが、興味ない。貴族を助けてやる気はない。ただ、このままあんたがグレーテルに取り憑《つ》いてたら、フレデリカ殿下は死亡と判断される。そうなれば馬を引いていた馬手や、馬の管理をしていた連中にもお咎《とが》めがある。そんなことになったら気の毒だ。しかも、あんたが取り憑いたことでグレーテルが体から追い出されたんだとしたら、あんたがその体を明け渡してくれないことには、あいつは元に戻れないはずだ。あんたなんか、別にどうでもいい。ただ目的は違うが、やるべきことは一緒《いっしょ》のはずだ。あんたの協力があれば、このおかしな混乱を元に戻せる糸口が見つかるはずだ」

地獄の番犬と称《しょう》される騎士《きし》団長の彼に、どんな解決策があるのだろうか。予想もできないが、今唯一《ゆいいつ》、自分の窮状《きゅうじょう》を理解してくれる人だ。

「もし俺に協力する気があるなら、来い」

イザークは言い捨てると、背中を見せて歩き出した。協力するなら助けてやる。だが協力する気がないならば、彼は彼なりに勝手にやると、その背中が語っていた。

彼のことが、すこし怖い。「どうでもいい」と言った目の冷たさに、ぞっとしたからだ。乱暴な振る舞いも怖かった。だが。

(今は信じて頼《たよ》るしかない、この人を)

涙を袖《そで》で拭《ぬぐ》いながら、彼の背中を追った。

イザークは確信していた。

(こいつはグレーテルじゃない。あいつが、こんなふうに泣くはずはない)

宮殿の台所で、自分はフレデリカだと主張する彼女の第一声を聞いたときには、「あ、頭を蹴《け》られたな」と思っただけだった。

しかし彼女の目の色は正気だった。だから次に、何かの策略で嘘《うそ》をついているのかと疑った。

グレーテルは嘘が上手だが、長年のつきあいで、イザークは彼女の嘘を見破れる自信がある。

この時の彼女は、嘘をついている気配も、ましてやふざけている気配もなかった。

これは事実を口にしている。そうとしか思えない。しかしあまりにも突拍子《とっぴょうし》もないことなので、にわかには信じられなかった。困惑《こんわく》しているうちに、彼女は台所を飛び出した。

イザークは心配になって彼女の後を追った。すると案の定、彼女は一騒動《ひとそうどう》おこして放《ほう》り出されようとしていた。

そこで意を決し、騎士の手から彼女を救い出し、グレーテルの実家に連れ帰った。

この素《す》っ頓狂《とんきょう》な事実を、自分の中に受け入れる時間が欲しかった。しかもイザークは仕事中だったので、一度ロートタール監獄《かんごく》へ帰る必要もあった。その間、混乱している彼女を安全に預けられる場所として、グレーテルの両親の家を選んだのだ。

そして仕事を終え、彼女からどうやって話を聞くべきかと考えながらグレーテルの家に向かっていると、本人が家から忍《しの》び出てきたのだ。

捕《つか》まえて真実を問い質《ただ》すと、彼女は泣いた。グレーテルは策略で泣く以外で、人前で泣かない。そもそも彼女に真実の涙は存在しない。彼女は強《したた》かで、意地が悪く頭の切れる、小さな悪《あく》魔《ま》のような娘《むすめ》なのだ。

だからイザークは確信した。このグレーテルは、グレーテルではない。

（いったい、なにがどうなって、こんなことになった）

イザークは事態を理解しながらも、原因となると見当もつかなかった。

だが、この原因を理解していそうな者の存在には、心当たりがある。

（あいつを呼び出すか……）

月を見あげた。白い綺麗《きれい》な月だ。彼を呼び出すにはうってつけだ。

それにしてもグレーテルは、どこへ行ったのか。

グレーテルは妹とも言える存在だ。七歳のイザークが、運命に抗《あらが》い繋《つな》ぎとめた命だ。とりあえず元気に生きていれば文句はないが、命に関《かか》わる危機は放ってはおけない。

月光を白く跳《は》ね返す石敷《いしじ》きの路《みち》を歩きながら、イザークは少女をふり返った。

心細そうにぽろぽろ涙を流して歩く姿は、小さな子供のようだった。頼りない姿に、普通《ふつう》であれば手を引いてやろうという気が起きたかもしれない。

しかし今の彼女の中身は、フレデリカ王女殿下《でんか》だ。

貴族の姫君《ひめぎみ》になど触《ふ》れたくない。それが正直な気持ちだ。

彼らは綺麗な衣装を身に纏《まと》い、優雅《ゆうが》に振る舞うことで、醜悪《しゅうあく》な本性《ほんしょう》を隠《かく》している下種《げす》だ。

全《すべ》ての貴族がそうだと、十把《じっぱ》一絡《ひとから》げに思い込むほど単純ではない。だが、ごく希《まれ》にいる例外を除けば、だいたい似たり寄ったりだ。

目的さえなければ、貴族にかしずく騎士団の一員になど、けしてならなかっただろう。

王女殿下。貴族の中の貴族様だ。そんな女がグレーテルの体に入り込み、本物のグレーテルを追い出した。意図せずに起こったことだとしても、腹立たしい。

（これがエーデルクラインの宝石、王女殿下か。馬鹿《ばか》馬鹿しい）

めそめそ泣く姿は、ただの小娘《こむすめ》だ。貴族連中がありがたがって、宝石だ天使だと褒《ほ》めそやす王女の中身は、たいしたことなさそうだというのが、イザークの抱《いだ》いた印象だった。

三章　死神の告白

「ありがとうございます。力を貸してくださること」

月光に照らされた路をしばらく歩くと、ようやく落ち着きを取り戻し涙《なみだ》も止まった。そうすると力を貸してくれるイザークに、一言お礼を言うべきだと、やっと気がついた。

しかし先を行くイザークは、肩越《かたご》しに素っ気なく応じる。

「礼を言われる筋合いはない。あんたを助けるためじゃないと言ったはずだ。あんたが取り憑いてるグレーテルと、咎めを受けそうな馬手たちのためだ」

「あの、こんなこと言える立場じゃないとわかってますが、取り憑くっていう表現は、ちょっとどうかと。悪霊《あくりょう》かなにかのようで、そこはかとなく落ちこむと言いますか」

「はぁ⁉　正真正銘《しょうしんしょうめい》、悪霊よろしく取り憑いてるだろうが！」

威嚇《いかく》する猟犬《りょうけん》のような目で睨《にら》まれ、フレデリカは震《ふる》え上がって即座《そくざ》に認めた。

「取り憑いてます！　ごめんなさい！」

しかし怖《こわ》くとも悪霊扱《あつか》いでも、自分一人よりは心強かった。

村の中心部を抜《ぬ》けると、一軒《いっけん》の家が現れた。他《ほか》の家々とは離《はな》れた場所にぽつりと建ち、月光にさらされる家の影《かげ》は地面に濃《こ》く落ちて重厚感《じゅうこうかん》がある。木組みと煉瓦《れんが》の一般的《いっぱんてき》な作りの平屋で、建てられた年代はかなり古そうだ。木の筋交《すじか》いにはコウモリやドラゴンの彫刻《ちょうこく》などが施《ほどこ》され、陰気《いんき》な陰影《いんえい》のついたぎょろ目で、フレデリカを見おろす。

「ここは、どなたの家ですか？」

「俺の家だ。両親も死んだし、俺はたいがいロートタールにいるから、ほぼ空き家だけどな」

答えると彼は、先に立って家の中に入った。真っ暗な室内に足を踏《ふ》み入れたものの、なにも見えないので、フレデリカは戸口で立ち止まった。わずかに埃《ほこり》っぽい。

イザークは暗闇《くらやみ》でも勝手がわかるらしく中に進むと、オイルランプに火を入れた。

（なに、この家）

明るくなった室内を見回し、フレデリカは目を丸くした。鼓動《こどう》が倍増する。

扉《とびら》を一歩入ると、そこは広い部屋だった。

壁《かべ》の左右には、天井《てんじょう》まで組まれた本棚《ほんだな》がある。その本棚の中には、革《かわ》張りのものから近代製本らしい布張り本まで、あらゆる大きさと年代の本が詰《つ》まっている。ブックエンドがわりに、作り物か本物かわからないが白茶けた髑髏《どくろ》が、うっすらと埃を被《かぶ》って置かれていた。

六脚《きゃく》の椅子《いす》が並ぶ樫《かし》作りの食卓《しょくたく》には、緻密《ちみつ》な織りのテーブルクロスがかかっている。そしてその上にも、乱雑に本が積まれていた。おかしな色の液体が詰まった小瓶《こびん》や、極彩色《ごくさいしき》の鳥の羽根をまとめて作った小さなはたき。石のメダル、水晶玉《すいしょうだま》、そら豆人形、人の手の形をした燭台《しょくだい》など、所狭《ところせま》しと置かれている。

そして極《きわ》めつけが、部屋の中央の床《ゆか》に蠟石《ろうせき》で描《えが》かれた魔法陣《まほうじん》だ。

「人の手の形をした燭台は、栄光の手？　屍蠟《しろう》化している本物ですよね。しかもあの魔法陣は、大陸でも湖水地方にのみ伝わるというメンデル魔法陣？　そら豆人形は年代が古そう。目玉の位置が現在のものと異なるから、半世紀以上昔のアンティーク」

宮殿《きゅうでん》の怪《あや》しげな蔵書ばかり選んで読みふけり、身についてしまった知識が役に立つ。アンティークのそら豆人形は、ぜひ手元で可愛《かわい》がってみたいと胸が高鳴り、我知らず瞳《ひとみ》が輝《かがや》く。

「魔術師《まじゅつし》の家みたい！」

興奮を押し殺しながら呟《つぶや》くと、室内にあるオイルランプに次々火を入れていたイザークが、ひんやりした視線を向けてくる。

「なんでそんなに詳《くわ》しいんだ？　しかも妙《みょう》に嬉《うれ》しそうに」

「え!?　ええ、えっと。けほけほけほ」

軽く咳《せ》きこんで、動揺《どうよう》を誤魔化《ごまか》してみた。

「わ、わたしの従兄弟《いとこ》の友人の叔母《おば》の姪《めい》っ子が、そういったものに興味があると、いくつか本を貸してくれたことがあるので、たまたま知っていただけで。でも、なぜあなたの家がこんな素敵《すてき》な……、ではなくて、怪しげな魔術師の家みたいな様子になっているんですか」

全てのオイルランプに火を入れ終わると、イザークは魔法陣の側《そば》に歩み寄った。

　フレデリカも部屋の中央に進み、魔法陣を挟《はさ》んでイザークと向き合うように立つ。足元の魔法陣を見おろす。本格的な魔法陣で、細かく描き込まれた古代文字を目で追うと、「召喚《しょうかん》」「円《えん》環《かん》」「扉」「炎《ほのお》」等々、三割ほど単語が判読出来た。ちょっと嬉しかった。

「本物のように見えますね」

「本物だ。ここは魔術師の家だ。俺が魔術師だからだ」

「そうですか。あなたが魔術師だから、こんな家……えっ⁉　魔術師⁉　けれどあなたは第三騎《き》士《し》団団長で、軍人ですよね⁉」

「第三騎士団団長で軍人だが、魔術師だ」

　フレデリカは絶句した。なんということだろうか。第三騎士団団長で軍人で、地獄《じごく》の番犬で魔術師。怪しすぎて、ときめきが止まらない。弾《はず》みそうになる声を抑《おさ》えつつ問う。

「この十八世紀に、魔術師ですか？」

　大陸中央部、特にエーデルクラインを中心とした湖水地方と呼ばれる地域には、多くの魔術的な遺《い》跡《せき》や伝説が残っている。

　エーデルクラインを建国した英雄《えいゆう》ヴァルターは、六人の天使と一人の悪魔を従え、七人の守護者とした。その七人の守護者と共に国を興《おこ》したとされている。その七人の守護者の一人、悪魔になぞらえられているのは、この地方にいた大魔術師ではないかという説がある。

　しかし十八世紀に入り近代化が進むにつれ、魔術や魔法といったものは、旧時代の迷信《めいしん》として消え去りつつある。あと二十数年で、十九世紀がやって来る。神の存在にさえ疑問を抱く近代においては、当然だった。

冷静に理性的に考えれば、魔術師の存在や魔法は迷信だ。けれど本当にそんなものが存在するならば、どれほどわくわくするだろうと思ってもいた。

イザークはその場に片膝《かたひざ》をつき、魔法陣に触《ふ》れる。

「俺の家は代々、家と共に魔術の知識を受け継《つ》いでいる。俺は十四代目。湖水地方の魔術師だ。エーデルクライン建国の祖ヴァルターに仕えた、悪魔《トイフェル》の末裔《まつえい》とも言われている」

「わたしの今の状態は、常識ではありえないことです。悪夢か、悪い冗談《じょうだん》みたいです。こんなことが起こるのですから、魔術師が存在しても不思議ではありません。そう思います」

明るい近代の光で隅々《すみずみ》まで照らされ、のっぺりとつまらなくなっていた世界に、フレデリカの興味をそそる不可思議が存在するに違《ちが》いない。今なら、それを実感できる。

「綺麗《きれい》なだけの人形かと思っていたが。それなりに、思考はするらしいな」

イザークは立ちあがり、魔法陣の中央に歩み入る。中央に置かれていた蠟石を手にし、文字らしきものを床に書き加えていく。

「信じているなら、話が早い。今から、なぜこんなおかしな状況《じょうきょう》になったのか知っていそうな、俺の昔なじみに話を訊《き》く。奴《やつ》が事情を知っていれば、元《もと》に戻る方法もわかるはずだ。ただそいつに話を訊くためには、あんたの協力が必要だ。王女殿下《でんか》」

この混乱が始まってから、はじめて見えた解決の糸口だ。フレデリカは声を弾ませた。

「誰《だれ》なんですか、その事情を御存《ごぞん》じの方は」

「死神だ」

「？　はい？　ええっと。どなたですか？　確か、あなたの昔なじみに訊くと。それが？」

「死神。昔なじみだ」

フレデリカが狂喜乱舞《きょうきらんぶ》出来るほどの、めくるめく怪奇《かいき》世界全開だった。怪しいにも程《ほど》がある。

めくるめいているのか目眩《めまい》がするのか、微妙《びみょう》なところになってきた。

「一体どんな、おなじみ様で」

「子供の頃《ころ》、ちょっと必要に迫《せま》られて呼んだ。それから時々呼び出すが、怖いか？」

「どちらかというと、めくるめく世界というか」

「めくるめく？」

「い、いいえ！　それで、わたしはなにを……」

と口を開いた瞬間《しゅんかん》だった。突然《とつぜん》、どかん！　と、家全体を揺《ゆ》るがす勢いで扉が開き、

「そこまでだ!!　悪漢め!!」

落ち着きかけた精神を横殴《なぐ》りする雄々《おお》しい声に、フレデリカは驚《おどろ》きのあまりよろめいて、背後に尻餅《しりもち》をついた。声のした方に首だけ捻《ひね》ってふり返り、仰天《ぎょうてん》した。

「ユリウス・グロスハイム!?」

扉の前には、場違《ばちが》いに爽《さわ》やかな白い軍服と白い歯を見せ、ユリウスが仁王立《におうだ》ちしていた。フレデリカは床の上で呆気《あっけ》にとられる。なぜ彼が、こんなところに登場するのだろうか。

「君が全《すべ》てを仕掛《しか》けた犯人だな、イザーク・シュルツ！　僕には全部お見通しだ！」

沈黙《ちんもく》が落ちた。

ユリウス本人は得意満面で、どうだと言わんばかりにイザークを指さしていたが、その場の空気は冷え冷えしていた。扉から吹《ふ》きこんだ風に、オイルランプの火が情けなく揺れる。

「第一騎士団団長のグロスハイムだな。俺の家に、なにしに来た？　招待した覚えはない」

とてつもなく面倒《めんどう》そうにイザークは立ちあがると、魔法陣の中心から出てきた。

「とぼけるな！　君が、僕の可愛いフレデリカを誘拐《ゆうかい》したからに決まっている！」

「俺が王女殿下を誘拐した？　寝言《ねごと》は寝てから言えよ、グロスハイム。あんたの可愛い王女殿下は、天使宮に寝かされている。この場所のどこに、フレデリカ殿下がいる？」

すらりとサーベルを抜いて構えながら、ユリウスはフレデリカに向かって顎《あご》をしゃくる。

「寝言を言っているのは君の方だ、シュルツ。フレデリカは僕たちの目の前にいる。そこの彼女が、フレデリカだ。彼女の中身はフレデリカだ」

フレデリカは驚いたし、イザークも目を見開く。

「ユリウス……わたしのことを、フレデリカと、どうして……」

「ああ、わかっているよ、愛《いと》しいフレデリカ。なにもかも愛の力だ。待っていて、すぐにこの

悪漢の手から救い出してあげるから」

イザークはにやりとした。

「へぇ、これはこれは。阿呆《あほう》と噂《うわさ》に高いグロスハイムも、なかなかどうして。それほど阿呆でもなさそうじゃないか」

「今更褒《いまさらほ》めても、容赦《ようしゃ》はしないぞ」

「いや、あんまり褒めてねぇけど。とりあえず剣《けん》を引け、グロスハイム。あんたがそこまで理解しているなら、事情を説明してやる」

「容赦しないと言ったはずだ！　正々堂々と勝負しろ！　さあ、剣を抜《ぬ》け！」

構えた刃《やいば》を、ユリウスは挑発《ちょうはつ》するように揺らした。フレデリカは青ざめた。

「やめてユリウス。違うの、彼は！」

「さあ、勝負だ！」

ユリウスは聞く気がなさそうだ。

「違うと言ってるだろう、グロスハイム。聞けよ」

「聞かないぞ、悪漢の言い訳など！」

イザークは苛立《いらだ》って舌打ちする。

「説明してやるって」

「剣を抜きたまえ！」

「説明を聞けと言ってるんだぞ」

「勝負！」

「聞けよ」

「剣を抜け！」

「ああっ！　うるせぇ!!」

怒鳴《どな》り声と同時に、鼓膜《こまく》が震《ふる》える爆発《ばくはつ》音が響《ひび》き、戸口に置いてあった大きな瓶《びん》が粉々に砕《くだ》け散った。

イザークが、いつの間に抜いたのか拳銃《けんじゅう》を構えていた。筒先《つつさき》からは細い煙《けむり》があがり、火薬の臭《にお》いが室内に充満《じゅうまん》した。彼の撃《う》った弾《たま》が、戸口の瓶を砕いたらしい。弾はおそらく、ユリウスの鼻先をかすめている。

「説明を聞いて頂けないかとお願いしているんだがなぁ、ユリウス・グロスハイム団長？」

目を据《す》わらせて馬鹿丁寧《ばかていねい》にイザークが言うと、ユリウスは「ははっ」と乾《かわ》いた笑い声をあげ、

「聞かないこともない、かな？」

と、引きつった笑顔《えがお》で肩《かた》をすくめた。

オイルランプの光に照らされ、フレデリカ、イザーク、ユリウス、三人の影《かげ》が壁《かべ》に大きく映

り微《かす》かに揺れている。

三人が着席しているのは、魔術《まじゅつ》の道具が所狭《ところせま》しと置かれた食卓《しょくたく》。鮮《あざ》やかな青や赤の液体を満たした小瓶の群れや、革張《かわば》りの本の山や水晶玉《すいしょうだま》越しに、互《たが》いの顔を見ていた。ユリウスはフレデリカを守るつもりなのか、彼女の横に着席し、イザークとは食卓を挟《はさ》んで向き合っている。魔術師の密議はかくやという光景だ。

しかしユリウスの華《はな》やかで明るい存在だけが、この家の中では、とんでもない違和感《いわかん》だ。

「落馬の衝撃《しょうげき》でフレデリカの意識は、グレーテル・コールの中に入り込んだ。それに気がついた君は彼女を保護し、元に戻すために力を貸そうとして彼女をここに連れて来たというわけか。君は代々続く魔術師の家系で、魔術を使えるから」

ユリウスは、グレーテルに憑依《ひょうい》したフレデリカを、イザークが無理矢理《むりやり》誘拐したと勘違《かんちが》いしていたらしい。そこでイザークとフレデリカ二人がかりで、こんこんと説明をすると、ようやくユリウスは納得《なっとく》してくれた。

「だいたいの経緯《けいい》はわかったよ。僕の勘違いだったのだね。早とちりして悪かったよ、シュルツ。ところで、お茶を一杯《いっぱい》もらおうかな？　できれば小さなお茶菓子《がし》も」

「目の前にある瓶の中身なら、どれでも好きなだけ飲んでいいぜ」

「ああ、これか」

と、ユリウスが手を出そうとするので、フレデリカは慌《あわ》てて彼の手を押さえた。

「なんで飲もうとするの⁉」

「だって、喉《のど》が渇《かわ》いたから」

「喉が渇いたからって、得体のしれないものを飲んでは危険よ！　シュルツさんも、意地悪しないでください。わけのわからない、こんな薬みたいなものを勧《すす》めるなんて」

「わけはわかってる。右端《みぎはし》から、物忘れの薬、惚《ほ》れ薬、眠《ねむ》り薬、毛生え薬に、毛の抜ける薬」

「毛なんか抜けたら大惨事《だいさんじ》です！」

　青ざめてユリウスの前から小瓶をかき集めながら、フレデリカは不思議に思って訊《き》いた。

「そういえば、ユリウス。どうしてここに来られたの？」

「君が宮殿《きゅうでん》から放《ほう》り出されたと知ってね。僕の部下に訊いたら、君はシュルツとともにコーゼル村に行ったと言うから。準備を整えてから追いかけて、シュルツの家を捜《さが》し出したわけだよ」

「でも、なぜわたしのことをフレデリカと信じてくれたの？　誰も信じなかったのに」

　イザークを誘拐犯と勘違いしていたが、ユリウスは最初から、フレデリカがグレーテルの体に憑依していることは認めているようだった。

「君は寝室《しんしつ》に飛びこんできたときに、自分はフレデリカと名乗った。それだけなら僕も信じなかったけれど、君は、あの開かずの箪笥《たんす》をちらちら気にしていたからね」

　彼は自分の観察眼の鋭《するど》さを褒めてもらいたそうに、胸を張った。

「え？　え？　開かずの箪笥？」

小瓶をかき集めていた手が止まる。

「あれは、フレデリカしか知らないことだよ！　あの中にぎっしりとそら豆……！　むぐぐ」

ユリウスが言わんとしていることに気がついて、フレデリカは彼の口を両手で塞《ふさ》いだ。ユリウスは恐《おそ》ろしいことに、そら豆人形の存在を知っている。血の気が引いた。

鋭い小声で、焦《あせ》って囁《ささや》く。

「なんで、あの箪笥の中身を知っているの⁉」

「愛の力だよ」

「具体的にはどんな愛の力⁉」

「暇《ひま》があれば、君の寝室をオペラグラスで覗《のぞ》いていたから。君があれをベッドの上で繕《つくろ》ってニヤニヤしている不気味な姿を、度々目撃《たびたびもくげき》……ぐぅ」

フレデリカの両手で塞がれて、もごもご喋《しゃべ》っていた彼の口を、更《さら》にありったけの力で押さえ込んだ。

(物忘れの薬はどれ⁉　今すぐ、彼の口にそれを突《つ》っこみたい！)

悪趣味《あくしゅみ》を知られた恥《は》ずかしさに耳まで赤くなったが、それ以上に聞き捨てならないこともある。

「寝室を覗き見するなんてことは、愛の力ではなく変態行為《こうい》よ！　でも涙《なみだ》を呑《の》んで見逃《みのが》すから！　だから、そら豆の『そ』の字も口にしないで！　お願い！　王国の威信《いしん》が崩壊《ほうかい》する！」

低く脅《おど》すように囁くと、このままでは窒息《ちっそく》すると思ったのか、ユリウスはこくこく頷《うなず》いた。

「なにしてんだ、あんたたち」

不審《ふしん》げにイザークが眉《まゆ》をひそめるので、フレデリカは微笑《びしょう》で取り繕いながら着席した。

「彼が、わたしをフレデリカと信じてくれた根拠《こんきょ》を確認《かくにん》しただけです。ねぇ、ユリウス」

「そうだよ」

けろりとユリウスは答える。悪気もなければ、戸惑《とまど》いもない。あっぱれだ。

「それで君は、どうやってフレデリカを元《もと》に戻すつもりだ？　シュルツ。ちょいちょいっと、魔法《まほう》を使って直すのかい？　バネ仕掛《じか》けの人形を直すみたいに」

「魔術は万能《ばんのう》じゃないし、そんなに便利なものじゃない。使える術を、状況《じょうきょう》に応じて利用するだけだからな。だからどんな術を利用するかを見極《みきわ》めるのが、魔術師の器量だ」

「昔話みたいに、杖《つえ》を振《ふ》ったら元通りではないのかい？」

「生憎《あいにく》、魔術師にはカボチャの馬車を作ったりする、突拍子《とっぴょうし》もない術はない」

「なんだ。じゃ、君は魔法使いのお婆《ばあ》さんよりも役立たずだね」

笑顔のユリウスに、イザークが氷のような視線を返す。

「爽《さわ》やかに喧嘩《けんか》売ってんのか？」

「ユリウス！」

もう一度、正直者の口を両手で塞ぎ、フレデリカは背中に冷や汗《あせ》を感じながら慌てて謝罪した。

「ごめんなさい、シュルツさん！　魔術師が昔話の魔法使いと同じじゃないのは、よく知ってます。魔術師が得意とするのは、異界の者、すなわち悪魔《あくま》や死神や死霊《しりょう》や精霊《せいれい》と交信し、その影響《えいきょう》で生じた現象に解決策を導き出すことですものね。あとは人間の魂《たましい》に働きかけて、人の記《き》憶《おく》を操《あやつ》るとか、精神を混乱させるとか、そんなことで。それを応用した呪詛《じゅそ》も……」

と、そこまで喋ると、イザークがとんでもなく不審げな表情なのに気がついた。

「めちゃくちゃ詳《くわ》しいじゃねぇか、あんた」

(しまった！)

うっかり漏《も》れ出る豊富な知識が、恨《うら》めしい。

「い、いえこれは。先ほど言いました、たまたま貸してもらった本の中にあった知識の受け売りで。それで、今回はどのようにして解決を？」

促《うなが》すと、イザークは「まあ、いい」と言って、立ちあがった。フレデリカの知識に突っこむことは止《や》めて、話を進めてくれるようなので正直ほっとした。

「この混乱は、死から生じている。落馬したフレデリカ殿下《でんか》は、死んで当然だったはず。馬に蹴《け》られたグレーテルもそうだ。だから死を操る者、死神を呼び出す術を使う。死神を呼び出し、混乱の原因を聞き出す。混乱の原因が死神なら、解決策も死神が知っているはずだ。そのためには、当事者の協力が必要だ。当事者とはあんただ、フレデリカ殿下」

「わたしは、なにをすればいいのですか?」

「俺と一緒《いっしょ》に魔法陣《まほうじん》に入り、死神と会話してもらう。死神は死に関《かか》わる当事者には、事実を打ちあける義務がある。だからあんたが直接訊く必要がある。ただし、魔法陣に入り魔力を使うことで、あんたの中にある、ちょっとした記憶が消える可能性がある」

「例えば、どんな?」

死神。死を司《つかさど》るその存在と向き合うことは、さすがにフレデリカでも恐ろしかった。

「たいしたことじゃない。昨夜食った飯の内容とか、誰《だれ》かと交《か》わした会話とか。そんなものだ」

「大丈夫《だいじょうぶ》? フレデリカ。もとはといえば、僕が君を遠乗りに誘《さそ》ったからだ。代わりに僕が魔法陣に入ってもいい」

心配顔で、ユリウスはフレデリカの手を握《にぎ》る。

「当事者しか無理だそうよ。気持ちは嬉《うれ》しいわ、ありがとうユリウス。しかもこれは、あなたの責任ではないから。わたしの責任だから」

緊張《きんちょう》しながらもフレデリカは立ちあがり、ユリウスの手をやんわりと離《はな》させた。

魔法陣へと歩みを進める。

(国王陛下の命令を拒否《きょひ》することができず、気乗りしないのに馬に乗ることを選んだのは、わたしだもの。拒否出来なかったは、言い訳にならない)

従順であれと、フレデリカは教えられ続けていた。

けれどこんなおかしな混乱に巻きこまれてみれば、あの時拒否するべきだったと思う。身体能力が低いフレデリカは、遠乗りに向く人間ではない。それをわかっていながら拒否出来なかったと言うのは、単なる言い訳だ。拒否しなかったのは、きっと自分の怠慢《たいまん》なのだ。叱責《しっせき》されることや失望されることを恐れた、怠慢の結果だ。

円形の魔法陣の中心には、大きく六芒星《ろくぼうせい》が描《えが》かれている。その六芒星の頂点に一つずつ赤色の蠟燭《ろうそく》を置き、イザークはそれに火を灯《とも》す。

「来い」

促す所作に導かれ、フレデリカは魔法陣の中心に踏《ふ》みこんだ。

ユリウスが思わずのように立ちあがり魔法陣に駆《か》け寄ろうとするが、イザークは目線でそれを制し、人差し指を唇《くちびる》に当てる仕草をした。沈黙《ちんもく》を要求したのだ。

「あの、シュルツさん」

「イザークでいいさ、殿下。シュルツと呼ばれると、ロートタールを思い出して集中できない」

「わかりました。……イザーク」

躊躇《ためら》いながらも名を呼んだ。少し、どきどきした。オペラグラス越《ご》しに見つめていた地獄《じごく》の番犬と間近で見つめ合い、彼の名を呼ぶ。今朝には、こんな状況を想像もしなかった。

大海原《おおうなばら》を渡《わた》るわけでも、高い山を征服《せいふく》するわけでもない。しかしフレデリカ王女として、天使宮で硬《かた》い殻《から》に閉じこめられていた自分にしてみれば、こうやってここにいるのは冒険《ぼうけん》物語そものものようだった。

未知の世界に踏みこんだという意味では、きっとこれは否応《いやおう》なく自分に課された冒険だ。

（わたしは、なにもできない）

今日一日で嫌《いや》というほど味わった。自分という者の、なんと無力なことか。

（けれど、これがわたしに課された冒険なら、可能な限り力を尽《つ》くしたい。そして力を貸してくれる人には、真摯《しんし》に向き合って感謝するべき）

それが今の自分に力を貸してくれる人に対する最低の礼儀《れいぎ》で、今の自分が持てる、最高の矜《きょう》持《じ》だ。気弱で人見知りでも、人として守らなければならないことは知っている。

死神と対面する恐ろしさよりも、すこしだけ決意の方が勝《まさ》っていた。

「わたしも、フレデリカとお呼びください。こんな状況で殿下《でんか》扱《あつか》いされるのは、空《むな》しいです」

そしてひと呼吸置き、深く頭を下げた。

「どうか、あなたの力を貸してください。イザーク」

イザークは、頭をさげたフレデリカに驚《おどろ》いたように目を瞬《またた》く。フレデリカが顔をあげると、

「わかったよ」

彼の顔に、少し面白《おもしろ》そうな色が走る。しかしすぐに表情を改め、

「はじめるぞ。殿下……じゃないか、フレデリカ。手を貸せ」

手を差し出すと、イザークは自分の掌《てのひら》に彼女の掌を載《の》せる。

イザークは空いている左手で自分の唇に触《ふ》れ、目を半眼にする。

「我、湖水の魔術師《まじゅつし》の血を引く者。湖水の天地と狭間《はざま》にある、全《すべ》ての精霊と契約《けいやく》する者」

彼がそう呟《つぶや》くと、握られた手を通し、悪寒《おかん》のようなものが流れ込んで背筋を駆け抜《ぬ》けた。

閉め切った室内で風もないのに、イザークの銀の髪《かみ》が、さわさわと微《かす》かに揺《ゆ》れている。

蠟燭の炎《ほのお》の揺らめきが増す。

イザークが目を開きフレデリカを見つめた。その瞳《ひとみ》の色に息を呑《の》む。本来は薄紫《うすむらさき》のはずの彼の瞳の虹彩《こうさい》が、アメジストのような輝《かがや》きを秘《ひ》めた鮮《あざ》やかな紫になっている。

(魔術師)

ぞくぞくするのは、重ねた手を通して流れ込む魔術の力のせいばかりではない。

(なんて仄暗《ほのぐら》くて、美しい)

魔術師の佇《たたず》まいに魅了《みりょう》される。

唇に当てていた手を離すと、人差し指と中指の二本を立て、宙に六芒星を描く。描き終わると、魔法陣の円周がぱっと青白い光を放った。円周が、熱のない青い幻《まぼろし》の炎に包まれた。

二人の頰《ほお》に青白い影《かげ》が揺れる。

「召喚《しょうかん》する。湖水の死神ジークフリート」

静かにイザークが告げた。

次の瞬間《しゅんかん》、真冬の森を吹《ふ》き抜ける風音のような、甲高《かんだか》い音が二人の周囲を取り巻いた。皮膚《ひふ》が斬《き》り裂《さ》かれそうな鋭《するど》い音に、思わずフレデリカは目を閉じ、身を縮めてしゃがみ込もうとした。だがイザークが握った手に力をこめ、勇気づけるように強く引く。

フレデリカは目を開くと、おそるおそる腰《こし》を伸《の》ばす。

「大丈夫だ、奴《やつ》が来ただけだ」

イザークは、重ねていたフレデリカの手を離した。

「来た？　死神が？」

幻の青い炎に囲まれた魔法陣の内部を見回す。しかしイザーク以外の姿はない。

「死神の名前はジークフリートだ」

「名前があるんですか？　ジークフリート？」

「呼んだ？」

突然《とつぜん》、フレデリカの耳元で涼《すず》やかな少年の声がしたので、わっと悲鳴をあげてイザークの背中に隠《かく》れた。しかしやはり誰の姿もなく、フレデリカは身震《みぶる》いした。

「姿が、見えないのですね」

「そうそう」

またもや耳元で声がしたので、フレデリカは同じように飛びあがった。けれど最初ほどの恐《きょう》怖《ふ》感《かん》はなく、そろりと自分の耳の辺りを目で探《さぐ》る。

「ジーク。脅《おど》かしてやるな」

うんざりした様子でイザークが注意した。するとフレデリカの耳元で聞こえていた声は、ふふっと笑いながら離れていく。そして軽い調子の少年の声が響《ひび》く。

「久しぶりだねぇ、イザーク。僕になんの用なの」

「察しはついているだろう。フレデリカ王女と、グレーテル・コールのことだ。おまえが関わってるのか？」

「さあねぇ。教える義務はないよぉだ」

からかうような声に、イザークは舌打ちしてフレデリカにふり返った。

「あんたの出番だ。あんたがジークに訊《き》くんだ。奴は死神だ。死神は、死に関わった当事者の求めがあれば答える義務がある。俺が訊いても、奴ははぐらかすだけだ」

「は、はい」

イザークの背中からそろりと離れると、何度か唇を湿《しめ》らせて言葉を探す。迷っている場合ではない。つたなくとも問うべきだ。死神は、フレデリカの質問にしか正直に答えないのだ。どこへ向けて言葉をかければいいのかわからなかったが、適当な場所に向かって話しかける。

「あなたは死神なんですよね、ジークフリート。教えて欲しいことがあります。わたしは、フレデリカ・アップフェルバウムです。グレーテル・コールの肉体に入り込んでいますが、フレデリカです。このおかしな状況《じょうきょう》の原因を、あなた御存《ごぞん》じですか？」

「まあね」

拗《す》ねたような声が、フレデリカの傍《かたわ》らから聞こえる。そこへ向けて重ねて問う。

「原因を教えてください。そしてグレーテルの意識はどうなったのか、教えてください。ついでに、この混乱を元に戻《もど》す方法を御存じなら、教えてください」

しばしの沈黙の後、声が響く。

「今日、グレーテルは暴れ馬に蹴《け》られて死ぬ運命だったんだよ。だから僕は今日、彼女の魂《たましい》を狩《か》りに行った。とても難しい狩りだった。だってグレーテルは馬に蹴られて死ぬ運命だから、蹴られたその瞬間《しゅんかん》に魂を狩る必要があったんだ。その瞬間は、グレーテルを蹴る馬と、馬に乗るフレデリカ王女、そしてグレーテルと、三つの魂が重なるようにして集《つど》うからね。その三つの魂が重なっている一瞬に、グレーテルの魂だけを狩る。運命がそう決まっているから、そうする必要があった。これがなかなか難しくて。でね、間違《まちが》ってあなたの魂を狩っちゃった」

てへっと、声が笑った。

一瞬、頭が真っ白になる。今、とんでもなくいい加減な告白を聞いたような気がする。

「ま、間違って？」

「そう。それでね、これはまずいと思って、とりあえず狩ったあなたの魂を放《ほう》り出して」

「放り出す!?」

「そう。放り出して、グレーテルの魂をずばっと狩ったら、やっとグレーテルは死んだ。けれど安心した隙《すき》に、空っぽになったグレーテルの体に、放り出しておいたあなたの魂が、するっと落ちて入っちゃった」

「入っちゃったじゃねぇだろう……」

隣《となり》でイザークが呻《うめ》く。

「僕も慌《あわ》てちゃって、グレーテルの魂が手から転げ落ちた。そしたらグレーテルの魂は、近くをうろついていた黒猫《くろねこ》の体の中に入っちゃった。黒猫はそのまま逃《に》げ出すし、グレーテルの中には、あなたが入ってるし。あなたの体は、本来死ぬべきじゃないのに魂を狩ったものだから、死の一歩手前の状態になってるし。大混乱だよ。だからうんざりして、そのままにしておいた」

あまりにも軽々しく語られる衝撃《しょうげき》告白だ。怒《いか》りを通り越《こ》して、もはや笑うしかないくらいに衝撃だ。人間の命とは、こんな適当な感じで狩られるものなのだろうか。もし死神の姿が目に見えていたら、いかな大人しく気弱なフレデリカでも、摑《つか》みかかっていたかも知れない。

「そ、それで……元に戻る方法はあるんですか?」

絞《しぼ》り出すように問うと、死神はけろりと答えた。

「あるよ」

「どうやって⁉」

「今は空っぽのあなたの体に、あなたが触《さわ》ればいいんだ。そうすれば、あなたの魂は元の肉体へと吸い寄せられて移る。グレーテルだって、そうだよ。グレーテルの魂が入った黒猫が、あなたの魂が抜けて空っぽになったグレーテルの体に触ればいいだけ」

「そんな簡単なことでいいんですか？」

要するに、この混乱をおさめるには、まずフレデリカが本来の自分の肉体に触れて元に戻る。そしてグレーテルの体を一旦《いったん》空っぽにして、その空っぽのグレーテルの体に、グレーテルの魂が入った黒猫が触ればいい。そういうことだ。

「この混乱がおさまったら、おまえはまたグレーテルの魂を狩るのか？」

イザークが訊くと、死神は、はぁっと深いため息をつく。

「もう狩れないよ。この混乱で、運命の流れが変わったんだ」

「それでグレーテルの魂が入った黒猫は、どこにいる」

「知らないし、教えないよぉ」

「見つける方法はないか？」

「残念でした。イザークには見つけられない。グレーテルの魂が入った特殊《とくしゅ》な黒猫だから、普《ふ》通《つう》の人の目には見えない。グレーテル自身の肉体の目か、もしくはグレーテルの肉体に入り込んだ経験を持つ、グレーテルの肉体に馴染《なじ》んだ魂の持ち主の目にしか、見えない」

「なるほど。ということは、フレデリカにならば見つけられるわけだ」

「あ、しまった」

と、死神が舌を出す気配で言う。

「とにかくわたしは、自分の体に触ればいいんですね。元に戻れるのですね」

再度フレデリカが確認《かくにん》すると、死神は答えてくれた。

「とりあえずは、触《ふ》れること。その時には王女に必要なものを持ちあわせていて、王女らしくないと駄目《だめ》だよ。さらに本当の意味で元に戻るためには、本物の王女でなければならない。だってあの体は、王女の器《うつわ》だから」

「それはどういうことですか？」

「言葉どおりの意味」

王女らしいという点では、フレデリカは問題ない。フレデリカを評して、王女らしくないと言った者は誰《だれ》もいない。誰もが彼女をエーデルクラインの宝石と呼び、王女として認めている。

簡単だ。自分の体に触れれば元に戻れるならば、今すぐ宮殿《きゅうでん》に戻ればいいだけのことだ。

「これで質問には答えたよね。じゃあねぇ、フレデリカ王女。そしてイザーク。また会おう」

その言葉が終わると、周囲を取り巻いていた幻《まぼろし》の青い炎《ほのお》が消え失《う》せた。

呆然《ぼうぜん》とフレデリカは宙を見つめていたが、徐々《じょじょ》に嬉《うれ》しさがこみあげる。触れさえすれば、元に戻れるのだ。自然と笑《え》みがこぼれるフレデリカとは反対に、イザークは難しい顔をしていた。

「驚《おどろ》いたよシュルツ！　なかなかの手品だね！」

ユリウスが魔《ま》法陣《ほうじん》に駆《か》け込んできた。

「それでどうだった。元に戻る方法はわかったのかい、フレデリカ」

「ええ、宮殿にあるわたしの体に、わたしが触ればいいだけなの」

「なんだ、簡単じゃないか！」

「いや、そうでもない」

安易な二人に、イザークが釘《くぎ》を刺《さ》す。

「あんた忘れてないか。今のあんたは、おかしな言動で宮殿を放《ほう》り出された、台所番のグレーテルだ。そんな娘《むすめ》が、おいそれと宮殿に入れると思うのか？　しかも王女殿下《でんか》の側《そば》に？　普通は近寄れない。さらに、あんたが元に戻った後に、グレーテルの奴《やつ》も元に戻してやらないといけない。そのためには、まずグレーテルの魂が入った黒猫を見つける必要がある」

「宮殿にすら、今のわたしは容易に入れないのですね……。でもその前に黒猫を見つけないと。わたしが元に戻っても、グレーテルがそのままでは意味はないですよね。でも、わたしの目にしか見えない黒猫なんて……」

そこまで口にして、フレデリカとイザークは同時に声をあげた。

「あの黒猫！」

「あんた確か、コーゼル村に来る途中《とちゆう》に黒猫がいると言ってたな！　俺には見えなかった！」

宮殿から放り出された直後からコーゼル村に到着《とうちやく》するまでの間に、一匹《いつぴき》の黒猫がついてきていた。その黒猫はフレデリカには見えていたが、イザークには見えていないらしかった。

「あれがグレーテル？　グレーテルが自分の存在を知って欲しくて、わたしについて来ていたのかも。気づいてあげられなかった。なんて可哀相《かわいそう》なことを……」

「その黒猫は、あんたに話しかけなかったのか？　人の魂が取り憑《つ》いた動物は、普通しゃべれるものだ。あれがグレーテルなら、なぜ自分はここにいると、あんたに訴《うった》えなかったんだ？」

「なにかの事情で、しゃべれないのかもしれないですよね。でもあの黒猫がグレーテルなのは、間違いないはずですよね。しかもコーゼル村まで一緒《いっしょ》に来たのは確実です。彼女は今、コーゼル村にいるはずです。すぐに捜《さが》します。そして黒猫の彼女を捜し当てたら、宮殿へ戻る方法を考えて、わたしの体に……」

その時突然《とつぜん》、ぞっとするような事実に気がついた。血の気が引く。

「でも、待って。わたしの体が霊廟《れいびょう》に納められてしまったら、二度と触れない。王家の霊廟は葬儀《そうぎ》が済んだら、漆喰《しっくい》で出入り口を固められる」

「王家の人間が亡《な》くなったとき、葬儀は死後どのくらいで行われる？」

イザークの問いに、フレデリカは学び覚えた、王家のしきたりを頭の奥から引っ張り出す。

「国王陛下の場合は慣例として七日後。それ以外の者は、死が確定した翌日には葬儀の準備が開始されるはずです。早ければ霊廟への遺体の安置を翌日、葬儀は後日という例もあったはず」

「では今夜君の死が確定したら、早ければ明日《あした》、君の体は霊廟へ移されるのかい！　そんな」

さすがに呑気者《のんきもの》のユリウスも、青くなった。

既《すで》に真夜中だ。夜明けまでに黒猫を見つけ、宮殿に帰るのはきっと無理だろう。

「どうにかして、わたしの葬儀を先延ばしにしないと……」

しかし葬儀を先延ばしにすることは、今のフレデリカには不可能だ。自分は宮殿に、足を踏《ふ》み入れることすら敵《かな》わない。王女という身分がなければ、なにもできないのだと痛感する。けれど諦《あきら》めてしまったら、グレーテルや馬手たちは助からない。

(わたしが駄目なら、わたしの葬儀を先延ばしにできそうな人に……)

生来の気弱なので、誰かを頼《たよ》ることにすら躊躇《ちゅうちょ》する。しかし今、そんな気弱な躊躇をしていたら手遅《ておく》れになってしまう。

(頼ろう)

決意した。情けないこの状況《じょうきょう》が、自分の本当の姿だ。それを拒絶《きょぜつ》することはできない。

「ユリウス、お願い。今から宮殿に帰って、わたしの葬儀を先延ばしにするために、フレデリカは死んでないと主張して欲しいの。大変だと思うけれど、お願い」

フレデリカの体は、心臓と呼吸が止まり意識がない。しかし肌《はだ》は温かいままだという。医者たちは当然死の判定を下すだろうが、それを聞いても頑《かたく》なに「生きている」と主張し、周囲が困惑《こんわく》こそすれ、叱責《しっせき》されない者がいれば時間は稼《かせ》げる。

「けれどフレデリカ。黒猫《くろねこ》なんてどうでもいいんじゃない？　僕は君が元に戻《もど》ってくれれば良いんだから、今からでも宮殿に」

「いや。それだけは絶対にいや」

即座《そくざ》に、フレデリカは拒否した。思わず常にない強い口調で言ってしまったので、言った後にはっとする。ユリウスが気を悪くしただろうかと心配になるが、彼は華《はな》やかな笑顔だった。

「珍《めずら》しいね、君がはっきり拒絶するの。いいよ。わかった。僕が君の死を認めさせない」

気障《きざ》に片目を閉じる仕草が、様になっていた。

「ありがとうユリウス」

「お礼なんかいいよ、僕は君を愛しているからね。当然のことなんだ」

「そら豆人形のことを知っているのに?」

こそっと訊《き》くと、彼は柔《やわ》らかな笑みで答える。

「僕は王女である君の顔が好きなんだ。だから君の中身が変だろうと、僕の愛は変わらない。君のあの美しい顔が微笑《ほほえ》むのをまた見たいから、君が元の体に戻ってくれないと困るんだ。君の本性《ほんしょう》がどれほど残念でも、僕は構わない」

ちょっと聞くと感動的に聞こえるが、内容を吟味《ぎんみ》するとがっかりする。

「微妙《びみょう》だけれど、ありがとう。わたしはグレーテルの黒猫を、できるだけ早く見つけるから」

「僕は今すぐ宮殿へ戻る」

常には見せない精悍《せいかん》な表情でその場に跪《ひざまず》き、ユリウスはフレデリカの手の甲《こう》に口づけた。

「まかせて、僕の可愛《かわい》い王女様。君の体は僕が守る」

白い歯を見せて微笑み、立ちあがると、ユリウスは身をひるがえした。

「王女らしくないな、あんた」

　イザークは思わず口にした。

　ユリウスが出て行った扉《とびら》を祈《いの》るように見つめていたフレデリカは、なんとも情けない顔で、しかし勢いよくふり返った。

「そんな！　どのあたりが悪かったですか⁉」

　意外なほどに激しく反応したので、イザークの方が驚いて腰《こし》が引けた。

「悪いとは言ってないが。まあ、王族が人に頭をさげるなんてのを初めて見たからな」

「ああ……そうか。あなたやユリウスに対しては、毅然《きぜん》として傲慢《ごうまん》に『わたくしのために働きなさい』と命じるべきだったんですよね。でも明らかに情けない状態のわたしが、そんなことを……言うべきか……いや、言うべきなのね、きっと……仮にも騎士《きし》団。臣下だし……」

　己《おのれ》の思考に埋没《まいぼつ》したように項垂《うなだ》れて、フレデリカは低くぶつぶつ呟《つぶや》く。

（こいつ、本当にあのエーデルクラインの宝石か？）

　天使のような、王女の中の王女といった風情《ふぜい》の美少女の中身がこれだったことに驚きを隠《かく》せない。気弱そうで遠慮《えんりょ》がちで、自信なげ。特殊《とくしゅ》な知識があって、そして時々言動がおかしい。

そのくせ的外れではあるが妙《みょう》な瞬発力《しゅんぱつりょく》があり、台所を飛び出して周囲の説得を試みたり、単身宮殿《きゅうでん》に帰ろうとしたりする。要するに変な女だ。

「以後、気をつけます。できるだけ毅然として傲慢に振《ふ》る舞《ま》います」

「待て、反省の方向性がおかしい。以後、傲慢に振る舞われても困る。そんなことを気にするより、早くグレーテルを見つけてくれ。あんたにしか見えない黒猫だ。あんたにしか捜し出せない。グレーテルを助けられるのは、あんただけってことだ」

全《すべ》てがフレデリカにかかっていると言っても、過言ではない。

この王女殿下がどこまで粘《ねば》り強くがんばるか、それが問題だ。彼女が投げ出してしまったら、グレーテルの魂《たましい》はきっと永久に黒猫の中だ。しかし、

「見つけます」

顔をあげたときだけ、気弱そうな彼女の瞳《ひとみ》に強さが見えた。

「グレーテルを見つけます。必ず、すぐに。今から村の中を捜します」

フレデリカは、グレーテルを見捨てようとしていない。見捨てるという選択肢《せんたくし》は、最初からフレデリカの中にないようにすら思える。

（なぜだ？　こいつは王族。貴族の中の貴族のはず）

傲慢で、平民の命など虫けら同然としか思ってないはずの貴族の姫君《ひめぎみ》が、なぜ台所番の少女を見捨てないのか。偽善《ぎぜん》だろうかとも思うが、人目のないところで偽善もくそもないだろう。

（こいつは、馬鹿《ばか》か？）

自分だけが助かる方法を選べないほど馬鹿という可能性しか、思い浮《う》かばなかった。

「あの、なにか？」

フレデリカが不審《ふしん》げに訊く。こいつは馬鹿かと思っていたのが顔に出たかと、一瞬《いっしゅん》焦《あせ》る。

「なんでもない。夜中に、一人で外をうろつくのは危ない。行くなら、俺も一緒に行く」

フレデリカとともに扉に向かいながら、ふと、黒猫は簡単に見つからないような予感がした。

黒猫はしゃべらなかったと、フレデリカは言った。

何かのはずみで人間が動物に憑依《ひょうい》した場合、その動物は人語を理解してしゃべるものだ。昔話に出てくる、しゃべるロバとか、しゃべる蛙《かえる》なんていうのはたいてい、人間が動物に憑依した結果だ。しかしグレーテルのはずの黒猫は、しゃべらなかった。

しゃべらなかったのは、どうしてだろうか。それには二つの可能性がある。

一つは、何かが原因でしゃべることができない可能性。二つ目は、しゃべることができるのに、あえてグレーテル自身がしゃべろうとしなかった可能性。

厄介《やっかい》なのは二つ目の可能性の場合だ。グレーテルが、あえてそうしているとしたら、果たして簡単に捕《つか》まってくれるだろうか？　それが一番大きな不安材料だ。

それにもう一つ、気にかかることがある。

（ユリウス・グロスハイムか）

第一騎士団団長としての彼のことは、噂《うわさ》に聞いていた。面と向かって会話したのは初めてだったが、彼の様子をつぶさに観察していると、解《げ》せないところがある。

四章　見えない黒猫

「……ど、どうしましょう……」

東の空が白みはじめると、フレデリカは徐々《じょじょ》に平静を保っていられなくなった。石敷《いしじ》きの村の目抜《めぬ》き通りに立ちつくし、声が震《ふる》えた。

夜明けまでイザークと共に村を歩き回ったが、黒猫《くろねこ》の影《かげ》も形も見つけられなかった。猫なんて簡単に見つかるような気がしていたフレデリカは、そのことに焦《あせ》っていた。

しかしイザークは予想していたかのように、無表情に薄紫《うすむらさき》の空を見あげる。彼の瞳の色と空の色は全く同じだった。

「続けて捜《さが》せよ。それしかない。俺はこれからロートタールに出勤だからな」

「そんな」と情けない声が出そうになったが、寸前で呑《の》みこむ。

「だったらせめて、黒猫を捜すこつなんかを教えて頂ければ」

「俺は動物博士じゃない」

「魔術師《まじゅつし》でしょう？　死神を呼び出せるのですから、猫くらい」

「猫を呼び寄せる魔術なんてない。どっかの笛吹《ふえふ》きじゃあるまいし」

フレデリカ以外には見えない黒猫だ。昨夜からイザークがフレデリカと行動を共にしてくれたのは、夜中に女の子が外をうろつくのが危ないから、護衛としてつき添《そ》っていたにすぎない。昼間であれば一人で捜すのは当然。イザークがいたところで、彼はなにもできないのだから。しかしとんでもなく心細い。その心細さを見抜《みぬ》いたように、イザークが眉根《まゆね》を寄せる。

「あんた、魂《たましい》抜けてないか？」

はっとした。泣き言は言っていられないと、フレデリカは背筋を伸《の》ばして声を張り上げた。

「平気です！　任せてください！　猫の一匹《いっぴき》や二匹や……三匹……四……匹……」

しかし強がりの最後の方は、恨《うら》み節のように徐々に消え入り、どんよりと瞳がよどむ。

イザークはため息をつくと、フレデリカの顔を覗《のぞ》きこんだ。

「できるだけ早く帰って来るが、俺の協力なんか、たかが知れてる。結局あんたにしか見えないんだからな。グレーテルの両親には、グレーテルは馬に蹴《け》られた後遺症《こういしょう》で、俺のこと以外は両親のことすら記憶《きおく》が曖昧《あいまい》だと伝えておく。不安にかられて昨夜逃《に》げ出して来たので、俺の家に預かったことにする。村の連中にも、頭を蹴られて言動が妙だし、ほとんど村のことを覚えていないと言っておいてやる。それに、ほら。手を出せ」

手を差し出すと、三枚のベルク銅貨を掌《てのひら》に落としてくれた。

「これでなにか買って食え。それでへこたれず、とにかく黒猫を捜せ。あんたが見つけてくれないことには、グレーテルは救われないんだ」

救われないの言葉に、ぎくりとする。フレデリカが背負わされているのは人の命だ。イザークがくれた三ベルクが、彼のできる最大限の手助けなのだろう。彼もグレーテルが救われることを望んでいる。

銅貨を握《にぎ》りしめた。心細いと言っている場合ではない。こくりと頷《うなず》くと、

「よし、いい子だ」

イザークはフレデリカの頭を撫《な》でようと手を伸ばした。だが気が引けたように、その手を引っ込める。その動きに、フレデリカの心がちくりと痛む。

(グレーテルは両親に抱《だ》きしめられ、この人にも頭を撫でてもらえる)

物心ついてからは、誰《だれ》かに抱きしめられた経験はない。頭を撫でられた経験もない。誰もが、王女に対しては節度をもって接していたからだ。

しかしグレーテルの両親は昨日、フレデリカを抱きしめて慰《なぐさ》めてくれた。それは中身がフレデリカだと知らないからだ。

今イザークは、見た目がグレーテルだから、思わず頭を撫でようとしたのだろう。だが手を引っ込めてしまった。中身がフレデリカなので、当然、気安く接してくれないらしい。

がんばれと頭を撫でられたかった。それだけで、もっとがんばれる気がした。

けれどそれはフレデリカには望めない贅沢《ぜいたく》。それはグレーテルがするべき贅沢だ。抱きしめられる贅沢、頭を撫でられる贅沢を、このままではグレーテルから奪《うば》ってしまう。それは許さ

れないことだ。

イザークが去ると、フレデリカはベルク銅貨を握りしめ、いつまでも彼の姿が消えた方向を見つめていた。人通りも未《いま》だない路《みち》に、一人ぽつねんと残された。

「……がんばらないと」

と、呟《つぶや》くと、それに応《こた》えるように足元から、にゃーと鳴き声が聞こえた。

見ると、真っ黒い毛皮に長い尻尾《しっぽ》に金色の目をした黒猫がいた。フレデリカを慰めるように、彼女の足首の間に八の字を描《えが》いて身をすり寄せている。

息が止まるほど驚《おどろ》いた。それは昨日、宮殿からついてきた黒猫に間違《まち》いなかった。

「グレーテル！」

フレデリカは急いで黒猫を抱《だ》き上げようとしたが、猫は突然跳《とつぜんは》ね、フレデリカから距離《きょり》を取った。そしてちらっと振り向いたかと思うと、駆《か》け出した。

「待って、ねぇ！　グレーテル！」

黒猫は身軽にとっとと駆けて、路の一角にある、水くみ場の水くみポンプの下にちょこんと座った。フレデリカは興奮と喜びを抑《おさ》えながら、黒猫を脅《おど》かさないように近づいた。

「ねぇ、グレーテルよね。わたしはフレデリカなの。ごめんなさい。あなたの体に取り憑《つ》いてしまったみたい。けれどあなたに体を返す方法がわかったの。だから一緒《いっしょ》に来て欲しいの、ね」

黒猫は理解しているのかいないのか、首を傾《かし》げる。

「ね、そう、そのままでいて。抱っこさせてね」

ポンプの真下にしゃがみ込み、フレデリカは黒猫《くろねこ》に両手を伸ばす。と、黒猫は飛び跳ねて、ポンプの持ち手の上に飛び乗った。その衝撃《しょうげき》で、ポンプの口からどっと水が噴《ふ》き出した。

「ぎゃっ！」

頭から水を被《かぶ》って、フレデリカはその場に尻餅《しりもち》をついた。水は一瞬《いっしゅん》噴き出しただけで止まったが、フレデリカは濡《ぬ》れ鼠《ねずみ》だ。前髪《まえがみ》から滴《しずく》がしたたる。

黒猫はポンプの台座から路へ降りると、つんと尻尾を立てて悠然《ゆうぜん》と歩き出す。

フレデリカは、はっとして立ちあがった。ずぶ濡れだが、かまっていられなかった。

朝の光に水滴《すいてき》を飛ばしながら、黒猫を追って全力で駆け出した。

「待って、待って！　グレーテル！」

◆

ロートタール監獄《かんごく》へ向かって馬を走らせながら、イザークは舌打ちしたい気分になった。

フレデリカは一晩中、黒猫捜索《そうさく》のために村の中をほっつき歩き、夜明けまで歩き通した。イザークが出勤すると言った時も、心細げではあったが、捜索を放《ほう》り出す気配はなかった。

銅貨を握りしめて頷いたその姿を見ると、励《はげ》ましてやりたくて、頭を撫でそうになった。

頭を撫でようとした、そんな気持ちになった自分に腹が立つ。外見がグレーテルだから、ついつい、ほだされてしまうのだろうか。

(いや、違《ちが》うな)

フレデリカの言動が、イザークが知っている貴族連中と、おかしな程《ほど》にかけ離《はな》れているからだ。結局、彼女が貴族として規格外だからだろう。

(規格外に馬鹿《ばか》なのか? それとも規格外に善良なのか?)

昨夜からフレデリカと一緒にいたが、さほど馬鹿でもなさそうだった。気弱そうで言動は時々おかしいが、生真面目《きまじめ》なのも見て取れた。グレーテルのことも気にしているというよりは、グレーテルの存在があるからこそ、懸命《けんめい》になっているようだった。

フレデリカは、もしかすると規格外に善良なのだろうか。

ただ、そんなことがあるのか疑問だ。フレデリカは王女で、王族で、貴族の中の貴族だ。それが規格外な存在になることが、あるのだろうか。

(フレデリカは、最初からグレーテルを助けようとしている。自分だけが助かりたい素振《そぶ》りは見せなかった。……王族、貴族のくせに)

なぜあんな王女様ができあがっているのか、不思議でならなかった。

数時間後。肩《かた》で息をしながら、フレデリカは村の中央広場に仁王立《におうだ》ちしていた。

土埃《つちぼこり》の舞《ま》う広場の中心には、村人たちが共同で整備しているらしい花壇《かだん》があり、野バラの葉が青々と茂《しげ》り、小さな白い可憐《かれん》な花をいっぱいにつけている。

この花壇には、三回頭から突《つ》っこんだ。頬《ほお》や手は野バラの棘《とげ》で、地味に傷だらけだ。濡れ鼠のまま朝から走り回ったフレデリカの髪《かみ》やエプロンドレスは、太陽に照らされて乾《かわ》いた。しかし土埃の舞う中で濡れ鼠で走ったためか、乾いた髪もエプロンドレスもごわごわだ。

(確か、この広場に逃げ込んだのに)

目をぎょろぎょろさせて、フレデリカは黒猫の姿を捜《さが》した。

村人たちはフレデリカの姿を見ると「怪我《けが》はいいのかい？」「元気になったか？」と親切に声をかけてくれたが、「はい」「ありがとうございます」と、返事するのがやっとなくらい、黒猫を追って走り回った。

しかし残念なことに、黒猫はフレデリカの目にしか見えていない。彼女が路《みち》を右往左往し、広場をぐるぐると走り回っているのは、傍《はた》から見ると正気の沙汰《さた》ではないらしい。そのため村人たちは、なんとなくフレデリカの周囲に集まりはするが、心配そうに遠巻きに見つめている。

グレーテルの母親も、そんな様子の娘《むすめ》を心配してやってきた。「家に帰ろう、少し休もう」と言ってくれたが、「大丈夫《だいじょうぶ》です」と取り繕《つくろ》い、なんとか引き取ってもらった。

そして一つ、グレーテルの母親との会話で判明した衝撃的事実があった。昨夜、フレデリカは憧《あこが》れの山賊《さんぞく》料理っぽい料理を振《ふ》る舞われ、お腹《なか》いっぱいに食べたらしいのだ。そのことをすっかり忘れていることに愕然《がくぜん》とした。それは死神を呼び出した代償《だいしょう》として、記憶《きおく》をなくしたに違いない。仕方ないとも思ったが、心底残念で、涙《なみだ》が出そうだった。

山賊料理はフレデリカの憧れだった。生涯《しょうがい》に一度は食してみたいと、暗い図書室の片隅《かたすみ》で、うっとり夢想するほどに憧れていたのだ。

しかし山賊料理を惜《お》しがっている暇《ひま》は、あまりなかった。黒猫は難敵だった。黒猫は唐突《とうとつ》に顔を見せるのだが、フレデリカが気づいて追い始めると、すぐに見失う。見失うと、またすぐに現れる。その繰《く》り返しだ。

そして、さすがのフレデリカも薄々《うすうす》感じ始めた。

「……わたしは、からかわれてる」

黒猫は、確実にフレデリカをからかっている。

(でも、なんでそんなことするの――――!?)

声を限りに叫《さけ》びたかったが、一人で喚《わめ》いていたら恥《は》ずかしいと思い声を呑《の》みこむ。

「いない……。また、隠《かく》れた」

広場を離れ、足を引きずりながら歩いていると、香《こう》ばしい匂《にお》いがした。

見ると通りに面した店先に、細長いパンの形をかたどった看板がぶら下がっている。三ベルクがエプロンドレスのポケットに入っていることを思いだすと、空腹なのにも気がついた。

パン屋を覗《のぞ》くと、真っ白い髭《ひげ》の老人が一人、カウンターにパンを並べていた。その老人に声をかけ、三ベルクで買える中で、最も大きなパンを買って紙に包んでもらった。

店の前に置いてあった空樽《あきだる》に腰掛《こしか》け、かじりつく。

かじりついた瞬間《しゅんかん》、歯が欠けるかと思うほど硬《かた》かった。だが食いちぎると、ふわっと柔《やわ》らかで温かい湯気のたつ、真っ白い中身が現れた。小麦をまぶした硬い外側は、一箇所《かしょ》を食い切ると、後はパリパリと歯ごたえよく香ばしく食べられた。中身がふわふわで温かいのも、フレデリカは初めてだった。宮殿《きゅうでん》で出される食事は準備が煩雑《はんざつ》なので、パンも焼きたてのまま出てくることはない。たいがい冷め切っている。

身に染《し》みるほどに、パンは香ばしくて美味《おい》しかった。夢中でパンをかじっていると、背後からずいと木のカップを差し出された。ふり返ると、パン屋の店主の老人だった。

「ミルクじゃ。パンだけじゃ、喉《のど》が渇《かわ》くじゃろう」

「あ……すみません。でもわたし、お金は、もう持っていなくて」

「金なんかいるかい。サービスじゃ。ほれ、とれ」

老人はぶっきらぼうに、むすっとしながら言う。じわりと不思議と瞳《ひとみ》が熱くなる。

(みんな親切。みんな、優《やさ》しい)

一人でぐるぐる村中を走り「見えない黒猫《くろねこ》を追いかけてます!」と主張する娘は、どこから見ても変な人だ。けれど村の人々は、見て見ぬふりをして通り過ぎたりしない。必ず「どうした」「なにしてる」と声をかけてくれる。彼らは素朴《そぼく》で飾《かざ》り気がない。

「ありがとうございます」

受け取って飲み干したミルクは新鮮《しんせん》で、すっと喉を通り過ぎると爽《さわ》やかだった。

(美味しい。でも、……悪い……)

カップの底に残るミルクの液面を見おろし、フレデリカは申し訳ない気持ちになる。

コーゼル村は落ち着いているし、村人も朗《ほが》らかだ。パンを売る店もあるし、必要なら鶏肉《とりにく》も食べられる。けれどそれは村が潤《うるお》っているからではないことは、フレデリカにもわかる。

パン屋に並ぶパンの種類は少なく、個数も限られている。鶏肉も、それぞれの家庭で飼育している鶏《にわとり》を殺して食べているだけで、特別な時にしか食べないもののようだ。村人たちは努力して、できうる限り暮らしを楽しもうとしている。

「コーゼル村は、ずっと安泰《あんたい》ですか?」

訊《き》くと、老人は目を瞬《また》く。

「どうしたんじゃ、急に」

「いいえ、ちょっと。ミルクをただでもらって、大丈夫かと」

「本当になにもかも忘れとるんじゃな、グレーテル」

　老人はフレデリカの隣《となり》の空樽に腰掛けると、ごつごつした指で自分の顔を撫《な》でた。

「昔ほど、コーゼルの知識を求めて客も来なくなったしのぉ。村の収入は減る一方じゃが、この村は昔から、他《ほか》の村に比べて税率が低い。それで持っている感じじゃな。これで税率が上がれば、ケルン村の二の舞《まい》じゃろう」

　陰鬱《いんうつ》な表情で、老人は視線を地面に落とす。

「ケルン村？　それにコーゼルの知識？　お客ですか？　この村には、なにか産業が？」

「ケルン村は……まあそれは、思い出す必要もないわな。コーゼル村は、占《うらな》い、呪《まじな》い、媚《び》薬《やく》毒薬、錬金術《れんきんじゅつ》と、中世からずっと闇《やみ》の商売人たちが集《つど》う村じゃろうが。今も大半の奴《やつ》が、それで商売をしとる。わしは普《ふ》通《つう》のパン屋じゃがな」

「え、では。グレーテル……いいえ、わたしの両親も」

「コールは香草《こうそう》の調合師じゃな。おまえさん、自分の親の商売も忘れたのか。難儀《なんぎ》じゃな」

　奇妙《きみょう》な村だと、この村に踏《ふ》みこんだとき感じた。村の様子からは経済基盤《きばん》が判然としなかったのだ。

　商売人らしい看板を掲《かか》げた店が極端《きょくたん》に少ない。そして人通りも、さほどではない。けれど村として成立する程度には、収入がある。それは堂々と看板を掲げるのは憚《はばか》られる商売でこの村が収入を得ており、なおかつ、客もおおっぴらには訪《おとず》れないからだ。

（そんな村が存在するなんて）

イザークは魔術師《まじゅつし》の末裔《まつえい》と名乗って、死神を呼び出した。彼が本物の魔術師なのは間違《まちが》いなく、そしてこの村の人々は大なり小なり、怪《あや》しげな技《わざ》を受け継《つ》ぎ商売にしているということなのだ。コーゼル村は、近代の光に駆逐《くちく》されようとする中世の英知の、わずかに残った欠片《かけら》なのかもしれない。

しかし中世の英知の欠片にすがって生きる村が、経済的に先細りしていくのは当然だ。

老人も言うように、村は人間らしく生活出来るレベルで、ぎりぎり踏みとどまっているのが現状だろう。

「まあ、色々思い出すまで不便じゃろうがな、グレーテル。ケルナー伯爵《はくしゃく》や、あいつの家令たちには、コーゼルのことはしゃべるなよ」

「ケルナー伯爵ですか？　そんなに悪い人ですか？」

老人の声に滲《にじ》む嫌悪感《けんおかん》に、フレデリカは目を丸くした。

幼い頃《ころ》から時々声をかけてくれて、時々国外の珍《めずら》しいお菓子《かし》をくれる、気さくなおじ様。そんな印象しかない伯爵を、なぜパン屋の主人が忌《い》ま忌ましそうに言うのか。不思議だった。

「悪いもなにも、イザークの件も……、ああ、忘れておるんじゃな、それも。まあそれはイザークに聞け。わしは仕事に戻《もど》る」

老人は大きく息をつくと、空になったミルクのカップを手にして店に戻っていった。

イザークの件とは何のことだろうかと思った時、足首が急にくすぐったくなった。目をやると、黒猫がすりすりとフレデリカの足首にじゃれついていた。

「グレーテル！」

フレデリカが空樽から飛び下りると、黒猫は一目散に逃《に》げ出した。その黒猫を追って走りだす。

黒猫は今度は、一定の距離《きょり》をたもって、フレデリカの前をとっとと走っていく。それがまるで誘《さそ》われているようだとも思ったが、追わないわけにはいかなかった。

黒猫を追って、いつの間にか村を出ていた。街道《かいどう》の脇道《わきみち》に入り込む黒猫を追い、走った。

息を切らしながらよろよろと走り過ぎた道の分かれ目に、「ケルン」と文字が彫《ほ》られた木製の道標《みちしるべ》が、半分に折られて転がっていた。その道標に、フレデリカは気がつかなかった。

フレデリカは黒猫を見失わないように、轍《わだち》が深く残る荒《あ》れた道を進んでいった。

ロートタール監獄《かんごく》は、かつては王都を守る要《かなめ》として機能していた城砦《じょうさい》だった。

二百年前に建築された城砦は、荒削《あらけず》りの石を積んだ石造り。石壁《かべ》の大半は青い苔《こけ》に覆《おお》われていた。四角張って平たいその全景を遠くから眺《なが》めると、小高い丘《おか》の上にうずくまる、灰色の不《ふ》吉《きっ》な悪霊《あくりょう》めいている。その石造り城砦の一角に、第三騎士《きし》団の詰《つ》め所はある。

詰め所の奥にある団長の個室で、イザークは机に足を載《の》せ椅子《いす》に沈《しず》み込み、眉間《みけん》に皺《しわ》を寄せて微動《びどう》だにしない。

半開きになった団長室のドアから、団長の不機嫌《ふきげん》きわまりない様子を認めて、詰め所にいる団員たちは会話すら遠慮《えんりょ》気味に声をひそめていた。

「団長はどうした？　昨日リリエンシルト宮に行ってから、機嫌が悪いぞ」

「知らないのか？　団長の幼なじみの娘《むすめ》が、王女殿下《でんか》の事故に巻きこまれて怪我《けが》をしたらしい」

「それでなんで機嫌が悪くなる？　まさか団長、その幼なじみに密《ひそ》かに思いを寄せて？」

「そうとしか考えられんだろう」

名誉《めいよ》騎士という胡散臭《うさんくさ》い称号《しょうごう》を戴《いただ》く第三騎士団の団員たちは、庶民《しょみん》丸出しの好奇心《こうきしん》で、大誤解大会を繰《く》り広げていた。そして不機嫌なイザークを、扉《とびら》の隙間《すきま》から気にしていた。

団員たちの話し声はまる聞こえだったが、わざわざ訂正《ていせい》するのが面倒《めんどう》だ。

本当ならば仕事を休み、グレーテルの黒猫を捕《つか》まえるのを手伝うべきだった。しかし今日は囚人《しゅうじん》の移送が予定されており、団長であるイザークが立ち会う必要があった。

(グレーテルを見つけられなかったら、どうなる。あいつは死ぬのか？)

それを考えると胃が痛む。しかし結局、イザークが仕事を放《ほう》り出してフレデリカにつきあったとしても、彼にはなにもできない。彼には黒猫の姿が見えないのだ。

「やぁ！　第三騎士団の詰め所はここだね！」

突然《とつぜん》、怨念渦巻《おんねんうずま》くロートタール監獄に不似合いな、爽やかな声が詰め所に響《ひび》き渡《わた》った。

（なんだ⁉）

椅子からずり落ちそうになり、イザークは慌《あわ》てて体勢を立て直して立ちあがった。

団員たちは驚《おどろ》いて、ぽかんと戸口をふり返っている。

詰め所のドアが開け放たれ、そこに背中に花を背負っていそうな華《はな》やかな笑顔《えがお》の青年がいた。

白い軍服には金モールが光り、彼が第一騎士団団長であることを示していた。

「あれは……阿呆《あほう》の第一騎士団長……」

誰《だれ》かが呟《つぶや》いたので、近くにいた者が慌ててその口を押さえた。

「突然お邪魔《じゃま》して悪いが、シュルツはいるかい？　彼に用があるんだけれどね」

ユリウス・グロスハイムが当然のような顔をして詰め所に入ってくるので、イザークは噛《か》みつく勢いで団長室の扉を全開にした。

「なんであんたが、ここに来ている！　グロスハイム！　嫌《いや》がらせか⁉」

「君に話があってね。ロートタールにはじめて来たが、湿《しめ》っぽくて薄暗《うすぐら》くて、すごい環境《かんきょう》だね」

「お褒《ほ》めにあずかり光栄だ。話があるなら、俺の部屋に入れ。おい、客人だから部屋には近づくなよ」

最後は詰め所にいた騎士団の連中に告げ、ユリウスを自室へ招き入れて扉を閉めた。

団長室の室内は、石壁と石の床《ゆか》。小さな窓が一つきりで、しかも鉄格子《てつごうし》がはまっている。部屋の奥に小さな木製の書類棚と本棚《だな》と、事務仕事をこなすための机と椅子が一組きりだ。

「君の部屋は、取り調べ室みたいだな」

「なにしに来た、グロスハイム」

「なにって。昨夜からの顚末《てんまつ》を説明するために来たんだよ。まさか人には伝言を頼《たの》めないし、手紙を書くのも面倒だし。座っていいかい？」

と、彼はイザークの返事も待たずに、一つきりの椅子に腰掛《こしか》ける。

「面白《おもしろ》いね。なんだか取り調べ官になった気分だ。君は、散々やってるんだよね」

「して欲しいか？　なんなら三日三晩取り調べて、生まれたことを後悔《こうかい》させてやってもいい」

「そのうち頼むかな？　まあ、とりあえず昨夜のことだよ。僕は宮殿《きゅうでん》に帰って、国王陛下に直接お目にかかった。そしてフレデリカは生きていると見なすべきだと、強硬《きょうこう》に主張してみた」

「あんた一人の主張で、どうにかなったのか？」

「三人いる侍医《じい》の一人を買収して、仮死状態という診断《しんだん》を出してもらった。実際フレデリカの肌《はだ》はまだ温かいし、死後硬直《こうちょく》も腐敗《ふはい》の兆候もないから、みんな困惑《こんわく》しているのが正直なところだよ。そこに侍医の一人が仮死状態と判断したら、王女の死を認めたくない陛下や王妃《おうひ》様は、心が揺《ゆ》らぐ。結果、七日間フレデリカの様子を見守ることになった。それを過ぎて状態が変わらなければ、死亡したものとすると陛下が決断した」

数字の七は、エーデルクラインでは物事の良い区切りとされる。建国の守護者が七人だったことに由来するらしい。

「落馬した日を除いて、あと六日間の猶予《ゆうよ》か」

「あと、そうだ。フレデリカの乗った馬に関して、妙《みょう》なことがわかった。あの馬の蹄《ひづめ》には細工がしてあって、人が乗ると、重みで馬が痛みを感じるようになっていたようだよ」

「暗殺計画か？　国王陛下の。シュバルツノイマン党が、暗殺を画策していると噂《うわさ》があるが」

イザークは眉《まゆ》をひそめた。暴れた馬は国王の愛馬で、昨日は国王が遠乗りに行く予定だった。しかし急な公務で行けずに、代わりにフレデリカが国王の愛馬に乗っていたのだと聞いていた。

「フレデリカは巻きこまれたのかもね。でも本当のところ、まだわからないね」

惚《とぼ》けたような笑顔のユリウスを見ると、イザークは少し苛々《いらいら》した。

(それにしても。こいつは、やっぱり)

取り調べが仕事のイザークは、相手が嘘《うそ》をついているのか惚けているのか、よくわかる。見え透《す》いたそれをやられると、馬鹿《ばか》にされているような気さえする。

「それを、やめろ」

「なんのことだい？」

「いつまで続ける気だ、それを」

「だから、なんだい？」

舌打ちすると、座ったままのユリウスの襟首《えりくび》を摑《つか》んで顔を近づけた。ユリウスは驚いたように、目をぱちくりさせる。

「ご希望の取り調べといこうじゃないか、グロスハイム。ずいぶんと手際《てぎわ》がいいよな？　え？　侍医を買収して仮死状態の診断をさせ、その間に、第一騎士団の部下を使ってか？　フレデリカの事故の原因を調べさせていたんだな。阿呆らしくない手際のよさだ」

「いやぁ、それほどでも……」

「その芝居《しばい》をやめな。俺には通じない」

言った途端《とたん》、ユリウスの笑みが顔からすっと消え、無表情になった。しかしすぐにまた口元が吊《つ》り上がり、皮肉な微笑が浮《う》かぶ。

「さすがに地獄《じごく》の番犬。君に近づくのは嫌だったんだよ、実は。君はロートタールの責任者で、罪人の取り調べの専門家だからね。人の嘘を簡単に見抜《みぬ》くだろうから」

「それほどでもない。わからない事の方が多い。だから訊《き》く。馬に細工をしたのは、あんたか？」

「僕ではないよ。知っていたら、フレデリカを馬には乗せなかった。とりあえずその手を離《はな》してくれないか？」

手を離してやると、ユリウスは襟を整えて椅子に座り直した。優雅《ゆうが》に足を組み、泰然《たいぜん》とイザークを見あげる。傲慢《ごうまん》さすら感じる態度こそ、彼の本性《ほんしょう》だろう。

「いつから僕の芝居に気がついていたんだい？」

「フレデリカを追って来た。その事実だけで、充分怪《じゅうぶんあや》しかった」

フレデリカがグレーテルに憑依《ひょうい》したという、突飛《とっぴ》な事実。その事実に辿《たど》り着くのは、イザークのように怪異《かいい》に対して免疫《めんえき》があり、なおかつグレーテル本人のことをよく知っている者にしか無理だろう。

しかしユリウスは事実に辿り着いた。

生死の判然としない奇妙《きみょう》なフレデリカの体と、フレデリカと名乗るグレーテルの存在。他にも多少はあったかもしれない。それらの事実を吟味《ぎんみ》し、消去法で可能性を消していき、残った答えに彼は辿り着いた。残った答えは、どれほどありえないことのように思えても真実だ。その冷静な判断ができる男が、阿呆だとは思えない。

「なんで阿呆ぶってる？　疲《つか》れるだろう」

「それほどでもないよ。明るく振《ふ》る舞《ま》うのは性に合っているからね。しかもこの芝居のおかげで、誰も僕を警戒《けいかい》しない。守護者として、フレデリカを守り続けるにはうってつけだ。僕は彼女を守ることが使命だ。彼女が血筋と顔だけがとりえの王女殿下でも、王女であるという事実は変わらないからね」

「可愛《かわい》いフレデリカと呼んでいる、愛《いと》しい女に対する言いぐさには思えないな」

「フレデリカは、顔は可愛いよ。そして守るべき王女殿下としては、大切だ。大切という意味で愛しいと言える。ただ本当の意味で愛しているかと言われれば、否《いな》だね。彼女が、僕が心を捧《ささ》げて愛しいと言えるほど立派な王女に成長すれば、別だけれど。今の彼女は守るべき人というだけで、愛を捧げる相手ではない」

「なんとも信用ならない守護者だな」

鼻で笑うと、ユリウスは小首を傾《かし》げる。

「そうかい？　ことフレデリカに関しては、僕ほど信頼《しんらい》できる人間はいないよ。僕はいずれ六公爵《こうしやく》の一人として王家を支える。エーデルクラインの守護者となる義務を知っているからこそ、王国そのものである、王になる予定の王女は守り通す。その王女が賢《かしこ》くとも、愚《おろ》かであろうともね。君こそ、僕からすれば信用ならないよシュルッ。君はなぜフレデリカを助けた？」

「助けたいのはフレデリカじゃない。グレーテルと、この一件に巻きこまれた馬手たちだ」

フレデリカは、おまけだ。彼女ががんばってくれないことにはグレーテルたちも助からないから、手を貸しているにすぎない。

「なるほどね、君は自分の周囲の者たちを助けたかったということか。まあ、庶民《しょみん》らしい感覚だね。魔術師《まじゅつし》だけど。君の裏の顔には、僕も驚いたけれどね」

ふふっと笑い、ユリウスは立ちあがるとイザークの肩《かた》に手を置く。

「信用してあげるよイザーク・シュルツ。助けたい相手は違《ちが》うけれど、やるべきことは同じだ。お互《たが》い協力しよう」

「俺はフレデリカと一緒《いっしょ》に黒猫《くろねこ》を捜《さが》す」

「正直言うと黒猫なんかいなくても、今すぐフレデリカを宮殿《きゅうでん》へ帰して欲しいんだけれどね」

「それは俺がさせない」

「僕はしびれを切らすかもしれないな。僕はフレデリカさえ助かれば、召《め》し使いのグレーテルなんか、どうでもいい。そしたら」

「そしたら、なんだって？」

素早《すばや》く拳銃《けんじゅう》を抜《ぬ》くと、ユリウスの顎《あご》下に銃口を突《つ》きつけた。

「あの様子じゃ、グレーテルを見殺しにすることを、フレデリカが納得《なっとく》しないはずだ。彼女の意思を無視して力ずくで何とかしようとするなら、俺も力ずくで阻止《そし》する。俺はグレーテルを見殺しにするわけにはいかない」

「……わかったよ」

軽く肩をすくめ、ユリウスはイザークから一歩距離《きょり》を取る。

「僕は僕の責任を果たそう。君はフレデリカと協力して、一刻も早く黒猫を捕《と》らえてくれ」

「黒猫を捕《つか》まえた後にフレデリカを宮殿に入れて、危険はないか？」

「暗殺計画が進行しているとすれば、国王陛下の身の安全はなんとも言えない。けれどフレデリカに関しては、巻きこまれただけだ。彼女が二度目の危険にあう可能性は、低いだろう。暗殺犯も放置できないけれど、今はフレデリカをもとの体に戻《もど》すのが先だよ」

さらりと手をあげると、ユリウスはまた、いつもの間抜《まぬ》けな微笑を見せる。

「じゃあね、シュルッ。ああ、僕の芝居については、フレデリカに言わないでくれ。彼女は小さな頃《ころ》から気弱でね。僕の本性を知ったら、きっと怖《こわ》がって近寄らせてくれなくなるから」

イザークは拳銃をホルスターに納めながら、ユリウスが軽《かろ》やかな足取りで扉《とびら》を出て行くのを見送った。騎士《きし》団の連中が「阿呆《あほう》の団長が帰っていく……」と囁《ささや》いているのが聞こえた。

(宮殿は魔窟《まくつ》だな)

エーデルクライン建国の英雄《えいゆう》が従えた七人の守護者。そのうち六人の天使の末裔《まつえい》が、現在の六公爵家とされる。

グロスハイム家は、血の天使《ブルーノエンゲル》と呼ばれた天使の末裔。

エーデルクライン建国の英雄王に従った六人の天使は、それぞれに血の天使《ブルーノエンゲル》、金の天使《ゲルトエンゲル》、月の天使《モンドエンゲル》、天秤の天使《ヴァーゲエンゲル》、微笑の天使《レッヒエルンエンゲル》、本の天使《ブーフエンゲル》と呼ばれる。

(血の天使。物騒《ぶっそう》な名前の天使だ。それが聖騎士とはな)

古い血筋の一族には時折、先祖返りのような人間が生まれるものだ。

イザークにしてもそうだ。イザークはこの数百年で最も魔術師の才能がある子供だろうと、両親は度々《たびたび》口にしていた。建国の英雄に仕え、悪魔《トイフェル》と呼ばれた魔術師の再来かもしれない、と。

実際彼は七歳にして死神を呼び出し、死を操《あやつ》った。

(何の因果で、ガキの頃に操った死を、また操るはめになるのか。……グレーテル)

鉄格子《てつごうし》のはまった窓から空を見あげると、初夏の眩《まぶ》しい光が目を射る。

フレデリカはきっと今、懸命《けんめい》に黒猫を捜しているだろう。それは間違《まちが》いない。

ユリウスのような男がいる魔窟で、よくもあんな小動物めいた、善良そうな王女殿下《でんか》でいられたものだ。もしかすると影響《えいきょう》されるほど、誰《だれ》かと打ち解けたことがないのかも知れない。

バラの咲《さ》き誇《ほこ》る美しい宮殿の庭で、たった一人芝生《しばふ》に座りこみ、けれどなぜか、にこにこと楽しげな笑顔《えがお》でいる小さな女の子の幻《まぼろし》が脳裏《のうり》に浮かぶ。

『あの子は、自分が孤独《こどく》だということに気がつかないほどに、孤独だった』

ふとそんな言葉が耳によみがえる。あれは、誰が言った言葉だっただろうか。


深く轍《わだち》が残る道を走っていると突然《とつぜん》、目の前に集落らしき建物群が出現した。

視界の中に黒猫を捉《とら》えながらも、フレデリカが思わず足を止めたのは、その集落に漂《ただよ》う荒《すさ》んだ気配のためだった。

「ここ……」

建物の個数は、ざっと見える範囲《はんい》で三十ばかり。目抜《めぬ》き通りとおぼしき石敷《いしじ》きの路《みち》の左右にハーフティンバーの家が整然と並ぶのは、コーゼル村に似ていた。けれど石敷きの隙間《すきま》からは雑草が野放図に顔を出している。家々も、明かり取り窓が外れて黒い口をぽっかりと開いているような、一見して空き家とわかるものが大半だ。廃村《はいそん》という言葉が脳裏をかすめた。

しかし目抜き通りの一角には、馬が数頭、横木に繋《つな》がれている。そこは店舗《てんぽ》の出入り口らしく、足元あたりが腐食《ふしょく》して泥《どろ》で汚《よご》れた扉が、開きっぱなしになっている。

（いやな気配……。いやな臭《にお》い）

人通りがないのに、誰かが息をひそめ、こちらを盗《ぬす》み見ているような気がする。しかも空き家の並ぶ路傍《ろぼう》の側溝《そっこう》からは、胸の悪くなるような悪臭《あくしゅう》が漂う。

踏《ふ》みこむことを躊躇《ためら》い足を止めたフレデリカを、黒猫はちらりとふり返り、離《はな》れた場所で立ち止まる。「来ないの？　でも、わたしは行くわよ」そんなふうに言われているような、挑発《ちょうはつ》的な黒猫の瞳《ひとみ》と目が合った。

黒猫はふいとまた歩き出し、開きっぱなしの店舗の出入り口に入っていった。

日が傾《かたむ》きかけていた。集落の屋根越《こ》しに遠く見える山際《やまぎわ》が、オレンジ色に染まっている。

（中へ入っちゃった。建物の中なら追い詰《つ》めやすい。でも……）

本能が危ないと囁いている。ここは危険だ、戻れと。

（でも、時間がない）

グレーテルがなんのつもりでフレデリカをからかい、こんな場所にまで逃《に》げてきたのか、理由はわからない。彼女自身も混乱していて、自分がなにをしているのか理解していない可能性だってある。なにしろ猫になってしまったのだから、混乱して当然だ。

フレデリカにしかグレーテルは救えないのだと告げたイザークの言葉を思い出し、意を決した。フレデリカは早足に、建物の出入り口へ向かった。

「すみません。すこし、こちらにお邪魔《じゃま》を……捜《さが》しものが……」

戸口の前に立ち、薄暗《うすぐら》い内部へ声をかける。中からは、つんと酸《す》っぱい酒の臭いがした。外の明るさに慣れた目では見えづらかった内部が、少しずつはっきり見えてきた。

土間に頑丈《がんじょう》そうなテーブルがいくつか置かれ、そのテーブルに数人ずつ分かれて、男たちが座っていた。男たちの手には、使い古して端《はし》のよれたカードがある。テーブルの上には木のゴブレットと酒瓶《びん》。奥にはカウンターがあり、暗い目をした老婆《ろうば》が一人座っている。酒場のようだ。

男たちの視線が、戸口に立ったフレデリカに集まっていた。

農家ふうの身なりの男もいるし、革《かわ》のベストを身につけた猟師《りょうし》ふうの者もいる。どこかの城に仕えているらしい、簡素な兵隊服を身につけた者もいた。彼らの身なりはまちまちだったが、共通しているのは粗野《そや》な表情と、抜け目なさそうな目の光だった。

「捜しものだって？　お嬢《じょう》ちゃん。中に入りな」

戸口近くのテーブルにいた男が、ニヤニヤと笑って声をかけてきた。

「……はい……」

と、返事をしかけた時に、奥のカウンターの向こうにいる老婆と目が合った。その老婆が、微《かす》かだが首を横に振《ふ》る。やめておけと、その静かな仕草と目の色から読み取れた。

それを読み取った瞬間《しゅんかん》、悟《さと》った。

(危険なんだ)

フレデリカは、じりっと踵《かかと》を後退させる。

「いえ。やはり、……遠慮《えんりょ》いたします」

「遠慮？　遠慮するなよ。捜しものがあるんだろう？」

「いいえ。結構です」

「せっかく来たんだ。ちょっと楽しもうや」

戸口の近くにいた連中が、カードをテーブルに伏《ふ》せて立ちあがる。すると奥のテーブルから、酔《よ》いが回ったような、ろれつの怪《あや》しい声が聞こえた。

「そいつ、コーゼルの女だ。見たことあるぞ。あんたら、ケルンの女の味見は飽《あ》きただろう。試《ため》してみなよ。おつな味がするかもしれねぇよ。コーゼルの女だからな、魔女《まじょ》かもしれねぇ！」

そしてげらげらと、たがが外れたように笑い出す。その笑いに押されるように、男たちが近寄ってきた。

フレデリカはきびすを返し、駆《か》け出した。

(なに、ここは!?　なに!?)
五、六人の男たちが、笑いながら追ってくる。自分が、とんでもない場所へ誘《さそ》い込まれたことをやっと悟ったが、後の祭りだ。

（なぜ、グレーテルはこんなとこに⁉）

もし彼女が自分のやっていることが理解出来ていないならば、不運としか言えない。だがもし彼女が意図してやったとしたら、それは悪意だろう。

グレーテルの体は、本来のフレデリカよりも俊敏《しゅんびん》だ。集落を飛び出し、元来た道をコーゼル村の方へ向けて必死に走る。逃げ切れそうな気がした。しかし男たちはしつこく、集落を離れても諦《あきら》める気配はなく、追ってくる。

街道《かいどう》へと繋がる分かれ道が見えた。轍に足を取られそうになり、よろめいた。そしてその時、路傍にうち捨てられた「ケルン」という道標《みちしるべ》を認めた。あの集落が、パン屋の老主人が語ったケルン村だったのだと気がついた。そう気がついた瞬間、また足を取られた。

今度は勢いよく足がもつれ、前のめりに轍に突《つ》っこんだ。運悪く、乾《かわ》ききらないぬかるみがあったらしく、フレデリカは全身泥まみれになった。

すぐに立ちあがろうとしたが、足首に鋭《するど》い痛みが走った。

立ちあがれなかった。足を痛めたようだ。

（そんな……！）

焦《あせ》って顔をあげて、恐怖《きょうふ》にすくんだ。全身が冷たくなるほど、ぞっとした。

六人の男たちが、にたにたと笑ってフレデリカを取り囲もうとしていた。

「汚れちまったな。まあ気にすんなよ。すぐに裸《はだか》にしてやるから」

血の気が引いた。

(陵辱《りょうじょく》される)

怖《こわ》かった。けれどそれよりも、嫌悪《けんお》感《かん》で吐《は》き気がした。気持ちの悪い嫌悪感が胸の中に一杯《いっぱい》になると同時に、それと同等の激しい怒《いか》りがわきあがる。

(卑劣《ひれつ》。卑劣きわまる)

弱い女を男六人で取り囲み、乱暴しようというのだ。

(この体は、グレーテルのものなのに!)

自分が取り囲まれているという事実に対する恐怖より、弱い少女を取り囲む男たちの下劣《げれつ》さに怒りを覚える。自分の体が、今、自分のものではないと知っている。だからこの体は、絶対に守り通さねばならない。それを知っているからこそ、怖がってばかりいられなかった。

(なんとか、なんとか、しないと!!)

男たちがにじり寄ってくる。

「近寄ることは、許しません! お下がりなさい!」

男たちを睨《にら》みつけ、精一杯威嚇《いかく》した。その気迫《きはく》と声に、男たちは一瞬《いっしゅん》動きを止めるが、すぐに大声で笑う。

「こりゃ、お姫《ひめ》さんみたいな口をきくじゃねぇか」

「お下がりなさい！」

座りこんでいる泥《どろ》の中を探《さぐ》り、手に当たった棒きれを構え、膝立《ひざだ》ちになる。足首はずきずき痛んだが、構っていられない。なんとかして彼らを遠ざけ、逃《に》げなければならない。

絶望的なのは薄々《うすうす》わかっている。けれど諦めようとは思わなかった。諦めてしまったら、陵辱されるのはグレーテルの体だ。きっと自分の精神も同時に穢《けが》される。怖いし、絶対にいやだ。しかし自分が不本意ながらも借りている体が穢されるのは、もっと我慢《がまん》出来ない。

「お下がりなさい！」

棒を構えたまま、足首の痛みにも構わず、彼らの包囲を突っ切ろうと跳《は》ねるように立ちあがり走った。しかし簡単に進路を塞《ふさ》がれ、方向を変えようと足首に力を入れた瞬間に激しい痛みが来て、膝が折れる。すると手首を取られ、棒きれが奪《うば》われた。

「お放しなさい！」

「お姫さんごっこしようぜ、なぁ」

げらげらと笑われ悔《くや》し涙《なみだ》があふれたが、声を限りに叫《さけ》んだ。最後まで、わずかでも、こんな卑怯《ひきょう》な連中に屈服《くっぷく》したくなかった。屈服することは、グレーテルを守ることを放棄《ほうき》することだ。だから屈服出来ない。

「お放しなさい！」

次の瞬間、何かが弾《はじ》けるような乾いた鋭い音がこだました。

その音を、フレデリカは耳にしたことがある。銃声《じゅうせい》だ。

フレデリカを捕《と》らえていた男がわっと声をあげ飛び退《の》き、フレデリカを突き放した。六人の男たちが焦って身構える間もなく、立て続けに銃声が響《ひび》き、それぞれの足元の石が弾け飛ぶ。

フレデリカは泥まみれで地面にへたりこみながら、銃弾《じゅうだん》が飛来した方向へ目を向ける。

刷毛《はけ》で野いちごのジャムを空にのばしたような、夕焼け空が街道の上に広がっていた。それを背景に立つ人は、逆光で黒い影《かげ》に見えた。黒い悪魔《トイフェル》さながらに。

薬莢《やっきょう》を一気に地面に落とし、素早《すばや》く弾《たま》を入れ替《か》えたその人は、さらに男たちの足元に銃弾を撃《う》ち込んだ。立て続けに撃ち込まれる銃弾に男たちは声をあげ、足をぴょこぴょことあげて、フレデリカから遠ざかる。

二度、三度、弾を入れ替え撃ち続けながら、彼はフレデリカに近づいてきた。そしてフレデリカの前まで来ると、怒りをこらえるように口の端《はし》を吊《つ》り上げて笑うイザーク・シュルツの、冷酷《れいこく》で綺麗《きれい》な顔がはっきり見えた。

「踊《おど》りな、下卑《げび》ども」

イザークは歯ぎしりするように言うと、さらに撃ち続けた。

男たちが悲鳴をあげ、無様に弾を避《よ》け、背を向けて駆け出す。イザークはとどめとばかりに、彼らのうちの一人の太股《ふともも》に一発命中させた。よろめき倒《たお》れた仲間を引きずり、男たちは逃げた。

「……イザーク……あ……ありがとう。ありがとう……」

助かった安堵感《あんどかん》よりもまだ、恐怖と緊張感《きんちょうかん》が体を支配している。フレデリカの声は震《ふる》えていた。自然と涙があふれた。泥の中に浸《ひた》っている膝も、がくがくと震えていた。

イザークは拳銃《けんじゅう》をホルスターに納めると、フレデリカの前にしゃがみ込む。

「この、馬鹿《ばか》」

ぺちっと軽く、頬《ほお》を叩《たた》かれる。

「なんでこんな場所に来た。俺が帰り道にここを通らなかったら、どうなっていたと思う」

「すみません……黒猫《くろねこ》が……ここに。だから……」

「グレーテルが？」

「でも、……見失って」

眉根《まゆね》を寄せ、イザークは暫《しば》し考える素振《そぶ》りをしたあとに呟《つぶや》く。

「まさか、わざとか？　グレーテル……俺がここを通る時間を計算したのか」

「……計算？」

フレデリカはグレーテルの黒猫に誘われるようにして、ここに来た。彼女はなんの意図もなく、この場所に逃げたのかもしれない。そうだとすると、フレデリカに降りかかった危機は偶《ぐう》発的《はつ》なもの。

だがグレーテルがなんらかの意図で、ここにフレデリカを導いたとしたら。フレデリカに降りかかった危機は、グレーテルの悪意。しかしそうだとしても腑《ふ》に落ちないのは、こうやって自分が危機を免《まぬが》れた事実。あの状態であれば普通《ふつう》、助かる道はなかったはず。

しかしロートタールから帰還途中《きかんとちゅう》のイザークが通りかかったために、難を逃《のが》れた。偶然にしても都合が良すぎる。イザークは「計算」と口にしたが、もしイザークの出現までも計算に入れグレーテルが行動したとしたら、彼女の目的はなんだろうか。

自分自身の肉体の安全を保ちながらも、その肉体に取り憑《つ》いているフレデリカを怖がらせ、痛めつけたいのだろうか。

(怒《おこ》っているの……？　グレーテル……？　わたしを、怒ってる？)

男たちに囲まれていた恐怖と、その危機を逃れた安堵感と、グレーテルの不可解な行動への疑問で、目眩《めまい》がしそうな程《ほど》に混乱した。

イザークはため息をつく。

「なんのつもりだ、グレーテルの奴《やつ》。とりあえず帰るぞ。話はそれからだ」

五章　戦略的な情事

フレデリカはイザークにおんぶされ、家の扉《とびら》を潜《くぐ》った。

（心の底から……恥《は》ずかしい）

男性の背中にしがみつき、あまつさえ尻《しり》の下を腕《うで》で支えられるなど、フレデリカにとっては未知の体験だ。幼い頃《ころ》から、こんな格好はしたことがない。とんでもなくはしたない格好に思えるのだが、イザークはいたって普通の顔をしている。

本当なら心から遠慮《えんりょ》したいのだが、足首の痛みがひどくて、こうされるしかなかったのだ。家の中に入ると椅子《いす》に座らされた。フレデリカは、イザークの腕を摑《つか》んだ。

「足首の治療《ちりょう》をしてください。わたしはグレーテルを捜《さが》しに行かないと。あの集落に……」

「またあの連中と鉢合《はちあ》わせしたいのか？」

問われると、追い詰《つ》められたあの時の恐怖《きょうふ》を思い出し背筋が寒くなる。

「あの集落は、いったい……なんなんですか？」

「あそこはケルン村。いや、ケルン村だった、というべきかな。曲芸師や役者を生業《なりわい》にしている連中の村だったが、五年前にケルナーが村にかける税率を大幅《おおはば》に上げて以来、食えなくなった。逃げ出す連中もいれば、残る連中もいた。残った連中は、ごろつき相手にいかがわしい商売をするしかなくなって、あの様さ」

「伯爵《はくしゃく》が税率を上げた？　なぜですか」

「労なく高収入を得ているからだとさ。人を楽しませてやる連中が、本人たちも楽しんで、楽してやってるなんて思うのは大間違《おおまちが》いだが。お貴族様には、そう見えるそうだ」

思わず、眉《まゆ》をひそめていた。

（なぜケルナー伯爵は、そんなことを？）

昼間、パン屋の老主人が口にしたケルン村はあの集落のことだった。

そしてコーゼル村もケルナー伯爵の命令一つでケルン村と同様になる、危《あや》うい安定の中にあるということだ。

（ケルナー伯爵は、村の実情を御存《ごぞん》じないのかもしれない。だから、あんな状態を放置されているに違いない。だったらわたしは、あんなひどい状態の村があると知らせなければ）

しかし。

（でも……知らない、ということがあるだろうか？　もし知らなかったとしたら、領地を支配する者としては失格では……？）

そんな疑念や、批難の気持ちが湧《わ》き出し渦巻《うずま》く。フレデリカは強く首を振《ふ》った。

（疑っても仕方ない。確かめて対処しないと。あんな場所があると知ってしまったからには）

なにをどうすればいいのか具体的には思いつかない。だが、何かできるのではないか。でもそれにはまず、王女フレデリカに戻《もど》ることが必要だ。ケルン村の状態を改善するように、ケルナーに一言釘《くぎ》を刺《さ》すにしても、フレデリカから国王へ進言し、さらに国王からケルナーへと命じられなければならない。

グレーテルのままでは、どうにもならないのだ。

「ケルン村が危険なのは、わかります。けれどグレーテルはあそこへ行ったんです。だから」

「俺の推測が正しいなら、あいつはもう、あそこにはいないはずだ。とりあえずあんたは、その泥を落とせ」

「ではグレーテルはどこに？　泥を落としてなんて、悠長《ゆうちょう》なことを言っていられません。わたしの葬儀《そうぎ》が、いつ始まるか。もしかすると今夜にでも……」

「安心しろ。国王陛下は事故から七日間、様子を見守ると決定を下したらしい。あと六日ある」

「六日？　今日が終われば五日。まだ、五日あるんですね」

けして長くはないが、少し猶予《ゆうよ》はある。途端《とたん》に力が抜《ぬ》けた。急に疲労感《ひろうかん》が肩《かた》と背中にのしかかり、イザークの手を放していた。

イザークはそのまま鉄オーブンに向かい、火をおこした。井戸《いど》から水をくみあげ、大量のお湯を沸《わ》かした。そして怪《あや》しげな魔術《まじゅつ》道具がひしめく部屋の最奥に衝立《ついたて》を立てると、その陰《かげ》に巨《きょ》大《だい》な盥《たらい》を持ち出して置き、湯で満たした。

なにをしているのだろうと思いぽかんと見つめていると、イザークはフレデリカに手を貸して立たせた。

「歩けるか？」

「少しなら」

ひょこひょこと歩き出すと、衝立の前まで導かれた。そこでイザークは手を放し、厳しい声と表情で命じた。

「脱《ぬ》げ」

フレデリカは目を丸くして、イザークをふり返った。

「脱げって⁉ 何をする気ですか⁉」

王女教育の一環《いっかん》で、男女のことは教わった。しかし口で説明されただけなので、何をどうするかはいまひとつ飲み込めなかった。だが、そんなフレデリカの様子を見抜《みぬ》いたらしい教育係の公爵《こうしゃく》夫人に、『これだけは、覚えておいてくださいまし。どんな貴公子でも、男はみんな獣《けもの》で、突然《とつぜん》、王女殿下《でんか》に襲《おそ》いかかる可能性があるということを！』と、迫力《はくりょく》たっぷりに脅《おど》されたのだ。しかもさっき、野獣《やじゅう》のような男たちに襲われかけたばかり。

「まさか、あなたが獣に……」

声を震《ふる》わせると、イザークの目が白けたような色になる。

「あんた忘れてないか？ 今のあんたはグレーテルだ。悪いが俺は、グレーテルが全裸《ぜんら》でベッドに飛びこんできても、欲情《よくじょう》しない自信がある。はっきり言うと、見たくもねぇ！」

「そこまで言わなくても……ひどい」

逆の衝撃《しょうげき》で絶句するも、イザークはびしっと衝立の向こうを指さした。

「わかったらさっさと脱いで湯を浴びろ！　泥《どろ》を落とせ！　つべこべ言ってると、脱がすぞ！」

「は、はい！」

脅かされ、フレデリカは急いで衝立を支えにし、その陰に回りこんだ。

だが衝立があるだけの、あけっぴろげな空間で裸《はだか》になることに抵抗《ていこう》がある。戸惑《とまど》っていると、衝立の向こう側からふいに、甘く囁《ささや》くようにイザークが言う。

「脱がないってことは、脱がして欲しいのか？」

彼の声の意外な艶《つや》っぽさに仰天《ぎょうてん》して、赤面した。

「いい、いやです！　全力で遠慮します！」

悲鳴をあげ、思い切って自分のエプロンドレスに手をかける。するとその慌《あわ》てた気配を感じたらしく、衝立の向こう側でイザークがくすっと意地悪く笑う。

脱いだものを衝立にかけると、イザークは衝立の向こう側からそれを取りあげた。そしてかわりに体を拭《ふ》くための綿布と、白い木綿《もめん》の寝間着《ねまき》のようなものを衝立にかける。

足首の痛みに気をつけながら、盥に入る。疲労《ひろう》した足首に湯の温《ぬく》みが心地《ここち》いい。しゃがみこんで腰《こし》までつかる。湯の中に疲労感が溶《と》けるような気持ちよさだった。

盥の脇《わき》には石けんが置かれていたので、それを手に取り泡立《あわだ》てる。花の香《かお》りがする。きっとバラのオイルを練りこんであるのだろう。

髪《かみ》や顔、全身についた泥を落としていると、衝立の向こうからイザークが訊《き》く。

「グレーテルを追って、あんたはケルン村に行ったんだったな？」

衝立越《ご》しにイザークの声が聞こえるだけで、いたたまれない。彼の声が裸の肌《はだ》に直接触《ふ》れるような気がして、心許《こころもと》なくてどうしようもない。おずおずと返事した。

「はい。誘《さそ》われるように。それにコーゼル村の中でも一日中、からかわれていたような……」

泡を流し盥から出る。体を拭いていると、イザークが嘆息《たんそく》した気配がした。

「あいつは、捕《つか》まる気がないんだな。あんたをわざわざあんな場所へおびき出し、危険な目にあわせるってのは、グレーテルが、あんたを邪魔《じゃま》だと思ってる証拠《しょうこ》だ」

「どうしてですか？　元に戻りたくないんですか？」

「あいつは昔から、何を考えているかわからないところがある。けれどあいつが何を考えていようとも、元に戻ってもらわないことにはな。コールのおじさんやおばさんが、気の毒だ」

体を拭き終わると、用意してもらった木綿の服を身につけた。すとんと上から下まで繋《つな》がった寝間着だ。それを直接素肌《すはだ》に着る。身につけているのはそれだけなので、なんとも心細い。いつものようにあれこれと体を押さえつけるものがないのは楽だが、いきなり鎧《よろい》をはぎ取られたみたいだ。裸同然に感じる。

衝立の陰《かげ》から顔を出すと、イザークが手を貸して椅子《いす》に座らせてくれる。彼はフレデリカの前に膝《ひざ》をつき、痛めた右足首を覗《のぞ》きこむ。

「外傷はないから、ねんざか、筋を痛めたか。治療《ちりよう》する。いいか?」

「お願いします」

軟膏《なんこう》を入れた瓶《びん》と包帯、添《そ》え木。それらを持ってくると、イザークはまたフレデリカの前に膝をついた。そしてフレデリカの右足を支えると、自分の膝の上へ載《の》せる。躊躇《ためら》いなく膝下まで寝間着の裾《すそ》をめくられて、どきりとする。しかし彼は治療に専念しているだけで、やましい素振《そぶ》りはない。

くいと、イザークがフレデリカの足首を動かす。

「痛っ」

声をあげると、今度はすこし柔《やわ》らかく、足首を動かされる。

「これは?」

「平気……です」

ひやりとする軟膏を足首に塗《ぬ》られる。イザークの指が肌を滑《すべ》る感触《かんしよく》が恥《は》ずかしくて、フレデリカは顔を背《そむ》けていたが、頰《ほお》が熱くなるのはどうしようもない。男性に素肌を触《さわ》られた経験はない。

痛みを確認《かくにん》するように顔をあげたイザークは、フレデリカの表情を見て意地悪く笑った。

「恥ずかしいのか？　男に触れられたことがないな」

「そ、そんなことは……」

と見栄《みえ》を張ってみたが、真っ赤な自分の顔は隠《かく》せない。諦《あきら》めて俯《うつむ》いた。

「……は、初めてです。恥ずかしいです。……箪笥《たんす》があったら、入りたい……」

「箪笥？　あんた、本当に入りそうだな」

イザークはくっと笑うと、指先で、フレデリカの膝下から足の甲《こう》までするりと撫《な》でた。

「ひっ⁉」

蒼白《そうはく》になって、フレデリカは身をそらした。

「新鮮《しんせん》だな。グレーテルの顔で、そんな反応されると」

「いじめっ子⁉」

「いじめてねぇ。ただの悪戯《いたずら》だ。そんなに警戒《けいかい》するなよ。もうしない」

言葉どおりそれ以上悪戯めいたことはされることがなく、彼はてきぱきと治療をすすめる。

「包帯を固く巻いて固定してやるから、痛みなく歩けるはずだ。二、三日で治る」

治療を終えると、イザークは難しい顔をして食卓《しょくたく》の前に腰を下ろした。グレーテルをどうするべきか、考えあぐねているようだった。じっと水晶玉《すいしょうだま》を見つめている。彼は視線をあげない。

それをいいことにフレデリカは、食卓に放《ほう》り出されているアンティークのそら豆人形の方へ、こそこそと手を伸《の》ばしていた。ずっと気になっていたが、もはや我慢《がまん》の限界だった。疲労が極限で、精神的な支えと癒《い》やしが欲しくて、もう無理だ。

（そら豆、抱《だ》っこしたい！）

両手でそっと抱いてみる。

（わぁ、やっぱり可愛《かわい》い。髪のごわごわ感が、たまらない……。この古びた感じも）

ふるふるっと、嬉《うれ》しさに身震《みぶる》いしたとき、

「おい」

イザークが声をかけてきたので、慌ててそら豆人形を食卓へ戻《もど》した。

「なにか⁉　わたしは、なにも！　なにも触ってません！　可愛いそら豆なんて、けして！」

イザークは今やっと顔をあげたようで、不審《ふしん》げに眉根《まゆね》を寄せる。

「なにかしてたのか？」

「いいえ、なにも。なにもしてません。それよりもわたしは、黒猫《くろねこ》を捕まえないと……」

と口にしたが、ふと口を噤《つぐ》んで考える。

（一日中追い回して捕まらない猫を、あと五日間、闇雲《やみくも》に追い回しても捕まえられる可能性は低い。彼女自身が、そもそも捕まる気がない。元に戻る気がない）

元に戻る気がないなら放っておけ、とはフレデリカは言えない。崖《がけ》から飛び降りると言い張っている少女を前に、「その気ならどうぞ」と言えないのと同じだ。

「黒猫……追って駄目《だめ》なら、罠《わな》を仕掛《しか》けて待つ……とか」

思いつきを口にした。するとイザークが意外そうな顔をする。

「ふぅん。たまにはいいこと言うな。いい手だな、それは」

「でもグレーテルをおびき出す罠は、どんなものを餌《えさ》にすればいいんでしょうか？」

「グレーテルが絶対におびき寄せられる方法……ああ……まあ。あることは、あるか」

何かに思い当たったらしく、彼は憂鬱《ゆううつ》な表情になった。

「なんですか？」

「あんたが、俺と寝《ね》ればいいんだ」

「……はい？」

寝る、とは。「はい、お休みなさい」という意味ではないだろう。息を呑《の》んだ。

「やっぱり獣《けもの》！」

「違《ちが》う！　話を聞け！」

両手で食卓を叩《たた》き、イザークは立ちあがった。

「グレーテルは昔から、徹底《てってい》的に悪魔《あくま》のような執念《しゅうねん》で俺の恋愛《れんあい》を邪魔する。俺がその気になって女といると、あいつは絶対に、どこにいても飛んでくる。黙《だま》って見逃《みのが》すことは、絶対にない」

「……へ？　恋愛の邪魔？　女の子が男の人の恋愛を邪魔するとしたら、それはグレーテルが、あなたに好意を抱いているからじゃないですか？」

「かもな」

かもではなく、十中八九そうだろう。なにを惚《とぼ》けているのだろうか。「かもな」と答えた彼の顔は、半分事実を理解しているのに、そんな事実を認めたくないと、感情が断固拒否《きょひ》しているようだった。

しかしグレーテルがイザークに恋心《こいごころ》を抱いているとするならば、なんとひどい扱《あつか》いだろう。

「グレーテルを嫌《きら》いですか?」

グレーテルの心情を思うと、我がことのように情けない。実際今、自分はグレーテルの姿になっているのだから、なんとなく自分に言われたような気も、しないではない。

「嫌いなわけない。ただあいつは、妹……みたいなもんだから、そういった対象にならない」

「そうなんですか」

グレーテルの恋心が見事に空回りしているらしいのは、同じ女の子としては気分が沈《しず》む。

(グレーテルの気持ちも分かる。この人は乱暴で口が悪いけれど、どこか優《やさ》しいもの。綺麗《きれい》な色の瞳《ひとみ》に見つめられると、どきどきする。わたしだって……)

そこまで考えて、自分が当然のように導き出しかけた事実にぎょっとなる。

(わたしだって、って!?　わたしだって、なんなの?)

耳が熱くなるが、その様子にイザークが不審げに首を傾《かし》げる。

「なんだ?」

「別になにも!　とにかく、グレーテルをおびき出す必要があるのはわかります。それが一番確実なら、そうするべきで。その、そのために……」

と口にして、今度は首から上が熱くなる。

「どう思ってるか知らないが、ふりをすればいいんだ。実際あんたに、なにかしようとは思わない。今のあんたはグレーテルだ。俺は天地がひっくり返っても、妙《みょう》な気分にならねぇ」

「でもグレーテルが都合よく、その、ふり、を発見してくれるとは限らないですし」

「あいつがわざと逃《に》げ回っているとするなら、絶対に俺たちの様子をどこかで見ているはずだ。間違《まちが》いない。あいつは、そういう奴《やつ》だ。それで気に入らないことがあれば、三日三晩はうなされるような形相で襲《おそ》ってくるぞ」

「……グレーテルって、いったい……」

グレーテルは、元に戻ろうとする意思はなさそうだ。それだけでも彼女の考えがよく分からないのに、イザークは彼女がとことん抜《ぬ》け目ない、まるで悪魔《あくま》の化身《けしん》みたいに言う。

「あいつは厄介《やっかい》な小悪魔だ。だが放《ほう》っておけない。根は悪い奴じゃないから、あいつがとんでもないことをしていれば、違うだろうと首根っこを捕《つか》まえて引き戻してやりたい」

その言葉を聞くと、思わず笑《え》みがこぼれた。この人は結局、優しいのだと思った。

「乱暴者のくせに、苦労性《しょう》なんですね」

「ほっとけ」

グレーテルは愛されている。どんな形にしろイザークに、とても大切に思われている。

（ご両親にも大切にされている、イザークにも大切にされている。そんなグレーテルを元に戻さないといけない、早く）

フレデリカも、きっと父国王と母王妃《おうひ》には大切に思われているはず。自分もそのために、元のフレデリカに戻らなくてはならない。だがそれは、グレーテルを元に戻してあげたい以上の動機にはならない。それはきっと、愛されていると思いながらも、愛されている実感がないからだった。「本当にそうか？」と問われれば、自信を持って「はい」と答えられないからだ。愛されていると「思うこと」と、愛されていると「実感すること」は違う。

いつも見ないふりをしている感情に気づきそうになり、フレデリカは首を振《ふ》ってそれを追い散らして顔をあげた。

「わかりました。ふりとやらをします。どうすればいいですか？」

「俺がリードするから、適当にあわせろ」

食卓を回りこむと、イザークはフレデリカの傍《かたわ》らに立つ。

「あいつはあんたに気づかれることを警戒して、扉《とびら》の外か窓の外にいるはずだ。今までの会話は聞こえていないだろうから、俺たちが妙な雰囲気《ふんいき》になったら必ず室内に入り込んで、近くで覗《のぞ》き見して聞き耳を立てる。好きに話をしていいが、小声で話せ」

「はい」

「ことが進むと、あいつは我慢の限界になって飛び出してくる。そこを捕まえろ。あいつがこの手に引っかかるのは、一回きりだ。二度目が通じる相手じゃない。チャンスは一度だ」

イザークは意を決したようにフレデリカの肩《かた》を両手で掴《つか》み、正面から向き合う。視線が絡《から》み合う。と、彼はげんなりとして呟《つぶや》く。

「……………萎《な》える」

「今の発言、失礼じゃありませんか⁉」

「悪い。見た目の問題だ。まあ、がんばるさ。あまり緊張《きんちょう》するな。それっぽく適当に会話してりゃ、何を話していてもいい。さあ、……気安く触《ふ》れてはいけないと承知してるが、仕方ない。失礼して触《さわ》るぞ、王女殿下《でんか》」

最後の一言は揶揄《やゆ》めいていた。そしていきなり彼は、フレデリカの腰《こし》を片手で強く引き寄せる。木綿《もめん》の寝間着《ねまき》を素肌《すはだ》に着ただけのフレデリカは、彼の腕《うで》が触れると、直接肌に触れられたように思えて体が強《こわ》ばった。

イザークはもう一方の手をフレデリカの顎《あご》に添《そ》え、上向かせた。綺麗な紫《むらさき》の瞳が間近にあった。心臓が口から飛び出しそうで、ともすれば彼の腕を振り切って、「ちょっと待って！」と叫《さけ》びそうだ。それが怖《こわ》くて、必死に今の状況《じょうきょう》と別の話題を探す。

「そ、そうでした。わたし、教えてもらいました。コーゼル村の秘密を。この村がどんな仕事を生業《なりわい》にしている人々の村なのか。驚《おどろ》きました。あなたが魔術《まじゅつ》で猫《ねこ》を呼べないなら、どなたかそれっぽい技《わざ》をお持ちの方を紹介《しょうかい》して下さっていれば」

フレデリカは震《ふる》える細い声で告げた。

「特定の猫を呼び寄せる確実な技なんか、誰《だれ》も持っていない。せいぜい気休めの呪《まじな》い程度だ。コーゼル村のことは、あんたは知らなかっただろうが、エーデルクラインでは公然の秘密ってやつさ。庶民《しょみん》はもちろん貴族連中だって、毒や呪詛《じゅそ》を求めてこっそりやって来る」

答えながらもイザークは、フレデリカの頰《ほお》に唇《くちびる》を寄せる。触れるか触れないかの距離《きょり》で止めてくれるが、彼の吐息《といき》が頰の産毛《うぶげ》に触れると、背筋がぞくっとした。

彼の吐息は、相変わらず爽《さわ》やかなハーブの香《かお》りがする。

「公然の秘密？　けれどパン屋の親切なご主人は、ケルナー伯爵《はくしゃく》にはなにもしゃべるなと」

「ケルナーは知っているからこそ、嫌《いや》がっている。近代化を拒否する愚《おろ》か者の村だとな。あいつは啓蒙《けいもう》思想にかぶれてる。シュバルツノイマン党と関《かか》わりがあるという噂《うわさ》もある。知性派を気取って啓蒙貴族とやらになりたいらしい。まあ、それも時代を生き抜くための方便だろう」

頰から唇が離《はな》れると、今度は首筋に唇が近づく。これも触れるか触れないかの位置で止める。

「啓蒙貴族ならば庶民の味方をして、村の人たちに好かれそうですが」

神と国王が絶対的な権威《けんい》である、絶対王政。それに対するのが、人間と理性を尊重する啓蒙主義だ。啓蒙主義に理解を示す貴族は啓蒙貴族と呼ばれ、大陸の他《ほか》の王国では、庶民に支持されているらしい。

「奴は結局、貴族だ。エーデルクラインには、まだ本物の啓蒙貴族なんかいない。奴の啓蒙主義も見せかけだから、俺たちに対する扱《あつか》いがいいわけじゃない」

肌の近くで喋《しゃべ》られると、腰が砕《くだ》けそうな程《ほど》に全身が震えた。

「でもケルナー伯爵は、わたしにはお菓子《かし》を下さる、優しいおじ様です。そんな方が」

「菓子だ？　反吐《へど》が出るな。王女殿下におべっかか」

強い嫌悪《けんお》を感じ、フレデリカは重ねて問う。

「なにか個人的な恨《うら》みでもあるんですか？　ケルナー伯爵のことはイザークの件があると、パン屋のご主人が」

一瞬《いっしゅん》、イザークが息を詰《つ》めたのがわかった。その反応に、訊《き》いてはならないことだったのだと悟《さと》り、はっとする。

「すみません。立ち入ってはならないことだったのでしたら……」

「いいさ」

突然《とつぜん》、腰を抱《だ》く腕に力がこめられた。そして乱暴に、腰を食卓《しょくたく》に押しつけられる。

イザークはもう一方の手で食卓の上にあった様々な物を半分払《はら》い落とすと、フレデリカを抱《かか》え、易々《やすやす》と食卓に寝《ね》かせた。彼は膝立《ひざだ》ちで食卓に上り、フレデリカをまたぐ格好で見おろした。

その体勢に、フレデリカは恐怖感《きょうふかん》を覚える。

(本気ではない、彼は)

それを知っていても、おののく。紫の瞳《ひとみ》に暗い光が宿っている気がした。

「俺が七つのときに、妹が貴族の馬車に轢《ひ》かれて死んだ。その馬車の所有者はわからなかったが、その馬車がケルナーの城に入ったのを見た奴がいたから、俺の両親はケルナーに訴《うった》えた」

告げられた事実の重さに、フレデリカは息を呑《の》んだ。

（妹さんが死んだ？）

フレデリカの両脇《りょうわき》に、イザークが勢いよく手をつく。その勢いに、心臓が怯《おび》えて跳《は》ねる。

「奴は馬車の持ち主に心当たりがあるようだったが、答えなかった。そして妹が死んだことも、『身分の相違《そうい》から仕方がないことだ』と言って取りあわなかった」

「取りあわないなんて、まさか！」

「事実だ。取りあわなかった。馬車の持ち主は、奴が啓蒙貴族として尊敬しているカルステンス侯爵ではないかという噂があったが、確証はなかった」

ゆっくりと顔を近づけ、イザークは唇と唇が触れるか触れないかの距離で止め、薄《うす》く笑った。

遠目で見れば、口づけしたように見えているだろう。

イザークはいきなり、フレデリカの両手首を強く握《にぎ》った。

「……痛っ！」

乱暴に、頭の上に両腕《りょううで》をねじ上げられて食卓に押しつけられる。そのふいの痛みに眉根《まゆね》を寄せるが、イザークは口元に冷たい微笑《びしょう》を浮《う》かべているだけだった。

「それらしくすると言ったろう？」

怖かった。フレデリカの質問に触発《しょくはつ》されて、彼の中に得体のしれない残酷《ざんこく》な生き物が目覚めたような気がして、血の気が引く。

「ふりにしてもへたくそだな、あんた。しかめ面《つら》じゃなくて、いい顔くらいして見せろ。これじゃあ、それらしく見えない。できないなら、本気でするか？　してもいいぞ」

「嫌……そんな……」

「嫌なら、俺を見ろ」

緊張と恐怖《きょうふ》で、呼吸は浅く速くなる。それでもフレデリカは懸命《けんめい》にイザークを見つめる。

イザークはフレデリカの手首を握った手にさらに力をこめた。指先が痺《しび》れるほどに痛い。

「それでいい。それで、なんだった？　ああ、カルステンス侯爵だな。カルステンス侯爵は五年前にロートタールに投獄《とうごく》されたと聞き、俺は騎士《きし》団の仕事を求めた。奴《やつ》から真相を聞き出したかったからだ。だから反吐が出るほど嫌《きら》いなケルナーに頭をさげ、騎士団の採用試験を受ける資格を得た。それでカルステンスを取り調べた。だが奴は、一言も口を開かない頑固《がんこ》な囚人《しゅうじん》だった。そして口を閉じたまま、数日前に死にやがった」

囁《ささや》く声は、まるで睦言《むつごと》のようにも聞こえたし、フレデリカを絞《し》め殺そうとする直前の、憎悪《ぞうお》に満ちた声にも聞こえた。

（ケルナー伯爵が、そんな振る舞《ま》いをした……？　そんな……）

ケルナー伯爵のことを、お菓子をくれる優《やさ》しいおじ様とイザークに告げた自分が、どうしよ

うもなく愚かしく思える。

(この人は、貴族というものを憎《にく》んでいる)

圧迫感《あっぱくかん》に、フレデリカの呼吸は震える。

「轢死《れきし》体をみたことあるか？　王女殿下。小さなよちよち歩きの可愛《かわい》い妹が、悪夢みたいな真っ黒い馬車が通り過ぎた後に、どんな姿に変わっていたか。俺は、忘れられない」

残酷な事実が胸に突《つ》き刺《さ》さった。

(小さな子供が？　なのに殺した者は、罪をつぐないもせずに？　身分の相違ってなに？)

ぶるりと小さく体が震えた。それはそんな現実があることへの嫌悪感《けんおかん》と、恐怖からだった。

なぜかしら、ふいに悔《くや》しいような気持ちが喉元《のどもと》にせりあがり視界が滲《にじ》む。

「ごめんなさい」

思わず口から出たのは謝罪だった。イザークは驚いたように何度か瞬《まばた》きし、手首を握る力が緩《ゆる》む。

フレデリカは何かが悔しくて、何かが切なくて、ただ許しを請《こ》うように囁いた。

「わたしは、そんなことはなにも知らない。身分ある者がそんなふうに振《ふ》る舞っていると、知らなかった。馬鹿《ばか》みたいに、教授や本が教えてくれることを頭の中に詰め込むだけで」

それは懺悔《ざんげ》に近かった。王になるために毎日必死に学んでいると思っていたが、そんなことでは学べないことがある。そしてそれこそフレデリカが知るべきことで、学ぶべきことではないのか。突き刺さるように理解し、そして恥《は》じた。

フレデリカの周囲には、ケルナー伯爵のような連中はたくさんいる。フレデリカに対しては、優しく接してくれる人々ばかりと言ってもいい。

けれど彼らの素顔《すがお》は、どうなのだろうか。

王国内で領地を有する貴族は、その土地の全権をゆだねられる。税率決定や罪人の処罰《しょばつ》、国の法律では詳細《しょうさい》に決定していないたぐいの、細かな決まり。それは国王がその貴族を信頼《しんらい》したがゆえに領地を任せるという、中世から続く慣例に則《のっと》っている。

しかし領地を支配する者が無能、あるいは悪辣《あくらつ》であったなら、その土地に住む者は苦しみ続けるしかない。国王への直訴《じきそ》など、一揆《いっき》でも起こさない限りは不可能だ。その仕組みは理解していたが、それが実際にどういう現実を引き起こすか、肌《はだ》で感じることはなかった。

「ごめんなさい」

「謝らなくていい。あんたに謝られても、なんにもならない」

すこし冷静になったらしく、イザークの声が穏《おだ》やかになり、唇を離す。

「それよりも気をつけろ。グレーテルなら、そろそろ限界のはずだ」

言いながらイザークは体を起こし、フレデリカを抱えて食卓の上に座った。イザークの膝の上に抱かれ、フレデリカは身を縮めた。

「な、なんて格好を……」

「俺の下にいたんじゃ、グレーテルが飛び出したときに自由がきかないだろう」

「でも」

「がたがた抜《ぬ》かすな」

囁きあいながらも、イザークはフレデリカの頬《ほお》に手を添《そ》える。

その時突然、みぎゃーという興奮した猫《ねこ》の声が、フレデリカの耳に突き刺さった。黒猫が魔《ま》法陣《ほうじん》の上を全速力で駆《か》け抜《ぬ》けて、こちらに突進《とっしん》してきた。そして食卓へと跳躍《ちょうやく》した。

「来た！」

フレデリカが叫《さけ》ぶと、イザークが手を離《はな》す。

「捕《つか》まえろ！」

フレデリカの顔面めがけ、黒い鞠《まり》のように飛びかかってきた黒猫を、フレデリカは顔全体と両手を使ってがっちりと確保した。

黒猫はみぎゃみぎゃ鳴きながら、フレデリカの顔を引っ掻《か》く。フレデリカは瞼《まぶた》を閉じて目を庇《かば》い、両手でしっかり摑《つか》んだ黒猫を顔から引き離し、胸に抱え込む。

「捕まえました！　檻《おり》か、もしくは野獣《やじゅう》も拘束《こうそく》可能な、極太《ごくぶと》の縄《なわ》を！」

暴れる黒猫を、フレデリカはとりあえず縄でグルグル巻きにしたようだった。

ようだったというのは、黒猫の姿はイザークには見えなかったからだ。極太の縄をフレデリカに手渡《てわた》した後は、ただ眺《なが》めているしかなかった。

フレデリカは悪戦苦闘《あくせんくとう》した末に、縄でできた鞠みたいなものを作り上げた。一瞬《いっしゅん》「おいおい」と思ったが、その縄鞠がごろごろと微妙《びみょう》に動くので、それが見えない黒猫なのだと納得《なっとく》した。

肩《かた》で息をしながら、フレデリカは床《ゆか》にへたりこんで、ごろごろと動く縄鞠を見おろして鼻の穴を膨《ふく》らませていた。

「さあ、捕まえたわ。わたしだって、できちゃうんだから。うふっ、……ふふ……」

「とりあえず、よくやったな」

傍《かたわ》らに膝《ひざ》をつくと、フレデリカは笑顔《えがお》で顔をあげた。

「やりました！」

「貴族のあんたが俺のような人間相手に、よくあんなことを我慢《がまん》したな。そこは感心した」

正直な感想だった。貴族の姫君《ひめぎみ》は相手に身分がなければ、手に触《ふ》れることすら拒否《きょひ》するものだからだ。王族の誇《ほこ》り高い王女が、よくそれを耐《た》えたものだと思う。

「我慢なんて。あなたの瞳は綺麗《きれい》だし、普通《ふつう》に触れあうの全然嫌《いや》じゃない……」

と思わずのようにフレデリカは言いかけたが、真っ赤になって自分の口を押さえた。

意外な告白に、イザークは目を丸くした。

嫌じゃない、などと言われるとは、思ってもみなかった。さっき睦言のように彼女に囁いた妹の事件は、八つ当たりだったと自分でも思う。問われたので答えたが、口にするとあの時の怒《いか》りが胸の奥でぶり返し、彼女に当たっていた。

しかしフレデリカはそれを感じながらも、謝罪した。自らの至らなさを。なぜそんな思考になるのか不思議だったが、そのおかげでイザークの中に沸《わ》き立った怒りが静まったのは確かだ。

（こいつはやっぱり、貴族としては変なんだな）

規格外に善良で素直《すなお》。それは間違《まちが》いないらしい。だがどうやったら、王女殿下《でんか》がこんなふうに育つのか。

その時、いつ誰《だれ》から聞いたかも思い出せない言葉が、耳によみがえる。

『あの子は、自分が孤独《こどく》だということに気がつかないほどに、孤独だった』

その言葉は、なぜかフレデリカに当てはまるような気がした。

「宮殿《きゅうでん》で、寂《さび》しくはなかったのか？　……おまえ」

思わず訊《き》いてしまった。突然《とつぜん》の質問にフレデリカは目を瞬《またた》いたが、それでも真剣《しんけん》に考える素《そ》振《ぶ》りをして眉根を寄せて答えた。

「教育係の公爵《こうしゃく》夫人もいましたし、侍女《じじょ》も。お勉強の教授もいましたし、ユリウスも時々顔を見せていましたし。周りにはたくさん人がいました。どうしてそんなことを、今？」

「周囲に人がいたかいないかなんて、訊いてない。寂しいと、おまえは思っていたのか？」

わざと「寂しい」という単語を避《さ》けていると感じて再度問うと、

「そんなことを、考えてはいけないから……」

そこまで口にして、フレデリカは俯《うつむ》く。

フレデリカは生まれてからずっと、宮殿の中で孤独だったのではないだろうか。

王女の教育係や侍女は、定期的に入れ替《か》えられる。それは個人的に王女と親しくなる者が出現した場合、王女に影響《えいきょう》を及《およ》ぼす危険があるからだと聞いたことがある。

王女とは大切に育てられ躾《しつ》けられるが、けして愛情を注がれる対象ではない。

両親である国王も王妃《おうひ》も、王女にかまけている暇《ひま》はないはずだ。貴族連中は王女と親しくなりたがるが、それは教育係たちが警戒《けいかい》して寄せつけない。

唯一《ゆいいつ》近づけたのはユリウス・グロスハイムくらいだったろう。いずれ六公爵を継《つ》ぐ者であり、年頃《としごろ》も近く、天真爛漫《てんしんらんまん》なふりをしていたので警戒されなかった。しかし彼も、フレデリカに愛情を注ぐような男ではない。

誰も彼女と親しくしようとしない、できなかったから、悪意や陰謀《いんぼう》が渦巻《うずま》く宮殿の中で、彼女の周りだけぽっかりと空白だったのかもしれない。

ぽつんと、一人だったのだ。

彼女がもし強気な性質であれば、その状況《じょうきょう》を最大限に利用して、とんでもなく傲慢《ごうまん》で自信たっぷりで己《おのれ》を未来の女王として疑わない、孤独をものともしない強い少女になったはず。

けれどフレデリカは、生まれ持った性質が善良で気弱だった。だから一人、誰に影響されることもなく本来の性質のままに、すっくりと育ってしまったのではないか。

「フレデリカ」

呼ぶと、彼女はそろりと自信なげに顔をあげた。

姿はグレーテルだったが、寂しげで不安げな表情のせいで、まるで別の少女に見えた。

グレーテルなのに、なぜか可愛《かわい》らしく見える。さっきまで彼女を押し倒《たお》して口づけせんばかりに接近していたのに、あの時は欠片《かけら》もそんなことは思わなかった。

(こいつは貴族だ。王女殿下だ。なのに……、俺は、今?)

イザークは困惑《こんわく》し、二人はしばらく見つめ合っていた。

だが極太の縄鞭がいきなり跳《は》ねて、ドカッとイザークの後頭部にぶつかったので、床に向かって前のめりに倒れた。その衝撃《しょうげき》で、妙《みょう》な困惑は吹《ふ》っ飛んだ。

「……グレーテル！」

跳ね起きると、イザークは縄鞭をひっ捕まえた。

「大人しくしろ。なんのつもりで逃《に》げているのか知らねぇが、元に戻《もど》ってもらうぞ」

ぶんぶん暴れる縄鞭を入れる檻を探すために、ずかずかと物置へ向かう。

物置を物色しながらイザークは、さっきの会話を思い出していた。

(フレデリカは、寂しいかという問いに答えなかった)

おそらく彼女の核心《かくしん》を突《つ》く問いだったのだろうが、それに答える気はないようだ。イザークは、心の底をさらけ出せる相手ではないらしい。当然だろう。いくら善良で、平民相手にも分け隔《へだ》てなく接する規格外の王女でも、本来は高貴な人だ。身分の違《ちが》う者を相手に、自分の核心をさらけ出すことはないはず。

結局フレデリカが善良でも規格外でも、イザークとは本当の意味で、打ち解けることも心を許すことも、信じあうこともないのだろう。それが身分であり、立場の違いというものだ。

翌日早朝。ユリウス・グロスハイムは鼻歌交じりに天使宮のバラ園を散歩していた。もちろんフレデリカの体を監視《かんし》するためだった。

フレデリカの肉体は今、呼吸も心臓の鼓動《こどう》も止まっている。ただ肌《はだ》は温かい。侍医《じい》たちは交《こう》替《たい》で数時間おきにフレデリカを診察《しんさつ》し、彼女の様子に変化がないかを確認《かくにん》している。

「すぐに戻ってくれればいいのに。黒猫なんか見つけないで」

猶予《ゆうよ》はあと五日だ。ユリウスは朝露《あさつゆ》に濡《ぬ》れた深紅《しんく》のバラの花を折り取り、香《かお》りをかいだ。それを白い軍服の胸に挿《さ》し微笑《ほほえ》むと、一人呟《つぶや》く。

「いっそシュルツを殺してフレデリカを連れ戻すかな？　ああ、駄目《だめ》だな。もしうまくフレデリカが戻れなかったときには、また彼の力が必要だし。地獄《じごく》の番犬とは、よく言ったものだね」

「団長」

バラの通路を辿《たど》って、白い軍服の第一騎士《きし》団の一人が早足に近寄ってきた。

「命じられた調査を続けていましたら、国王陛下の馬が飼育されている厩舎《きゅうしゃ》に、グレーテルという台所番が頻繁《ひんぱん》に出入りしていたとの証言を得ました。そしてケルナー伯爵《はくしゃく》が、グレーテルと接触《せっしょく》していた形跡《けいせき》があります。ケルナー伯爵の身辺調査も、早急《さっきゅう》に進めるべきかと」

「サッキュウ？」

「あ、えっと。そのですね。早く、という意味です」

「うん。そうだな。では君に、お願いしよう！　なにかわかったら知らせてくれたまえ！」

軽く肩を叩《たた》いてやると、騎士は敬礼をして立ち去った。

「サッキュウ、ね。早くと言えばいいじゃないか」

ユリウスは言葉というものが苦手だ。必要に迫《せま》られれば知略を巡《めぐ》らすことも可能だが、本来、複雑な思考も好きではない。感覚や直感に身を任せる方が好きなのだ。

彼の思考は単純で、自分が守るべきと決めたものは理由は深く考えずに守るし、邪魔《じゃま》なものは、サーベルで斬《き》り捨てて歩けばいいと思っている。

六公爵の嫡男《ちゃくなん》として生まれ、王を支える天使たれと教えられて育った。それは教えられるまでもなく、フレデリカと出会った瞬間《しゅんかん》に、自分は未来の王たる彼女を守るのだと直感した。そう直感したのは、先祖から受け継いだ血のせいかもしれない。

フレデリカの顔は気に入っているが、他《ほか》はそれほどでもない。しかし彼女が王女であり、未来の王であるからには、守るのだと決めていた。

「グレーテルとケルナー伯爵か」

二人の繋《つな》がりがなにを物語るのかは、考えるのが面倒《めんどう》なのでやめた。真相がわかった時に、対処すればすむことだ。胸に挿したバラを再び手に取り、香りをかいだ。

「僕が君の体を守っているよ。僕の可愛い王女様。君はいつ戻ってくるんだろうね」


黒猫《くろねこ》は、細い鉄製の柵《さく》を組み合わせて作られた小さな檻《おり》の中で、つんとそっぽを向いている。

「ねぇ。あなたはグレーテルよね？　お話しできるのよね、本当は」

フレデリカが問うと、黒猫はにゃーと不機嫌《ふきげん》そうに低い声で鳴く。

「どうして喋《しゃべ》ってくれないの？　あなたの体に入り込んだわたしを怒《おこ》っているから、喋りたくないの？　それとも何か原因があって喋れないの？」

またもや、にゃーが返ってきた。

食卓《しょくたく》の上に置かれた檻を覗《のぞ》きこんでいたフレデリカは落胆《らくたん》し、天板に頬《ほお》をつけた。

明かり取り窓を通して、朝日が射《さ》しこんでいた。食卓の上にある怪《あや》しげな魔術《まじゅつ》の道具が被《かぶ》った埃《ほこり》が、きらきらと光る。食卓の上半分は綺麗《きれい》になっていた。昨日イザークが、そこにあるものを払《はら》い落としたせいだ。落とされた道具類はイザークが片付けた。

昨夜はフレデリカもイザークも、黒猫を檻に入れ終わると安心して眠《ねむ》った。

フレデリカは家の奥にある寝室《しんしつ》を一つ貸して貰《もら》えた。ベッドに敷《し》かれていたのは埃っぽいリンネルのシーツだったが、そんなものを気にする余裕《よゆう》もないほど、すぐに眠りに落ちた。

今朝、イザークに起こされて目が覚めたとき、彼の顔を間近に見てどきりとした。昨夜、あれこれと触《ふ》れあったことを思い出してしまったのだが、彼は素《そ》っ気なく、なにも感じていないように「飯にするから起きろ」と言って、さっさと居間へ行ってしまったのだ。

(あれは、ただの作戦。あんなことで、どきどきしているのは、わたしだけね)

イザークは物慣れた様子で、フレデリカに欠片も興味なさそうだ。それはちょっと残念だ。

美しい地獄の番犬が嫌《きら》いじゃない。乱暴で、貴族を嫌っているし、素っ気ない。けれど昨夜、「宮殿《きゅうでん》で、寂《さび》しくはなかったのか」と訊《き》いた彼の言葉には、優《やさ》しさも感じた。

けれど答えられなかった。

寂しかったのか考えてしまうと、底のない暗い場所を覗いてしまう予感がした。そんなものを覗き込んだら、きっと取り乱す。ましてや自分を助けてくれるイザークに、そんな取り乱した自分をさらして迷惑《めいわく》をかけたくもなかった。迷惑は今でも、かけ過ぎるほどにかけている。

「グレーテルは喋らないみたいだな」

訊きながらイザークは、べったりと食卓に張りついているフレデリカの目の前に、皿を置いた。皿の上にはかりかりに焼いた厚切りのベーコンと半熟の目玉焼き、香草《こうそう》のサラダがのっていた。ぷつぷつと端《はし》っこが熱を発するベーコンの香りと湯気に、フレデリカは飛び起きた。

「なんですか、これ⁉　こんな分厚いベーコンは初めて見ました！　それにこの卵がとろりとしているのは、なぜ⁉　あ、わかりました！　ちまたで噂《うわさ》の半熟ですね！　奇跡《きせき》みたい！」

宮殿では、上品にカットされたひらひらベーコンしか食卓には上らなかったし、卵は健康のためにしっかりと熱を通したものが出されるのが常だった。

歓喜《かんき》にうち震《ふる》え、イザークを見あげる。

「これぞ山賊《さんぞく》料理ですね！」

一昨夜、グレーテルの家でも山賊料理っぽい料理を食べたらしいのだが、そのことはすっかり忘れている。目の前の素朴《そぼく》な料理に、喉《のど》がごくりと鳴る。

「いや、家庭料理。……普通《ふつう》に」

目をらんらんと輝《かがや》かせるフレデリカに、多少引いているかのようにイザークは答えた。

「これを食べるお作法は、フォークを鷲摑《わしづか》みにして片膝《かたひざ》を立て、顔を皿に突っこむようにして食べるのが正しいんですよね！」

いつぞや宮殿の図書室でこっそり読んだ、山賊生活の知識を披露《ひろう》する。

「そんな作法あるか。それこそ山賊のおやじぐらいしか、そんな真似《まね》しねぇぞ」

「ではどうやって食べるんですか⁉　お作法は⁉」

「なんであんたは、そんなに変な知識ばっかり豊富で、変なところにこだわりがあるんだ⁉　ごちゃごちゃ言わずに、普通に食え！」

自分の分も食卓に置くと、イザークもフォークを手にした。フレデリカもフォークを手にして半熟卵を突《つつ》いた。とろりと黄身が流れ出した様子に、息を呑《の》む。

「ああ……最高に、綺麗。これはまるで黄金の奔流《ほんりゅう》。神の祝福を受けた高貴な優雅《ゆうが》さで人の前に出現した、究極の黄色だわ」

「……かなり変な感じで感動をしてるな」

「え？　なにが」

「なんでもない。聞かないでいてやるから、存分に感動しな」

黙々《もくもく》と食事をはじめたイザークの髪《かみ》に朝日が射し、白っぽく光る。それに気がついたフレデリカは、暫《しば》しうっとりと眺《なが》めていた。睫《まつげ》も白く光っている。綺麗だな、と思う。

そういえばこんなに間近で誰《だれ》かと食事をとったことが、あっただろうか。

埃っぽい魔術の道具だらけの食卓で、こうやって誰かの睫を見つめられるほど近くに座って、温かい食事を口にする。今この瞬間が嬉《うれ》しかった。どうしてなのか幸福を感じる。

(毎朝、こうやって誰かと朝食を食べられたら、どんなに幸せだろう。自分を偽《いつわ》ることなく、虚像《きょぞう》を演じることなく、大きな責任も義務もなく、ただの女の子として。こうやってグレーテルとして……）

ゆるゆると、自分の中の幸福感をたぐり寄せるようにして浮《う》かんだ言葉に、はっとした。

（駄目《だめ》だ、そんなこと）

それでは生まれながらに背負った責任を放棄《ほうき》することになる。さらにグレーテルの人生を奪《うば》うことになる。それはけして、フレデリカが選んではならない道だ。

（元《もど》に戻らなければ。すくなくとも元に戻れば、ケルナー伯爵の振《ふ》る舞《ま》いについて、もっとよく調べて糾弾《きゅうだん》するようにと国王陛下に進言出来るもの。イザークの妹さんの無念を、晴らせるかもしれない。ケルン村のこともある）

ケルナー伯爵は単純に、統治能力がお粗末《そまつ》なだけの人か。それとも悪辣《あくらつ》な人なのか。それすら分からない自分を戒《いまし》め、厄介《やっかい》な幸福感を散らすように、フレデリカはベーコンにフォークを突《つ》き立てた。

「黒猫は喋らない。だが俺には見えず、おまえに見えてるってことは、本物のグレーテルだ」

イザークはフォークを使いながら、檻に視線をやる。彼の視線は、ふてくされて寝転《ねころ》んでいる黒猫とは、微妙《びみょう》にずれた位置に向いている。彼には見えていないのだ。

「今日からしばらくロートタールに休暇《きゅうか》を出しているから、俺も動ける。黒猫も捕《つか》まえたことだし、おまえが宮殿へ入る準備をするぞ」

「どうしますか？」

「もう一度台所番として雇《やと》われるのが、手っ取り早いだろう。馬に蹴《け》られた衝撃《しょうげき》で言動がおかしくなっていたが、もう治ったということにしてな。台所番を雇うのは侍女頭《じじょがしら》の権限だ。彼女に再雇用《さいこよう》の申し込みをして、条件を満たせば雇われる。簡単な面接と試験がある。グロスハイム公爵《こうしゃく》の命令で放《ほう》り出されたにしても、公爵へは息子《むすこ》のグロスハイムから根回しさせればいい」

「面接も試験も自信あります」

むふっと笑うと、イザークは疑うような顔をしてフォークを使う手を止めた。

「面接は礼儀《れいぎ》作法、言葉遣《ことばづか》い、人柄《ひとがら》を見る。試験は、料理を作らされるんだぞ」

「……え。試験って、紙とペンでやる、あれでは……」

「台所番は文字が書けるよりも、包丁を使える方が大事だ」

「前言撤回《てっかい》します。面接は自信ありますが、試験の自信は皆無《かいむ》です」

「まあ、そうだろうな。だが、やってもらわなけりゃ宮殿へは入れない。しかも猶予《ゆうよ》はあと四日間しかない。今日、侍女頭に申し入れをしても、面接と試験が行われるのは明後日《あさって》。採否はすぐに決定するが、明後日採用されて宮殿に入れたとしても、猶予は二日。悠長《ゆうちょう》に構えていられないし、しかも絶対に採用されないと駄目だ。今日明日で、俺が料理をたたき込む」

言い渡《わた》され、フレデリカは姿勢を正して頭を下げた。

「よろしくお願いします」

六章　必要なもの

「……い、いや。いやです、こんなの……怖《こわ》い、イザーク……いや……あ、いや」

「妙《みょう》な声を出すな！」

「すすす、すみません！」

見るだけで背筋がひんやりする、切れ味鋭《するど》そうな包丁を持たされ、フレデリカはへっぴり腰《ごし》で台所に立っていた。腰が完全に引けていて、右手に包丁を構えたのはいいが、左手は遥《はる》か彼方《かなた》の空を摑《つか》もうとするかのように逃《に》げている。

イザークはすぐにユリウスに連絡《れんらく》を取り、侍女頭に再雇用の申し入れをしてくれた。そしてその段取りが終わると、フレデリカとともに台所に立った。

まな板の上には、ジャガイモとタマネギと、ぐったり死にたての鶏《にわとり》が鎮座《ちんざ》している。

「まず包丁で、鶏の頭を落とせ。逆さに吊《つる》して、血を抜《ぬ》く」

「あなた悪魔《あくま》ですか!?」

「そうやって調理した鶏を、おまえも食ってんだ！　血を抜いている間に野菜をきざむ。それから、血が抜けた鶏は羽をむしって」

「羽をむしる!?」

「段取りの説明だけで、いちいち悲鳴をあげるな！　やれっ！」

腕組《うでぐ》みした、フレデリカを睨《にら》み殺しそうな鬼《おに》教授の視線の圧力に負け、フレデリカは震えを抑《おさ》え、果敢《かかん》にまな板に近づいた。

(やらなければ、宮殿《きゅうでん》には入れない)

苦い唾《つば》をごくりと飲み、両手で包丁を構えた。そして、

「ていっ！」

目を閉じ、勢いをつけて包丁を振り下ろした。

(駄目だ、あれは)

イザークは絶望した。あれほど破滅《はめつ》的に不器用な女が存在するのが、衝撃だった。

(殺されるかと思った)

最初、フレデリカが包丁を振り下ろした勢いで、鶏の頭は見事に飛んだ。しかし包丁もフレデリカの手からすっぽ抜け、見事に飛んだ。そしてイザークの顔の横にあった柱に突き立った。

その後もことある事に悲鳴をあげ、野菜がまな板から飛び出し、包丁が床《ゆか》に突き立った。

そもそも刃物《はもの》を持つ恐怖《きょうふ》が先に立ち、まともに扱《あつか》えていない。あの恐怖心をなんとかしなければ先に進みそうもなかったが、どうすればいいのかはわからなかった。

死神や悪魔を召喚《しょうかん》する方法は知っているが、気弱で高貴な乙女《おとめ》に料理させる方法は知らない。

大騒動《おおそうどう》を繰《く》り広げたが、イザークの手助けもあり、鶏と野菜は鍋《なべ》の中に収まって煮《に》られていた。そこまで到達《とうたつ》するとフレデリカは、「風にあたってきます」と、呟《つぶや》いて、よろけるように戸外へ行った。

イザークは鉄オーブンの傍《かたわ》らに椅子《いす》を引き寄せ火加減を見ながら、ため息をついた。

「明日《あした》一日でなんとかならなけりゃ、まっとうに宮殿に入るのは諦《あきら》めて、忍《しの》び込むか」

❖

陽《ひ》が沈《しず》む。山の端《はし》を光で染めながら消えていく太陽をなんとなく眺めながら、フレデリカは家の前の井戸端《いどばた》に座りこんでいた。

血の臭《にお》いが手にこびりついている。井戸水で何度も洗ったが、野菜と肉の、生臭《なまぐさ》い臭いも指から消えない。両手の指を無意識にこすりあわせていた。

「あれ、グレーテル？」

村はずれの森の方から、七つ八つくらいの男の子が兎《うさぎ》を抱《だ》いて、夕日に背を押されるように駆《か》けてくる。彼は家の前を通り過ぎようとしたが、フレデリカの姿を認めると、人懐《ひとなつ》っこい笑顔《えがお》で引き返し、駆け寄ってきた。その顔に見覚えがあった。黒猫《くろねこ》を追い回していたときに、声をかけてくれた男の子だった。

「見えない黒猫は見つかったの？　グレーテル」

「ええ、見つかったの。ありがとう。可愛《かわい》いわね、兎。名前はなんていうの？」

男の子が兎を抱いている様子が、微笑《ほほえ》ましい。

「なに言ってんの？　ないよ、名前なんか。さっき捕まえたばっかりで、今夜食べるんだから」

「食べる⁉　こんなに可愛い兎を⁉」

「やっぱり変だよね、グレーテル。食べなきゃ生きられないんだから、当たり前だろう。可愛かろうと不細工だろうと、食わなきゃ死ぬ。それが自然のセツリだけど、食事になってくれる兎や鶏たちには、ありがとうって感謝して、きちんと料理してきちんと食べてあげなくちゃならないって。俺が兎が可哀相《かわいそう》だって言った時に、そう教えたのグレーテルじゃないか」

「え……」

「俺、帰るね。弟たちが、腹空《す》かせて待ってるからさ」

男の子の姿が村の方へ消えると、フレデリカは自分の指を見おろした。

嫌《いや》な臭いがついてしまったと思った、この指。けれどこれは生きるために必要なこと。そしてフレデリカの血肉となるために殺された命には、自分が責任を持って向き合い、料理して食べなくてはならない。

とても当たり前のことだ。けれど、それを実感したことがなかった。食べ物は調理され、目の前に並ぶだけのものだったからだ。自分の命の糧《かて》となるものに感謝せよと神聖聖教では教えられるが、うすっぺらく頭で理解しただけだった。

しかし今、この指に染《し》みついた臭いで実感する。命を繋《つな》ぐことは、けしてきれい事ではないのだ。それを知り、そして向き合う義務が、生きる者にはあるのだろう、きっと。

(わたしは無知なのね。誰《だれ》よりも、きっと)

小さな男の子も知っていることを、自分が実感すらしていなかったことが恥《は》ずかしい。

家の方から温かな香《かお》りがする。怖々《こわごわ》、悲鳴をあげて準備した材料が煮込まれている。

(申し訳なかった)

嫌々《いやいや》調理した鶏に申し訳ないことをした。もっと丁寧《ていねい》に、優《やさ》しく、気を遣《つか》って調理出来れば良かった。へたくそでも、せめて丁寧にやれば良かった。

家に入ると、ちょうどイザークが、オーブンから鍋を下ろしているところだった。

「食事だぞ。どうした?」

フレデリカが異様に神妙《しんみよう》に頷《うなず》いたので、イザークは不審《ふしん》げな表情になる。

「鶏に申し訳ないことをしました、わたし」

「……は?　鶏?」

「わたしの血肉になるために、鶏は殺されたんです。もっと鶏に感謝して調理するべきだったのに、雑に扱いました。申し訳なかったです」

項垂《うなだ》れたフレデリカを前に、イザークは目を瞬《またた》き、暫《しば》しなにを言うべきか迷っているようだったが、

「まあ、とりあえずは感謝しろ、その……鶏に。それから食べろ」

と、言ってくれた。

食事が終わるとイザークは、井戸《いど》で水を浴びると言って外へ出た。

フレデリカは手持ちぶさたで、食卓《しょくたく》の上に雑然と置かれている魔術《まじゅつ》の道具類に目を向ける。オイルランプの炎《ほのお》に照らされた水晶玉《すいしょうだま》の中で、様々な影《かげ》が踊《おど》っているように見えた。そら豆人形の頬《ほお》には不気味な陰影《いんえい》がついて、一層凄《すご》みがある。

「可愛い」

思わず手を伸《の》ばそうとしたが、はっとして引っ込める。抱《だ》きしめて夢中で撫《な》で回している間にイザークが戻《もど》ってきたら、なんと思われるかわからない。ただ、そら豆人形を凝視《ぎょうし》する。

（ああ、抱っこしたい）

しかしそうしているうちに、うつらうつらしてきた。慣れない刃物を手にし、恐怖心と格闘《かくとう》

しながら一日中立ちっぱなしで料理をしたのだ。昨日は黒猫を追って走り回っていたこともあり、疲労《ひろう》はどんどん蓄積《ちくせき》されているようだ。

とうとう耐《た》えられなくなり、こつりと天板に額をつけて眠《ねむ》っていた。


井戸端で水を浴びて家に入ると、フレデリカは食卓で眠っていた。真っ正面から天板に倒《たお》れこんだように見えたので一瞬《いっしゅん》ぎょっとしたが、ただ眠っているだけだった。

額だけ天板にくっつけて、両手はだらりと左右に垂れて、なんとも奇妙《きみょう》な格好で眠っていた。

（まあ一日中、ああやって騒《さわ》いでいたら疲《つか》れるだろう）

奥の寝室《しんしつ》に運んでやるべきかと考えたが、止《や》めた。

水を浴びるために家を出た後、開いた窓越《ご》しに、フレデリカの様子は見えていた。彼女は周囲の怪《あや》しげな魔術の道具に怯《おび》えるように、ちんまりと座っていた。その様子を見ると、やはり中身はお姫様《ひめさま》なのだと感じる。

徹夜《てつや》した体で一日中村を歩き回り、翌日は一日立ちっぱなしで慣れない料理だ。疲れて当然だ。

けれどフレデリカは一切《いっさい》、イザークに弱音を吐《は》こうとしない。そんな素振《そぶ》りさえない。気弱そうな彼女なら、当然、泣き言の一つも口にしたいだろう。それをしないのは、王族の矜持《きょうじ》か。気弱そうで善良そうでも、王族のお姫様だ。イザークとは生きている場所が違《ちが》うらしい。

奥の寝室から毛布を持ってくると、それをフレデリカの肩《かた》にかけた。王女殿下《でんか》に対して許される行為《こうい》は、この程度だろう。

（鶏《にわとり》がどうのと言っていたな。変な奴《やつ》）

家の外で、誰かになにかを言われたのかも知れない。当たり前のことを口にして、そして当たり前のことをとてつもなく真剣《しんけん》に受け取って、反省しているようだった。素直《すなお》の権化《ごんげ》だ。

今朝は、ただの目玉焼きとベーコンを、嬉《うれ》しそうに口に運んでいた。がつがつ食べるその様子に、本当にこの女は、飯を美味《うま》そうに食うなと思った。王女殿下が聞いて呆《あき》れる。

くうくう寝入《ねい》っている彼女の頬にかかる髪《かみ》を、どけてやろうと手を伸ばしかけた。だが、はっとして手を引いた。

翌日、フレデリカは見違えるように、料理の姿勢がまともになった。

ジャガイモは四分の一に切り分けるのがせいぜいだし、リンゴの皮むきも、芯《しん》が残ればいいな……と期待する程度のむき具合だが、なんとか包丁を扱《あつか》っていた。馬に蹴《け》られた後遺症《こういしょう》というこことにすれば、なんとか侍女頭《じじょがしら》のお許しは出そうな程度に進歩していた。

二日間の料理特訓を終え、イザークとフレデリカは黒猫を連れて、宮殿《きゅうでん》へ向け出発した。侍女頭と会い、グレーテルとして再度、宮殿に雇《やと》われるためだ。採用されれば今日からでも働くことになる。

ということは、うまくすれば今夜、この混乱が終わるのだ。

イザークの愛馬の青毛に、フレデリカは同乗して村を出る。イザークの前に乗り、彼の腕《うで》に両側から守られるように乗っていられるのは安心感があった。

道すがら、フレデリカは不安に駆られて訊《き》いた。

「採用されるでしょうか、わたし」

「多少手つきはまずいが、馬に蹴られた後遺症だと切り抜《ぬ》ける。じきに治るはずだとな。しかもグレーテルは一度雇われて、身元もしっかりしているし実績もある。大目に見て貰《もら》えるだろう。大丈夫《だいじょうぶ》だ。採用される。そうすれば、今夜でこのおかしな混乱を終わらせられる」

「はい」

嬉しくて元気に頷いたが、その直後に、ふっとすきま風が心の中に吹《ふ》きこんだように感じた。

(今日で終わり)

優しいグレーテルの両親とも、親切なパン屋のご主人とも、兎《うさぎ》を抱《だ》いた子供とも、声をかけてくれた村人たちとも、今日限りだ。

フレデリカの体に戻れば、二度と話をすることもないのだろう。彼らはきっと王女フレデリカには、あんなに親しげに接してくれない。そして。

(イザーク・シュルツ。地獄《じごく》の番犬。そして綺麗《きれい》な瞳《ひとみ》の魔術師《まじゅつし》)

イザークの睫《まつげ》が、光に透《す》けて白く輝《かがや》いている。彼の睫や綺麗な紫《むらさき》の瞳を間近で見るのも、最後になるだろう。明日《あした》からは、オペラグラス越しに眺《なが》めるのがやっとの相手に戻るのだ。


視線を感じて目線を下げると、フレデリカがイザークを見つめていた。

「なんだ?」

「いいえ、なんでもありません。今夜ですね」

フレデリカは慌《あわ》てたように首を振《ふ》り、前を向く。

(この変な女とも、今日でおさらばできるのか。やれやれだ)

安堵《あんど》と同時に、ふと奇妙なもの寂《さび》しさを感じた。

リリエンシルト宮殿に入ると手はずどおり、フレデリカは再度台所番として働くための面接を受け、台所に立ち包丁を使ってみせた。

言葉遣《ことばづか》い礼儀《れいぎ》作法は完璧《かんぺき》で、料理もそこそこにできた。しかし、

「どうしましょうかねぇ」

侍女頭はつんと澄《す》ました顔で、フレデリカを見つめている。

台所番の採否は、侍女頭の気持ち一つだった。

侍女頭の部屋で立ちつくすフレデリカは、不安げに、エプロンを握《にぎ》りしめている。

イザークは保証人として立ち会っていたが、侍女頭の態度に舌打ちしたくなった。彼女の態度は、見返りを要求するものに違いなかったからだ。

(仕方ない)

控《ひか》えていた壁際《かべぎわ》を離《はな》れると、イザークは侍女頭の傍《かたわ》らに近づき耳打ちした。

「このガキを台所で使ってくだされば、今後、あなたと会う機会を作れる。保証人になった手前、あいつの様子を見に来たと言ってね」

侍女頭ははっとしたようにイザークを睨《にら》みつけるが、微笑してやると、たちまち防御《ぼうぎょ》の表情が消え、つり込まれるような笑顔《えがお》になる。

「なにを仰《おっしゃ》るの？　あなた……」

「お嫌《いや》ですか？　俺が相手では」

侍女頭はこほんと咳払《せきばら》いすると、側《そば》のテーブルに広げられていた書類にさっと自分の名を書き込み、フレデリカに差し出した。

「これを持って、台所へ行きなさい」


「成功しましたね！　でも、なにを言ったんですか？　侍女頭に」

手に入れた書類を大事に抱《かか》えて台所へ向かいながら、フレデリカは訊いた。

「手練手管ってやつ。それよりも、これからの段取りだ。グロスハイムには、宮殿に入ったことは知らせてある。台所仕事が終わったら、夜、天使宮のバラ園で俺たちと落ち合う。いいな」

黒猫《くろねこ》を入れた檻《おり》は、馬手見習いの少年トンダに預けてあった。イザークはそれを取りに行くと言って、フレデリカと別れた。フレデリカの方は、自分の仕事場であるはずの台所へ向かった。

台所を隠《かく》すように、まばらな林がある。その中を通り抜ける一本道にさしかかったときだった。いきなり背後から腕を掴《つか》まれ、ひそめた声が叱責《しっせき》した。

「なにをしているのだ、グレーテル！」

フレデリカは目を瞬《またた》き、自分の腕を摑んだ人物の顔を認めて、目を丸くした。

その驚愕《きょうがく》の表情に気がついているのかいないのか、相手は焦《あせ》ったように囁《ささや》く。

「なんと間抜《まぬ》けなことをしでかしたのだ、おまえは。フレデリカ殿下は、いずれわたしの妻にと思っていたのに、それを」

相手がなぜそんなことを口走るのか理解は出来なかった。ただ嫌悪感《けんおかん》にぞっとした。

（なぜわたしが、この人の妻になんて）

驚《おどろ》きと嫌悪で蒼白《そうはく》になった。

しかし相手はフレデリカの様子には頓着《とんちゃく》せず、一方的に叱責を続ける。

「今更《いまさら》なにを言っても始まらん。とにかくまだ、おまえの仕事は終わっていないのだからな。仕事を終わらせろ。おまえがこのまま仕事を放《ほう》り出すなら、わたしは別の方法をとるぞ」

そのとき林の中の一本道に誰《だれ》かが踏《ふ》みこんで来たらしく、砂利《じゃり》を踏む足音がした。それに気がついた相手は、フレデリカを放すと、

「いいか、仕事を終わらせろ」

と鋭《するど》く念を押し、足音とは反対方向へと早足に去った。

「……あれは……でも、なぜ、あの人が……」

その後ろ姿を見送り呆然《ぼうぜん》とした。

「フレデリカ！」

朗《ほが》らかな声が呼んだので、ふり返った。足音の主はユリウスだったらしく、彼は笑顔で近寄ってくるとすかさず跪《ひざまず》き、フレデリカの手の甲《こう》に口づけた。

「やっと戻《もど》ってきたね、僕の王女様。今夜だ。待っていたよ、君を」

「ユリウス、駄目《だめ》よ。誰かが見ていたら変に思うわ」

ユリウスは残念そうな顔で立ちあがると、自分がやってきたのとは反対方向へ視線を向ける。

「誰かいたの？」

「……ケルナー伯爵《はくしゃく》が」

フレデリカの腕を捕《と》らえ、あれこれと不可解な言葉を並べ立てたのは、ケルナー伯爵だったのだ。フレデリカは少し混乱した。伯爵はグレーテルと知り合いなのだろうか。

「ケルナー？　ケルナーが今の君に、なんだって？」

「『仕事を終わらせろ』と言っていたわ。そして王女のフレデリカは、いずれ自分の妻にするはずだった、というようなことも」

ユリウスの爽《さわ》やかな緑の瞳の奥に、わずかに暗いものが光った。

「へぇ、なんだろうね、それ。王女に無礼きわまりないよね」

ケルナー伯爵の振る舞《ま》いや彼の領地の現状について、フレデリカは様々に知ってしまった。そして、今の気味の悪い接触《せっしょく》。ケルナー伯爵は、フレデリカがずっと思っていたような人間ではないのだ、きっと。

「わからない……。でも今夜元に戻れれば、なにもかも終わるし、わかるのよ、きっと。わたしこれから台所へ行かないと」

自分の足元に突然《とつぜん》、深い暗闇《くらやみ》が開いたような恐怖《きょうふ》を感じる。自分はもしかしたら今まで、足元に暗い穴があることも知らずに、ふわふわと歩いていたのだろうか。

(そうだとしたら、わたしはなんて愚《おろ》かな……。でも、落ちこんでもいられない、今は)

気持ちを奮い立たせ、ユリウスに手を振る。

「今夜、天使宮のバラ園でね、ユリウス」


グレーテルが再び雇《やと》われたことを、台所番の女たちは喜んでくれた。包丁を扱《あつか》う手つきも危なっかしいし、もたもたして役に立たなかったが、それでも「病《や》みあがりだから」と大目に見てくれ、食器運びだとか、水くみだとかを担当させてくれた。

台所番の女たちの気さくな優《やさ》しさが、嬉《うれ》しかった。

そして台所の仕事が終わった真夜中。フレデリカは、イザークとユリウスと待ちあわせている天使宮のバラ園へと向かった。

たった三日間離れていただけなのに、宮殿《きゅうでん》はどことなくフレデリカによそよそしく感じた。それはグレーテルの目を通して見ているからだろうか。埃《ほこり》っぽいイザークの家や、コーゼル村の路地のほうが、フレデリカを温かく迎《むか》えてくれる場所のような気がする。

天使宮へ向けて暗闇を進み始めると、元に戻れる嬉しさと同時に、胸の中が冷たい雨に濡《ぬ》れるような、なんとも言えない気持ちがせりあがる。

この混乱を終わらせられるのは、心から嬉しい。グレーテルを両親の許《もと》へ帰せるだろうことに、ほっとする。悲惨《ひさん》なケルン村の状態を訴《うった》え、改善することもできる。

けれどこれでもう二度と、コーゼル村を歩くことも、イザークと親しく接することもなくなる。フレデリカは王女に戻り、再び天使宮で同じ日々を繰《く》り返すのだ。

(寂《さび》しい)

一瞬《いっしゅん》だけ、その言葉が心に忍《しの》び込んだのを慌てて打ち消す。今までと同じ日々だ。その日々に戻れることに、なにも躊躇《ためら》うことはないし、寂しがることもない。

「イザーク、ユリウス」

二人は先に来ていた。彼らが潜《ひそ》むバラの垣根《かきね》の陰《かげ》に滑《すべ》り込む。

「黒猫。グレーテルもいるわね、よかった」

イザークが持参した檻から黒猫を出《だ》して抱き上げると、意外にも黒猫は観念したように大人しく抱かれてくれた。

「どんな様子ですか」

「一階には侍医《じい》たちが詰《つ》めている。フレデリカの様子を定期的に確認《かくにん》しているらしい。彼らが次の確認を行う時間まで、まだ一時間以上ある。二階は静かなもんだ。誰もいない」

天使宮に向かって顎《あご》をしゃくり、イザークが説明する。

一階サロンには明かりが灯《とも》っていたが、二階にはほとんど明かりがない。廊下《ろうか》の所々にランプが灯されていたが、眠《ねむ》れる王女の邪魔《じゃま》をするまいと気遣《きづか》うように、薄闇《うすやみ》と静寂《せいじゃく》で満ちている。

「本当なら、階段とフレデリカの部屋の前に、第一騎士《きし》団の騎士が立ち番をしているはずだけど。僕が勤務表に細工をして、一時間だけ見張りがいなくなる隙《すき》を作ったよ」

「すごいわ。ユリウスに、そんな芸当ができるなんて」

「僕は、君のためならばなんでもできるよ。階段の下で僕が見張りをする。その間に、フレデリカとシュルツは、フレデリカの部屋へ」

ユリウスは、気障《きざ》ったらしく片目をつぶる。イザークが意を決したように言う。

「行くぞ。ぐずぐずしてはいられない」

三人は天使宮一階のテラスから、掃《は》き出し窓《まど》を通って中に入った。

ゆるく曲線を描《えが》く階段下まで来ると、ユリウスが目配《めくば》せして立ち止まる。

フレデリカとイザークは足音を殺し、素早《すばや》く階段を駆《か》けあがる。

自分の部屋の扉《とびら》が見えた。よく知っているのに、まるで他人の部屋のように親しみを感じない扉を開くと、中へ滑《すべ》り込み一直線に寝室《しんしつ》へ向かう。

寝室の中には誰もいなかった。窓は閉《と》ざされ、ベッドの天蓋《てんがい》から垂れた薄絹《うすぎぬ》のカーテンも閉じられている。ベッドの脇《わき》にあるチェストの上に、色ガラスを嵌《は》めこんだオイルランプが灯され、赤やピンクの花模様の光が、薄絹のカーテンに映り込んで揺《ゆ》れている。

黒猫を抱きなおすと、フレデリカは呼吸を整えてベッドに向かった。イザークも背後からついてくる。ベッドを覆《おお》う薄絹のカーテンをそっと開くと、横たわる少女がいた。

お日様にミルクを溶《と》かしたような金髪《きんぱつ》と、陶器《とうき》のような白い肌《はだ》と、ほんのりと色づく唇《くちびる》。天使のような容貌《ようぼう》の美少女だ。

(これが、わたし)

見おろす体に、フレデリカは愛着を感じなかった。自分がこの美しい体の中に入るのが、おこがましい気さえする。これは王女のための器《うつわ》だ。自分は、この輝《かがや》くばかりに美しい肉体の器に戻《もど》る資格があるのだろうかとさえ、思えてしまう。

「フレデリカ」

焦《あせ》ったように、イザークが鋭く背後から呼んだ。急げと促《うなが》されている。

(わたしが戻らなければ、グレーテルも戻れない)

自分の些細《ささい》な気持ちの揺れに、構っている場合ではないのだ。エーデルクラインの宝石と呼ばれる、王女の虚像《きょぞう》を演じるために戻るのだ。それが自分の義務だ。そうすればグレーテルを優しい両親と、温かな人たちがいる村に返すことができる。

「触《ふ》れます」

フレデリカは片手で黒猫《くろねこ》を抱《かか》え直すと、もう一方の空いた手をそっと伸《の》ばした。抱《だ》きかかえる黒猫の目が、らんらんと輝いている。フレデリカは、横たわっている自分の手を握《にぎ》った。

そして暫《しば》し――――。

なにも起こらない。

変化は、なかった。グレーテルの目を通して、フレデリカは自分の体を見つめている。

フレデリカは焦ってイザークをふり返った。

「どうして……戻れない!!」

「なぜだ!?」

「わかりません。でも触れても、ちっともなにも起きません。なにか足りない……あ……」

焦りながら囁《ささや》き返した時、死神の言葉が耳によみがえる。

「ジークフリートは、『とりあえずは、触れること。その時には王女に必要なものを持ちあわせていて、王女らしくないと駄目《だめ》だよ』と言っていました。きっと、触れるだけじゃ駄目なんです。王女に必要なものを、わたしが持っていないと。それを準備しないことには」

ジークフリートの言葉を聞いたあのときには、気にとめなかった。フレデリカは今まで完璧《かんぺき》なエーデルクラインの王女を演じていたからだ。エーデルクラインの宝石と呼ばれ、誰《だれ》もがフレデリカを王女の中の王女のように言っていた。だから問題などないと思っていた。

だが違《ちが》うのだ。ジークフリートの言葉には何かが隠《かく》されていて、フレデリカは元に戻るために、何かを準備しなくてはならないのだ。

黒猫さえ捕《つか》まえれば元に戻るのは簡単だ。そんなふうに思っていた安易な希望が打ち砕《くだ》かれ、呆然《ぼうぜん》とした。必要なものがわからなければ、準備のしようもない。

「ジークめ」

イザークは呻《うめ》き、フレデリカと、横たわるフレデリカの体に素早く目を走らせた。きりっと奥歯を噛《か》むと鋭《するど》く告げた。

「仕方ない。一旦《いったん》、コーゼル村に引き返す。必要なものとやらを準備するんだ。行くぞ」

身をひるがえしたイザークに続き、フレデリカも自分の体の傍《かたわ》らを離《はな》れる。階段を下りきると、ユリウスが目をまん丸にした。

「君は、フレデリカ？　それともグレーテル？　元に戻ったのかい？」

イザークは忌《い》ま忌ましげに答えた。

「戻れない。触れるだけではなく、なにか必要なものがあるらしい。とにかくここから出る」

三人は天使宮を後にした。

コーゼル村のイザークの家に到着《とうちゃく》すると、夜明け間近だった。黒猫を檻《おり》の中に戻すと、フレデリカは疲労感《ひろうかん》で椅子《いす》に座りこんだ。

「わたしは、なにを準備すれば……」

焦りと不安でいっぱいだった。これで終わりにできると思っていた混乱は、終わらなかった。それどころか終わらせる方法が、またわからなくなったのだ。

「気を落とさないで、フレデリカ。きっと方法はあるよ」

一緒《いっしょ》にコーゼル村までやってきたユリウスは、励《はげ》ますようにフレデリカの肩《かた》を撫《な》でると、イザークに視線を向けた。

「どうするんだい？　シュルツ」

「もう一度ジークに、必要なものとやらを問い質《ただ》すんだ。来い、フレデリカ」

苦々しげにイザークは答え、魔法陣《まほうじん》の方へ大股《おおまた》に向かう。フレデリカが立ちあがると、ユリウスはぼんやりと明るさの増す明かり取り窓に目を向ける。

「僕は宮殿《きゅうでん》へ帰る。フレデリカの体を見張っているよ。なにかわかれば、知らせてくれ」

「ありがとう、ユリウス。ごめんなさい」

協力してくれるユリウスを期待させ、そして落胆《らくたん》させたことが申し訳なかった。しかし彼はいつもの笑顔《えがお》で、フレデリカの手の甲《こう》に口づけた。

「君が戻ってくると信じているよ。ただし急いで欲しいな。今日を除けば、猶予《ゆうよ》はあと一日だ」

手を離すと、ユリウスは宮殿へ戻るために扉を出た。

食卓《しょくたく》に置かれた檻の中で、黒猫は呑気《のんき》に毛繕《けづくろ》いをしていた。「わたしは、別にこれでいいのよ」と言いたげな、人を食った態度だ。

(グレーテル。なんでそんなに落ち着いてるの？　なんで戻りたくないの？)

優《やさ》しい両親や陽気な村人、そしてイザークに囲まれて、グレーテルとして生きる人生に、どうして彼女は執着《しゅうちゃく》しないのか。なにか理由があるはずだ。

イザークは苛立《いらだ》った様子で、魔法陣の中に新しい文字を書き加えていたが、すぐに手を止め立ちあがる。さらに魔法陣の六芒星《ろくぼうせい》の頂点に置かれた赤い蠟燭《ろうそく》に火を灯す。

「いいか、フレデリカ。死神は死に関《かか》わる者の問いには答える義務がある。嘘《うそ》はつかないはずだが、上手《うま》く聞き出さなければ明確な答えを出さない可能性がある。相手は曲がりなりにも、神と名のつく異界の者だ。手こずるかも知れないが、ジークフリートから答えを引き出せ」

手を取られ魔法陣の中に導かれ、イザークと向かい合った。

もう一方の手の人差し指を、イザークは自分の唇に当てる。

「我、湖水の魔術師《まじゅつし》の血を引く者。湖水の天地と狭間《はざま》にある、全《すべ》ての精霊《せいれい》と契約《けいやく》する者」

前回と同様に握られた手を通して、悪寒《おかん》のようなものが体に流れ込む。イザークの銀の髪《かみ》が微《かす》かに揺れている。蠟燭の炎《ほのお》の揺らめきが増す。

イザークの瞳《ひとみ》が、アメジストのような輝きを秘《ひ》めた鮮《あざ》やかな紫《むらさき》になる。彼は唇に当てていた手を離すと、人差し指と中指の二本を立てて、宙に六芒星を描く。描き終わると、魔法陣の円周が文字の形に青白い光を放ち、熱のない幻《まぼろし》の青い炎に包まれた。

「召喚《しょうかん》する。湖水の死神ジークフリート」

耳元を木枯《こが》らしが吹《ふ》き抜《ぬ》けたような音がして、風が渦巻《うずま》く。それが止《や》むと、イザークがきつい声で呼んだ。

「ジークフリート！」

「なぁんだ、またイザークなの？　今日はなに？」

澄《す》んだ少年の声が、青い炎に囲まれた魔法陣の中に響《ひび》く。そして、

「それに、可愛《かわい》い王女様。ご機嫌《きげん》は……悪いみたいだねぇ。泣きそうな顔してる。しかもおやおや、まだグレーテルの体の中にいるんだね」

と、ニヤニヤ笑っているのがわかるような声で死神は挨拶《あいさつ》した。からかう響きの声に、フレデリカは両手の拳《こぶし》を握る。怒《おこ》っても絶望しても、投げやりになっても駄目だ。泣きたいくらいに情けない気分だが、それを抑《おさ》え、冷静に問うのだ。答えを導くのだ。

この混乱に巻きこまれてから、幾度《いくど》も己《おのれ》を愚《おろ》かだと思った。充分《じゅうぶん》すぎるほど思った。しかしそう思っただけでは、愚かなままだ。愚かだと知ったなら、少しでも賢《かしこ》く振《ふ》る舞《ま》えるように自らを律し、考え、行動するのだ。そうすれば少しはましになれるはずだ、きっと。

「わたしが、わたしの体に触《ふ》れても元に戻れませんでした。元に戻る方法を訊《き》いたとき、あなたは『とりあえずは、触れること。その時には王女に必要なものを持ちあわせていて、王女らしくないと駄目だよ』と言いました。触れても戻れないということは、わたしが体に触れたとき、王女に必要なものを持ち合わせていなかったから。それで間違《まちが》いありませんか？」

「そうだよ」

「必要なものとはなんですか？」

「さあ、僕にもわからない」

「ジーク！　ふざけるな！」

怒《いか》りを顕《あら》わにしたイザークを、フレデリカは手で押しとどめ、代わりに急いで口を開く。

「なぜ、必要なものがわからないのですか？」

冷静になるのだと、自分に言い聞かせる。死神はフレデリカに対して嘘は言わない。けれど真実を積極的に言う義務もないので、上手に誘導《ゆうどう》しなければ必要な答えが出てこないのだ。

「わからないものは、わからないから」

この問いかけは失敗だ。フレデリカは考え直し、質問を変える。

「体に触《ふ》れるだけでは、なぜ戻れないんですか？　その理由は」

「体に拒絶《きょぜつ》されるから」

「なぜ拒絶されるのですか？」

「あれが王女の器《うつわ》だから」

ジークフリートから引き出された答えに、イザークが驚《おどろ》いたようにフレデリカをふり返る。

フレデリカの頭はめまぐるしく動いていて、ここからどう問いかければ必要なものが引き出せるのか必死だった。

「では王女の器が受け入れるのは、どんなものですか？」

「王女の魂《たましい》」

「わたしは王女です」

「ちがうよ、君はフレデリカ」

まるで、なぞなぞだ。体が受け入れるのは、王女の魂。フレデリカは王女のはずなのに、死神はフレデリカは、フレデリカだという。

「では王女は、どこにいますか？」

「どこにもいないし、どこにでもいる」

「では、わたしフレデリカが、王女として王女の器に入ることは可能ですか？」

「器が受け入れれば可能だよ」

「他《ほか》の人が王女の器に入ることは可能ですか？」

「器が受け入れれば可能だよ」

フレデリカの体は王女の器。そして王女となるべき人の魂しか、受け入れない。

(そうか、だから)

すこし理解出来た。

「わたしが王女の器に入るためには、わたしが、王女の魂として存在しなければならないんですね。だから『王女に必要なものを持ちあわせていて、王女らしくないと駄目《だめ》』なんですね」

「そう。最初からそう言ってるよね、僕」

イザークは、フレデリカの横顔を見つめている。その視線が、核心《かくしん》に迫《せま》れと勇気づけている。

「魂が王女として認められるためには、なにが必要ですか？　魂の資質ならば、生まれながらに持っているものだからどうしようもないけれど、あなたは、わたしが王女の器に入ることも可能と言った。ということは、魂そのものの資質ではなく、後から身につけるものですね？

自分のものとして、手にするものなんですね。それはこれといった、決まったものですか？」

「その時代や状況《じょうきょう》によって、違《ちが》う。だから僕にもわからない。人々が、あなたを王女と認めるために必要なものとしか言えない」

人々を前にして、王女として認められる。それはどんな状況だろうかと、フレデリカは想像し、問いかける。

「例えば、大勢の家臣たちを前に王女として立ったとき、必要なものですか？　わたしが王女らしく見えるように。そういうことですか？」

「そう」

宮廷《きゅうてい》の公式行事に参加したとき、フレデリカは王女として大勢の貴族たちの前に立っていた。あの時は誰《だれ》もが、フレデリカを王女と認めていた。あのときはドレスを身につけ、公式行事の時にしか身につけない、王国に伝わる王女のティアラを頭に飾《かざ》った。

「……ティアラ……ティアラですか⁉」

急《せ》き込んで、ジークフリートの声に問う。死神が、肩《かた》をすくめるような気配で答えた。

「さあ。最初にも言ったよねぇ。僕にも本当に、わからないんだ。時代や人の心や状況によって、王女に必要なものなんて変わるから」

「けれど体に拒絶される理由がわかっただけでも、有り難《がた》いです。自分で考えることができます。ありがとう、ジークフリート」

「どういたしまして、王女様。イザークは、僕にひと文句言いたそうだけど」

「役立たずの、おっちょこちょい」

イザークが吐《は》き捨てると、ジークフリートは大げさにため息をつく。

「それが恩のある僕に言う台詞《せりふ》かなぁ」

一言ぼやくと、ひゅっと鋭《するど》い風の音がして、周囲に揺《ゆ》れる幻の青い炎が消えた。炎が消えた魔法陣《まほうじん》の円周には、窓から射《さ》しこむ朝の光がかかっていた。

「体に拒絶された理由は、わかりました。必要なものは、もしかしてティアラじゃないかと思うんです。公式行事のときに必ず身につけます。あれを身につけていれば、エーデルクラインの王女である証《あかし》になります。王女に必要なもので、王女らしく見えます。誰の目にも」

深い息をつくと、イザークは微笑してフレデリカを見おろす。

「ティアラか。よくあそこまでジークから情報を引き出したな。正直おまえ、そこまで頭が回ると思ってなかったから」

「はい！　ありがとうございま……え？」

今のは褒《ほ》められたのか、けなされたのか。微妙《びみよう》だ。

「そのティアラはどこにある？」

「王宮の儀《ぎ》式《しき》の間の予備室に置かれています。ガラス製のキャビネットの中です。けれど予備室にもキャビネットにも鍵《かぎ》がかかっていて、鍵は二つとも侍従《じじゆう》長が持ち歩いているはずです」

「盗人《ぬすっと》の真《ま》似《ね》事《ごと》が必要なのか？　今夜盗みに入って、試《ため》すしか……」

その時、檻《おり》の中にいた黒猫《くろねこ》が警戒《けいかい》するように戸口に視線を向け、不機嫌《ふきげん》そうに長い尻尾《しっぽ》を揺らした。すると、玄関《げんかん》の扉《とびら》が静かにノックされた。

イザークが不審《ふしん》な表情で扉に向かうと、注意を促《うなが》すように、黒猫が低い声で鳴く。

扉を開いた途《と》端《たん》に、イザークの背中に緊張《きんちよう》が走った。フレデリカも息を呑《の》む。

「おはよう、イザーク」

澄《す》ました表情で扉の向こう側に立っていたのは、ケルナー伯爵《はくしやく》だった。

（ケルナー伯爵がなぜ？）

昨日、近寄られたときのことを思い出して腰《こし》が引けた。

「中に入っていいかな？」

「俺は忙《いそが》しいので、用件は手短に、こちらでお願いいたします」

慇懃《いんぎん》に、しかしあからさまに拒否《きょひ》するイザークの言葉に、ケルナーは余裕《よゆう》の笑《え》みを見せる。

「わたしにそんな態度がとれるのかな？　イザーク。君に騎士《きし》団の受験資格を与《あた》えたのは、わたしだよ？　君に大切な話がある。いや、君たちにだったな。君と、そこにいるグレーテルと、二人に話がある」

致《いた》し方《かた》ないと諦《あきら》めたように、イザークは体を半身にして道を空けた。

ケルナーは当然のような顔をして、室内に踏《ふ》みこんで来た。彼は深緑の上着を身につけ口ひげも綺麗《きれい》に整え、上品で落ち着いた佇《たたず》まいだった。しかしこの場所には、違和感《いわかん》しか生まない存在だった。この場所にある、魔力《まりょく》を秘《ひ》めるすべての魔術《まじゅつ》道具や本や魔法陣が、無言で吠《ほ》え立て、ケルナーを拒否しているからのような気がした。

室内には、魔法陣に利用した赤い蠟燭《ろうそく》が燃えた香《かお》りが漂《ただよ》っていた。その香りを嗅《か》ぐと、

「君はまだ、先祖伝来のがらくたを処分していないのか。君は騎士団なのだから、このような中世の悪癖《あくへき》とは縁《えん》を切れと何度も言っているだろう。迷信《めいしん》と妄想《もうそう》の上に成り立つ、愚《おろ》かな遊戯《ゆうぎ》だ」

じろじろと室内を見回しながら、ケルナーが言う。

（中世の悪癖？　古いものが愚かだと？　そんな決めつけは誰がしたの？）

古いものには迷信もあるし、愚かしい風習もある。だが全《すべ》てがそうだとは限らず、逆に数百年の経験から導き出された技《わざ》は、英知と呼べるものもあるはず。

イザークはケルナーの苦言には一切《いっさい》反応せず、無表情で彼の前に立ちはだかる。

「それで？　俺たちへの大切な話ってのはなんですか」

「君たちは王権というものを嫌《きら》っているね？　君はその嫌悪感《けんおかん》を隠《かく》して騎士団に勤めている。立派なものだが、そろそろそれも終わりにしてはどうかね。それを勧《すす》めに来た」

「貴族の伯爵様のお言葉とは思えませんね」

せせら笑ったイザークの態度が気に障《さわ》ったのか、ケルナーは渋《しぶ》い顔をする。

「わたしは貴族であるが、君たちの思う、旧時代の悪癖に縛《しば》られた貴族とは違うのだよ。啓蒙《けいもう》思想を容認《ようにん》し、進歩を望む貴族だ。わたしは絶対王政のこの現状が、良いと思ってはいない」

「それはご立派なことで、伯爵。革命でも望んでいるんですか？」

揶揄《やゆ》の言葉に、ケルナーは薄《うす》ら笑いを返した。その表情に、イザークもフレデリカも、はっとした。

（……まさか。ケルナー伯爵は、王国に仇《あだ》なす者なの……？）

背筋に、薄ら寒いものを感じる。

「オレリアンのように革命を起こすのも、悪くない。だが革命はスマートなやり方ではないと、我々は考えるのだよ。我々啓蒙貴族が存在するからには、エーデルクラインは革命よりももっと確実で、スマートな方法を取るべきだ。だからわたしはグレーテルに仕事を依頼《いらい》した。だが失敗した。失敗し、村に逃《に》げ帰った。昨日やっと宮殿《きゅうでん》に帰ってきたと思ったら、今朝また姿を消したというじゃないか。グレーテル、わたしは君のやる気を信頼《しんらい》出来なくなった」

ケルナーの口から発せられる革命という、物騒《ぶっそう》な言葉。それを望むとさえ堂々と口にした、その真意がわからない。こんなことを口にしたら反逆の疑いで、すぐさま捕縛《ほばく》されるだろう。しかもケルナーの目の前にいるのは、地獄《じごく》の番犬だ。捕《つか》まえてくれと言っているようなものだ。

「俺を前にして、革命を口にするとは。その度胸はどこから来るんですかね、伯爵？」

冷ややかなイザークの声と視線に、ケルナーは笑う。

「君がわたしを、捕まえられないからだよ。それどころか、君はわたしの命令に逆らえない。気がついたのだよ。君こそ、我々の信頼に足る仲間になれると。だからグレーテルが仕事をまっとうする気がないなら、代わりにイザークにやってもらう」

「俺に、なにをさせたいんだ、伯爵」

「簡単なことだよ」

自信に満ちた言葉が不気味だった。なぜケルナーがこれほど自信にあふれているのか、そしてイザークとグレーテル、二人になにをさせたがっているのか。

しかしここで問題を起こして、少ない時間を無駄《むだ》にしたくなかった。ケルナーを追い返したかった。フレデリカは意を決した。とにかくグレーテルとして対応するのだ。

「イザークを巻きこまないでください！　あの、すこしだけ。待ってください！」

イザークの体を回りこんで、ケルナーの前に出た。するといきなり二の腕《うで》を引っ張られた。

「待てと⁉　わたしは怒《おこ》っているのだよ、グレーテル！　昨日も忠告したのに、なぜまた村に舞《ま》い戻《もど》った。やる気はあるのか？　悠長《ゆうちょう》に待っていられる状態ではないのだぞ。フレデリカ殿《でん》下《か》の事故の原因究明が進めば、ことは困難になるというのに」

その言葉に、フレデリカは目を瞬《またた》く。

（わたしの事故の原因究明？　わたしの落馬事故が関係している？）

イザークは、なにかを悟《さと》ったように目を見開く。そして低く「そうだったのか」と呟《つぶや》いた。

ケルナーは、ちらりとイザークの方を見る。そして口元を歪《ゆが》めて笑う。

「イザーク。わかったかな？　わたしが君に頼《たの》みたい仕事がなにか」

フレデリカが落馬事故にあったとき、彼女が乗っていたのは国王の愛馬だった。よく訓練された大人しい性質の馬で、めったなことで動揺《どうよう》しない馬だ。しかも轡《くつわ》をとっていたのは、熟練の馬手。落馬事故など起こる可能性はほとんどなかったのに、あの日に限って馬は動揺した。

（馬になんらかの細工がしてあったとしたら？）

可能性は充分《じゅうぶん》にある。そして目的は、

（馬に乗る予定の人物の、事故死に見せかけての暗殺。あの日、予定では国王陛下が遠乗りに

行くはずだった。けれど急な公務で予定が変わり、わたしが馬に）

気がついた瞬間《しゅんかん》、足元から首筋へ向けて、ぞっと冷たい稲妻《いなずま》が走ったようだった。

あの日、国王の暗殺計画があったのだ。そしてケルナーは昨日、フレデリカの落馬事故についてグレーテルを責める口ぶりだった。ということは答えは一つだ。

（ケルナー伯爵は国王陛下の暗殺を企《くわだ》てている。その暗殺を請《う》け負ったのが、グレーテル⁉）

ケルナーは国王を暗殺し、なんらかの方法で国の中枢《ちゅうすう》に入り込み、権力を手に入れようとしている。革命よりもスマートだとケルナーは言ったが、それはこういうことだったのだ。

権力の中枢に入り込み、実権を握《にぎ》る。そこで王権というものを廃《はい》し、新たな国家の体制を作る。そしてついでにフレデリカを妻に娶《めと》る。そういう計画なのだろう。

ただ彼一人で、そんな大それた計画を実行するはずはない。おそらく後ろ盾《だて》があるのだ。ケルナーは、シュバルツノイマン党と関《かか》わりがあるという。『我々啓蒙貴族』とも口にした。啓蒙思想家たちが国王暗殺を企て、それに啓蒙貴族たちが荷担《かたん》していると考える方が自然だ。

（グレーテルが暗殺者！）

膨《ふく》れあがった恐怖《きょうふ》と嫌悪感に、フレデリカは思わず、ケルナーの胸を両手で力一杯《ちからいっぱい》に押して突《つ》き放した。ケルナーはよろめいたが、すぐに体勢を持ち直して眉《まゆ》を吊《つ》り上げた。

「グレーテル！」

「嫌です！　嫌です、嫌！」

嫌悪感が全て言葉になって、全身で怒鳴《どな》った。グレーテルは暗殺者だった。国王暗殺を企てた者の手となり、手を汚《よご》した。自分の両手を見つめると、全身が震《ふる》えた。この手が馬に細工をし、フレデリカを落馬させた。フレデリカは今、事故の原因を作った犯人になっているのだ。自分を殺した犯人に、自分がなっている。嫌悪感で気持ち悪い。震えが止まらない。

「仕事を終わらせないつもりか!? そうなれば村の税率を上げると、言ったはずだ!」

震えだしたフレデリカを、イザークが背後に庇《かば》う。

「税率だ? あんたはそんなものを、盾に取ったのか」

(税率?)

それを盾にとられて、グレーテルは暗殺に手を染めたのだろうか。

(グレーテルには、彼女なりのやむにやまれぬ事情があったからこそ、手を汚した?)

ケルン村の惨状《さんじょう》を思い出す。そこに群れていたごろつきたちの野蛮《やばん》さも、思い出す。

嫌悪感に震えていた指先が、少しましになる。確認《かくにん》するように、檻《おり》の中にいる黒猫《くろねこ》をふり返った。黒猫は歯を剥《む》き出し背中の毛を逆立て、ケルナーを威嚇《いかく》していた。

「コーゼル村は他《ほか》の農村よりも、税率を抑《おさ》えてやっている。その意味を理解してもらおうか、イザーク。グレーテルが仕事をしないのならば、君がするのだ。君が国王陛下暗殺をしろ。騎《き》士《し》団の君ならば、陛下に近づくことは簡単だ」

イザークは身構え、鋭《するど》くケルナーを睨《ね》めつけた。

「馬鹿《ばか》なことをしたな、あんた。俺があんたの啓蒙思想とやらにつきあうと思ったのか？　おめでたいな。俺は国王陛下に訴《うった》え出る。あんたを暗殺容疑で告発する」

「訴え出ればグレーテルは断頭台行きだぞ。実行犯だ。実際にフレデリカ殿下が被害《ひがい》に遭《あ》った。罪を逃《のが》れるすべはない」

　事実を突きつけられ、イザークが怯《ひる》む気配がした。しかしすぐに切り返す。

「命じたあんたも、道連れだ」

「わたしがグレーテルにどんな仕事を依頼したのか、証拠《しょうこ》はない」

「グレーテルは用心深い。そんなとんでもない仕事を引き受けるなら、当然、自分の身を守るために証拠を残すはずだ。あんたの仕事を受けたときにも、なにかの保障を求めているはずだ」

「確かに、契約書《けいやく》を書いてやった。だがグレーテル、おまえの手元に、契約書はないはず」

　勝ち誇《ほこ》るように、ケルナーはフレデリカに告げた。

「サインをしたその日に、わたしの家令がおまえの家に忍《しの》び込み取り戻した。グレーテルの手に契約書はないぞ、イザーク」

　イザークが呻《うめ》く。

「平民出の名誉《めいよ》騎士と、由緒正《ゆいしょただ》しき伯爵《はくしゃく》と、宮廷《きゅうてい》はどちらの言葉を信じるだろう？　貴族社会は階級が全《すべ》てだ。推《お》して知るべしだ。君の告発など、証拠がなければただの妄言《もうげん》だ。誰《だれ》も真に受けない。しかも、もしわたしを暗殺で訴えたら、その時は確実にグレーテルも道連れだ。わたしの罪が証拠不十分で立証されなくとも、おそらくグレーテルは助からないだろう。なにしろ実行犯だ。現実に手を下しているのだから、誰かが、グレーテルが陛下の馬の近くをうろついていたと証言すれば、それだけで有罪だろう。台所番を有罪にするのは、きっと伯爵を有罪にするよりも安易に行われるだろうな」

ケルナーが暗殺を企てている証拠がない。あるのはフレデリカとイザークがこの場でケルナーの口から聞いた言葉だけだ。ケルナーが言うように、先祖代々土地を受け継《つ》ぎ王家に仕えてきた伯爵家の当主と、平民出の名誉騎士の言葉、どちらが宮廷で信頼されるか明らかだ。悪くすれば、讒言《ざんげん》としてイザークにこそ罰《ばっ》が下される。

しかも訴え出ればどのみち、グレーテルは助からない。そのことをケルナーは巧《たく》みに利用している。イザークがグレーテルを可愛《かわい》がっているのを、知っているのだ。

ケルナーの言葉に激しく反応し、黒猫が低い鳴き声をあげる。やめろと威嚇している。フレデリカには、黒猫の必死さがわかった。イザークには関係ない、そう唸《うな》り声をあげているのだ。

「俺に、暗殺者になれというのか」

「君は王権が嫌《きら》いだろう？　なにを迷うことがある」

「俺が嫌いなのは、あんたも含《ふく》む下種《げす》な貴族連中だ」

「君は誤解をしている。わたしは啓蒙《けいもう》貴族で、きみたち平民の賛美する啓蒙思想を理解する者だよ。そのわたしが、これが正しいと信ずる道なのだよ？　協力するべきではないかね？　しかしも君がいやだというなら、仕方ない。村への税率を上げる。この村が重税のために、食うや食わずになるが仕方がないことだな。君が時代の進歩を拒《こば》んだのだから。しかし君は絶対に、わたしを告発はできない。グレーテルの命とひきかえに告発しても、真に受けてもらえるとは限らない危険な告発だ」

村に対する圧力とグレーテルの命を盾にする言葉に、イザークが呻く。

(ケルナー伯爵は村の生活を盾にとっている。悪辣《あくらつ》な王のように)

フレデリカにも、この村は優《やさ》しかった。グレーテルの両親は心から娘《むすめ》を愛している気のいい人たちで、パン屋の主人はぶっきらぼうでも気前がいい。可愛い子供もいるし、陽気に声をかけてくれる人もいた。中世ののどかさが、まどろんでいるような村だ。

「君にやってもらおうか。啓蒙主義の時代にふさわしく、時代を改革するための仕事だ。名誉《めいよ》なのだよ、この仕事は。君なら理解出来ると思うがね、イザーク」

ケルナーの言葉を耳にして、震えていたフレデリカの心の中に突然《とつぜん》かっと火がついた。彼はイザークを、暗殺者に仕立てようとしているのだ。

(啓蒙主義!?　嘘《うそ》つき!)

こんな横暴さが貴族なのだろうか。そう思うと己《おのれ》の王族という身分が恥《は》ずかしかった。ケルナーの真の姿を知らなかった自分が、恥ずかしかった。その恥ずかしさが怒《いか》りになった。

「あなたは啓蒙主義者ではない!　権力を振《ふ》りかざす、中世の悪癖《あくへき》を引きずる横暴な貴族よ!」

庇ってくれていたイザークの背中から飛び出し、フレデリカはケルナーを正面から睨みつけた。いつも縮こまりがちな気弱な心が、恥《はじ》と怒りで奮い立つ。今までこれほど、己が恥ずかしいと思ったことはない。きっとイザークから聞かされた彼の妹のことも、強く影響《えいきょう》している。

「あなたは矛盾《むじゅん》している。啓蒙主義は人を人として尊重する思想。圧力や身分によって人を屈《くっ》服《ぷく》させ従わせるのは、あなたが言うところの旧時代の悪癖だわ！　愚《おろ》かしい！　そんなことも理解しない人間が、啓蒙主義を口にするとは恥ずかしい！」

フレデリカの決然とした態度に、ケルナーがたじろぐ。しかしすぐに怒りに顔を赤くした。

「貴様、グレーテル。いつからそんな口をきけるようになった、台所番の召《め》し使いが」

「それがあなたの啓蒙主義!?　あなたは、自分に都合がいいものに乗ろうとしているだけ！　啓蒙主義と言いながら、結局、自分が王様になってみたいだけじゃない！　税率をあげるというなら、やってみなさい！　わたしが阻《そ》止《し》します。絶対に！」

人は自分の生活を守るために、暗殺者になる必要などないはずだ。どんな犠牲《ぎせい》を払《はら》うことになろうとも、阻止してみせる。怒りを原動力にした決意が燃えあがっていた。

フレデリカは王女だ。元《もど》に戻ればケルナーを退ける方法があるはずだ。元に戻る道筋は見えているのだから、フレデリカは王女に戻ったその直後、あらゆる方法を使い、この村をケルナーの手から守るのだ。それこそ本当の、フレデリカの義務だろう。

「契約書はおまえの手にはないと言っただろう。そんな強気を言っていられるのか」

「あなたがなにを言おうとも、あなたのような愚か者に屈《くっ》しない！」

「生意気な！」

拳《こぶし》を振りあげたケルナーの形相に、フレデリカは歯を食いしばった。拳が空を切る音と同時に、フレデリカは真横に突き飛ばされていた。フレデリカの立っていた位置に、イザークがいた。彼がフレデリカを突き飛ばしたのだ。ケルナーの拳がイザークの側頭部を直撃《ちょくげき》したのを、床《ゆか》に倒《たお》れこんだフレデリカは見た。悲鳴をあげそうになり、両手で口を覆《おお》う。

殴《なぐ》られたイザークは、それでもすぐに顔をあげた。

「女を殴るのか？　伯爵。男としても最低だ」

にやりと笑うと、イザークはケルナーの手首を捕《つか》まえ、あっという間に腕《うで》を捻《ひね》った。ケルナーが痛みに悲鳴をあげると、勢いよく戸口に向かって突き放す。

「帰れ。二度とコーゼル村に近づくな。俺はあんたの命令なんかきかない」

ケルナーは苦い表情で、早足に扉《とびら》へ向かった。扉を出る直前にふり返り、

「後悔《こうかい》するぞ。村は、重税で圧死する」

言い捨てると、乱暴に扉を閉めた。

扉が閉まった途端《とたん》に、イザークがふらついて食卓《しょくたく》に手をついた。床から飛び起きて彼の肩《かた》を支えると、殴られた側頭部から血の筋が流れているのが見えた。

「血が！」

「奴《やつ》がはめていた指輪で切れただけだ。大したことない。それよりも、よくもまあ堂々と喧嘩《けんか》を売ったな。こんな時に、おまえのおかしな瞬発力《しゅんぱつりょく》が発揮されるとはな」

頭を押さえたイザークに、フレデリカは申し訳なくて項垂《うなだ》れた。

「ごめんなさい。黙《だま》っていられなかったんです。わたしは、なぜ啓蒙主義が大陸で広がるのか、……ようやく理解出来た気がします」

貴族とは、庶民《しょみん》に対してどのように横暴に振る舞《ま》うのか目の当《ま》たりにした。王女フレデリカに対しては親切だったケルナー伯爵が、村人のグレーテルに対しては、まるで悪辣な王として振る舞う。二枚舌の卑劣漢《ひれつ》だ。

イザークが語った、彼の妹の話もフレデリカの胸に突《つ》き刺《さ》さったままだった。だからこそケルナーの横暴を、もはや黙っていられなかった。

「あれだけの啖呵《たんか》を切って、おまえはどうするつもりだ。おまえのせいでコーゼル村に重税が課せられたら、責任とれないはずだ」

鋭い紫《むらさき》の瞳《ひとみ》で見つめられると、フレデリカは自分が口にした言葉の重さを改めて感じた。けして軽々しく発した言葉ではなかった。だがそのせいで、村人たちが命を削《けず》るように苦しむ結果を招く。だから絶対に、責任をとらなくてはならない。

「わたしは必ずケルナー伯爵を罰し、コーゼル村を守ります。王女に戻れば方法があります。直接、国王陛下に訴《うった》えることも可能です。だから一刻も早く元の体に戻ります」

国王陛下に一貴族の横暴を直接訴えることなど、周囲の者は「出過ぎた真似」と眉をひそめるだろう。本来はしてはならないことだ。王となるまで従順であれと教えられている。

だが、その結果はどうだったか。

自分は、今の自分が恥じるほどに、無知で愚かな王女というだけだった。

自分がするべきことも、してはならないことも、きっと自分で選ぶべきなのだ。

身分、立場。そんなものに付随《ふずい》する力を、フレデリカは意識したことがなかった。けれどこの混乱に巻きこまれて、フレデリカは痛いほど感じる。身分や立場には力がある。だからそれを持つ者がそれを正しく理解して使わなければ、きっと悲劇が起きる。

「おまえのその言葉を、信じていいのか？」

イザークは低い声で問う。猜疑心《さいぎしん》と不安がない交ぜになったその声に、フレデリカは立ち向かうように真っ正面から視線を合わせた。

「もしわたしが約束を違《たが》えれば、あなたに撃《う》ち殺されても構いません」

イザークは探《さぐ》るようにフレデリカの瞳を見つめていたが、ゆっくりと頷《うなず》く。

「わかった。その覚悟《かくご》を受けとる。約束を違えれば、俺は王女殿下《でんか》を撃ち殺しに行く。こうなったら、おまえがフレデリカの体に戻ったそのときのために、必要なものを捜《さが》さないとな」

「必要なものですか？」

「ケルナーの陰謀《いんぼう》の証拠《しょうこ》だ」

イザークは黒猫《くろねこ》の入った檻《おり》に目を向けた。

「いくら村の税率を盾《たて》にとられたにしても……。せめて俺に相談しろ、馬鹿《ばか》」

イザークはため息混じりに、見えていないはずの黒猫に声をかける。黒猫はつんと、そっぽを向く。呆《あき》れたような彼の声音《こわね》に優しさを感じて、フレデリカはグレーテルが羨《うらや》ましくなる。彼女はイザークに愛されている。

「こいつは暗殺者として仕事を請《う》け負ったときに、契約《けいやく》書を書かせている。それを手に入れれば、ケルナーを追い詰《つ》める切り札になる」

「でも契約書は、ケルナー伯爵《はくしゃく》が盗《ぬす》んで」

「グレーテルが契約書を盗まれるヘマをしたとは、思えない。こいつは悪魔《あくま》のように抜《ぬ》け目ない。こいつが契約書を隠《かく》しそうな場所を捜してみる。そして今夜、宮殿《きゅうでん》へ忍《しの》び込む。おまえはフレデリカ殿下に戻るんだ。王女の死が確定されるまで、あと一日。悠長《ゆうちょう》に構えていられない」

「グレーテルは、どこに契約書を隠していると思いますか？」

「本人に訊《き》くのが手っ取り早いが、どうだ？」

「どこに契約書を隠してるの？　話してくれる？　グレーテル」

檻を覗《のぞ》きこむが、黒猫は尻尾《しっぽ》をぴくぴく振りながらにゃーと鳴いただけだった。

「駄目《だめ》みたいです……にゃーしか、言ってくれません」

「こいつが喋《しゃべ》るのを待っていられないから、自分たちで捜そう。こいつが隠すとなると、両親が住んでいる家だろう。あの場所以外に、こいつが落ち着ける場所はない」

「行きましょう、グレーテルの家へ」

今まで感じたこともない義務感が胸の奥にある。義務感はいつもフレデリカを追い詰め、後ろめたくさせるものだった。だが今は違う。義務感は、決意と強さに繋《つな》がる。

(王女に戻り、ケルナー伯爵からコーゼル村を守らなければ。そのために、ティアラを)

優《やさ》しいグレーテルの両親や、パン屋の主人や、子供や。そしてイザーク。元に戻れれば、彼らをきっと守れるはずだ。王女という身分を最大限に利用すれば、きっと可能だ。そして彼らを守り切れれば、幸せだ。

そうなれば二度とこの村で食事をすることも寝《ね》ることも、人々と触《ふ》れあうことも、イザークとこんなに近くで話をすることもなくなるだろうけれど。それでもいい。彼らが幸せなら、きっとフレデリカも笑っていられるような気がした。

(王女に戻ってこの村を守る。絶対に)

戸口へ向かうイザークについて一歩足を踏《ふ》み出したが、ふと思い出してふり返り、檻の中にいる黒猫に囁《ささや》いた。

「待っていてね。きっとあなたを元に戻す。そしてあなたが守りたかったものも、守るから」

黒猫は驚《おどろ》いたように金色の目を瞬《また》く。

フレデリカは思い出していた。自分が暴れ馬に翻弄《ほんろう》されていたあの時、グレーテルは馬の前に飛び出したのだ。まるで馬を止めようとするかのように、命がけで立ちふさがった。きっとグレーテルはやむにやまれず、国王暗殺に手を染めた。しかし偶然《ぐうぜん》フレデリカが巻きこまれてしまったその時、グレーテルは命をかけて、フレデリカを救おうとしてくれた。

「もしあるなら、契約書の場所を教えてくれる？」

黒猫は不機嫌《ふきげん》そうに、にゃーと鳴いた。やはり、グレーテルはなんらかの理由でしゃべれないのだ、きっと。フレデリカはイザークの後を追って扉へ向かった。

フレデリカは、けしてイザークに弱音を吐《は》くこともないし、寂《さび》しさを打ちあけることもない。身分の違いがあるからだろう。弱音も吐けず、心情も語れない相手とは、信頼《しんらい》しあえる間柄《あいだがら》になれない。貴族と平民とは、そういったものだ。お互《たが》い意識の底で隔《へだ》たりがある。しかしフレデリカは、たった数日過ごしただけの、この村を守ろうとしている。彼女が貴族であろうとも、そのことだけは感謝した。

村の連中は気がいい。お互いに気安い。近代の余計な知識にも技術にも興味がないので、おっとりと生活している。イザークもひいき目ではなく、ここはいい村だと思う。フレデリカはきっと生来の善良さでそれを感じ、愛してくれたのだろう。

フレデリカを連れてグレーテルの家に到着《とうちゃく》すると、家には父親だけがいた。おずおずと挨拶《あいさつ》する娘《むすめ》に、父親は寂しそうな顔をした。

だがイザークが、「グレーテルのことは任せてくれ。今も問題なく生活しているし、程《ほど》なく記憶《きおく》も戻《もど》るだろう」と請け合うと、安心したようだった。イザークは幼い頃《ころ》からグレーテルの面倒《めんどう》をよく見ていたので、彼女の両親には信頼されている。

着替《きが》えを取りに来たという理由で、二人でグレーテルの部屋に入った。

部屋の中にあるのは、簡素なベッドが一つきりだ。家の裏手から、父親が薪《まき》を割る音が響《ひび》いている。明かり取り窓から入る白っぽい光に照らされた室内を見回し、フレデリカは嘆息《たんそく》した。

「隠す場所は、ほとんどないような気がします」

「あいつのことだ。家捜《やさが》しされても見つからないように隠してあるはずだ」

黒猫のグレーテルが契約書の在りかを喋ってくれれば手っ取り早いのだが、フレデリカが訊いても「にゃー」しか言わないのだという。

呆れるやら腹が立つやらだが、喋らないものを待っていても仕方ない。

「契約書の場所を探るのに、魔術《まじゅつ》を使う。そのためには、おまえの体が必要だ」

「どうすれば？」

目を瞬き問う表情が、きょとんとした小動物めいていて可愛《かわい》い。と、感じた瞬間《しゅんかん》に顔をしかめてしまった。中身が違うと、こうまで印象が違うのかと心の底から驚くばかりだ。

そして貴族の中の貴族、王女殿下を可愛いと思ってしまう自分が嫌《いや》だ。彼女が規格外王女だとしても、貴族の一員だと思うと、なんとなく自分が許せない。

「そこに真っ直《す》ぐ立て。体の力を抜け」

すんなりと立つフレデリカの背後に回ると、彼女の頭のてっぺんに人差し指で触れ、もう片方の手の人差し指を自分の唇《くちびる》に当てて呪文《じゅもん》を唱える。

「我、湖水の魔術師《まじゅつし》の血を引く者。湖水の天地と狭間《はざま》にある、全《すべ》ての精霊《せいれい》と契約する者」

息を吐き、続ける。

「汝《なんじ》、肉体の記憶を有する者。汝の記憶をさかのぼり、守るべきものを汝自身で示せ」

続いて、フレデリカの体を背後から抱《だ》いて体を密着させると、彼女の両手首をゆるく摑《つか》む。

互いの体温を布越《ご》しに感じるのと同時に、フレデリカが緊張《きんちょう》したのが伝わってきた。

「楽にしろ」

「は……はい」

戸惑《とまど》いながら答える声が、すこし震《ふる》えている。と、突然《とつぜん》、フレデリカの両手がなにかを求めるように、ついと前に持ち上がった。イザークが力を入れたわけでも、フレデリカが力を入れたわけでもない。魔術師の魔力と、グレーテルの肉体の持つ記憶が、双方《そうほう》の力を補い合い、勝手に動き出したのだ。

フレデリカは驚いたように「えっ」と小さな声をあげたが、「そのまま」と、耳元で囁くと大人しく体の動きに従った。

フレデリカの体はイザークとともに、ふらふらと窓辺へ近づいた。

明かり取り窓の枠《わく》に、そら豆人形が吊《つる》し首のようにぶら下がっていた。フレデリカの手はそれを大事そうに抱《かか》えると、背伸《せの》びして窓枠から取り外す。

イザークはフレデリカの手を離《はな》し、彼女の頭の上で、一つ大きく両手を打ち鳴らした。

フレデリカの体はびくっと震えて一瞬硬直《いっしゅんこうちょく》し、手にあったそら豆人形が床《ゆか》に落ちた。

イザークは床に落ちたそら豆人形を拾い上げると、力任せに胴体《どうたい》の部分を引き裂《さ》いた。

「痛い――――っっ!!」

と悲鳴をあげたのは、そら豆人形!?――ではなく、フレデリカだった。イザークはそら豆人形を取り落としそうになって、何事かと、慌《あわ》ててフレデリカにふり返る。

フレデリカは両頰《ほお》に手を当て、蒼白《そうはく》になっている。

「どうした!?　なにがあった!?」

「痛い、痛そうです、そら豆が！　そら豆になんてことを！」

「は!?　そら豆!?」

どうやら、そら豆人形を壊《こわ》したことを批難されているようだ。

「あとで繕《つくろ》ってやる。それよりも、見ろ」

引き裂かれた胴体から、丸めた羊皮紙が覗いていた。それを取り出して広げると、気取った文字が並んでいる。

『契約《けいやく》

わたくしアダルベルト・ケルナー伯爵《はくしゃく》は、コーゼル村在住のグレーテル・コールに、エーデルクライン王国国王ハインツを暗殺することを依頼《いらい》する。専制君主をなきものとし絶対王政を廃《はい》し、啓蒙《けいもう》主義で国家を作り変える大義のためである。そのひきかえにコーゼル村の税率は据《す》え置く措置《そち》をとる。

アダルベルト・ケルナー』

秘匿《ひとく》されるべきこんな契約書にすら、耳当たりのいい大義を振《ふ》りかざしているのが浅はかだ。しかしその浅はかさがあるからこそ、グレーテルの手口に引っかかってくれたのだろう。

「どうして。ケルナー伯爵は確か、契約書は取り戻したと」

驚いたように問うフレデリカに、イザークは羊皮紙の裏側を見せてやった。

「これを見ろ」

「裏が、煤《すす》で汚《よご》れていますね。これが？」

「この契約書を書かせるときに、一枚目の契約書の下に煤を塗《ぬ》った薄紙《うすがみ》を挟《はさ》んで、その下に別の羊皮紙を置いていたんだろう。一枚目に文字を書けば、それは煤を塗った薄紙によって二枚

目に転写される。それで二枚の契約書ができあがりだ。二枚目の方を目立つところに隠《かく》して、わざと盗《ぬす》ませた。だがその二枚目は、煤で転写されているだけだ。時間が経《た》てば掠《かす》れて消えるだろうが、ケルナーがそんなもの後生大事にとっておくわけない。掠れて消える前に焼き捨てただろうから、それが二枚目の偽物《にせもの》だと気がつかなかったはずだ」

さすがは小悪魔《こあくま》。こんな時には、その悪魔ぶりが頼《たの》もしい。

「これさえあれば、コーゼル村のことはなんとかなる。最悪、俺が陸軍大臣に直訴《じきそ》することも可能だ。まあ、あの人がどこまで自分の権限を超《こ》えてくれるか、微妙《びみょう》だがな。しかもあの人なら、どんな事情があったにしろ、暗殺実行犯のグレーテルを見逃《みのが》すことはしない」

陸軍大臣を務めるミュラー公爵《こうしゃく》は、有能で厳格な人物だ。イザークが言うように、暗殺実行犯を見逃すような甘さはないはず。

「駄目《だめ》です。ミュラー公爵には訴《うった》え出ないでください。わたしが、なんとかします。そうすればグレーテルは追及《ついきゅう》されずにすみます。でもこんなものがあるのに、なぜグレーテルはイザークに相談しなかったんでしょう。グレーテルが直訴することは敵《かな》わなくても、これを持ってイザークが陸軍大臣に訴え出れば、暗殺実行前にケルナー伯爵を捕縛《ほばく》出来たのに」

「さあな……」

誤魔化《ごまか》しながらもイザークには、その理由がぼんやりと理解出来ていた。

(俺に言えなかったんだ、たぶん。自分のやっていたことを、俺に知られたくなかったんだ)

なぜケルナーが、グレーテルに暗殺を依頼したのか。宮殿《きゅうでん》に出入りする料理番だから目をつけた程度で、自らも危険な暗殺という計画の一部に、グレーテルを組み込むはずはない。グレーテルを暗殺者として信頼《しんらい》したからこそ、巻きこんだと考えるのが妥当《だとう》。

（グレーテルは、陰《かげ》で危険な仕事をしていたに違《ちが》いない。それに目をつけて、ケルナーがグレーテルを脅《おど》して契約した。ケルナーが要求に応じて契約書を書いたのも、相手がプロだという認識《にんしき》があったからだ。グレーテルがこの契約書を持って訴え出れば、過去の自分の罪も暴露《ばくろ》され、助からなかったに違いない）

イザークの知らないところで、グレーテルが馬鹿《ばか》なことをしていたのに腹が立つ。なんの理由があるにしろ、ケルナーにつけ込まれるようなことをしていたのが、情けない。

（そんなことのために、俺はおまえを生かしたんじゃない）

もう一度、本当にグレーテルに戻ってくれたなら、まず怒《おこ》ってやりたい。そして彼女の犯《おか》した罪がなんであったかを知り、償《つぐな》えるものなら償わせたい。

だがなぜケルナーは国王暗殺などという、大それた計画を実行したのだろう。彼のような浅はかな小物が、誰《だれ》の指示も庇護《ひご》もなく、自分の思考だけで動くとは思えない。彼の背後には必ず黒幕がいる。その黒幕は、国王暗殺を企《くわだ》てているというシュバルツノイマン党か。

しかし貴族意識の強い男が、平民組織の命令に従うとは思えない。ということは、貴族意識の強い男が、「従っても良い」と思うほどの人物で、しかも国王の暗殺を企てている者。

(まさか、奴《やつ》か?)

ロートタールで獄死《ごくし》し、イザークがその死亡を確認している人物以外には考えられない。

(カルステンス侯爵《こうしゃく》? だが、奴は死んだ。いや、もし死んでいなかったら。そもそも、ロートタールに五年間投獄されていたカルステンス侯は、本物のカルステンス侯だったのか?)

疑問は尽《つ》きない。しかし今、考えても仕方のないことだった。フレデリカが元に戻《もど》り、そしてケルナーを断罪してくれれば、ケルナーは必然的にロートタールに収監《しゅうかん》される。そうすれば疑問はすべて解けるはずだ。

「とにかくあとは、おまえたちが戻ればいいだけだ。必要なものはティアラだ。今夜盗人《ぬすっと》になるか、王女殿下《でんか》」

にやりと笑って告げると、フレデリカも悪戯《いたずら》めいた微笑《びしょう》で頷《うなず》き返す。

「素敵《すてき》ですね、盗人。憧《あこが》れていました。山賊《さんぞく》と同じで、美味《おい》しいものを食べていそうですよね」

どうも彼女は、受け答えが妙《みょう》だ。

その時、遠くから大声で喚《わめ》く声が聞こえた。その声が「シュルツ!」と呼んでいるようだった。声の主は村中を駆《か》け回っているらしく、どんどんと声がはっきりして、近づいてくる。

「あの声は、ユリウス?」

「来い、なにかあったんだ」

二人はグレーテルの家を飛び出し、ユリウスの声がする方向へ駆けた。

イザークの家へ続く路《みち》の方から、白馬を操《あやつ》るユリウスが、「シュルツ！　どこだ」と大声で呼びながら走ってくる姿を認めた。ユリウスは二人に気がつくと、一直線に駆けてきた。二人の目の前で手綱《たづな》を引き、馬を急停止させると、額に汗《あせ》を滲《にじ》ませながら焦《あせ》った表情で言う。

「大変だ！　フレデリカの体が、霊廟《れいびょう》に移された！」

七章　死せる王女の復活の日

「どうしてなの⁉　陛下は七日間は様子を見ると！」

「明日《あした》が来れば、残り一日だ。五日間フレデリカの状態に変化がないことで、陛下はフレデリカの生存をほぼ諦《あきら》めたようなんだ。だから今日、体を霊廟に移して葬儀《そうぎ》の準備を始めた。明日目覚めなければ、そのまま明後日《あさって》に葬儀を行う。王国各地へ、王女殿下の葬儀が明後日だと知らせが走った。葬儀の準備を整え、明日中に宮殿に伺候《しこう》できる貴族たちが集まる。六日目が終わった七日目の朝を待って、葬儀だ」

「今夜しかないということか」

イザークが呻《うめ》く。

明日の夜は葬儀の前夜。その夜はフレデリカとの別れを惜《お》しむため、国王陛下と王妃《おうひ》は、一晩霊廟で遺体に付き添《そ》うのが慣例だ。ということは、誰にも見とがめられずにフレデリカの体に触《ふ》れる機会は、今夜しかない。

王国各地から続々と貴族たちが集まってくる。王都近郊《きんこう》を領地とする者たちは、既《すで》に宮殿に入り始めているだろう。門は常に開かれ、人があふれる。集まった貴族たちをもてなすために部屋を用意し、食事を準備するために、沢山《たくさん》の人間が臨時に雇《やと》われて宮殿内で動き回る。

「今夜しかないです。けれど葬儀の準備で沢山の人が出入りするから、宮殿に入り込みやすいでしょうし、ティアラを盗み出す隙《すき》も多いと思います」

自分を励《はげ》ますように口にする。

（今夜がある。今夜、元に戻ればいい。大丈夫《だいじょうぶ》。落ち着いて）

この混乱を収束させるのは、自分とグレーテルのためだけではなく、ケルン村やコーゼル村のためでもある。そのことが心の重しとなって、浮《う》き足立たずにいられた。

「ティアラ？　ティアラがどうしたの？」

ユリウスが首を傾《かし》げる。

「わたしが元に戻るためには、王女として身につけるティアラが必要だろうと思うの。だからそれを盗み出して、それからまた、わたしの体に触れるの」

「見つかったら大変だね。間違《まちが》いなく断頭台の露《つゆ》だ。危険だから君がやったら？　シュルツ」

「そのつもりだ」

平然と答えたイザークに、フレデリカは驚《おどろ》いた。

「駄目です！　わたしがやります。そもそもティアラのある場所を、御存《ごぞん》じないでしょう？　しかもティアラは何種類もあります。王女のティアラがどれか、見分けがつかないと思います」

「けれどフレデリカ、見つかったら断頭台だよ？」

「ティアラを手に入れられなければ、元に戻れない。そしたらわたしは、グレーテルにも馬手たちにも、コーゼル村にも責任をとれなくなる。そしたら断頭台に上るのが妥当でしょう」

「……。フレデリカ、君。どうしたの」

ユリウスの瞳《ひとみ》に、驚きとも感嘆《かんたん》ともとれる色が見えた。

断頭台なんて、考えただけで怖《こわ》い。けれどもし、自分がなんの責任も果たせないのであれば、そうするしか責任の取り方がわからなかった。

とてつもなく怖い。怖くてたまらないから、絶対に失敗出来ない。

いっそこのままでいいと開き直って、全部から逃《に》げ出せれば楽だろう。けれどグレーテルの両親やコーゼル村の人々、彼らの顔を思い出すと逃げ出せない。泣きたいほど怖くても、逃げ出せないのだ。なんてことだと絶望的な気分になるが、逃げ出せない。

イザークは、ただ驚いたような顔をしていた。だがすぐに正気づき、断固とした口調で言う。

「ティアラを保管してある予備室の鍵《かぎ》も、キャビネットの鍵も侍従《じじゅう》長が持っていると言っただろう。そいつから鍵を盗《ぬす》み出す真似《まね》が、おまえに出来るとは思えない。俺がやる」

「いいえ、わたしが」

「出来るわけないだろう、おまえみたいな間抜《まぬ》けに！」

「間抜け……。せめて阿呆《あほう》ぐらいにしてくれれば。でも、間抜けでも阿呆でも、わたしが」

「じゃ、こうしよう」

唐突《とうとつ》に明るい声でユリウスは言うと、指を立てて片目をつぶる。

「三人でやろうよ、仲良くね。みんな一緒《いっしょ》は、仲良しの秘訣《ひけつ》だ」

黒猫《くろねこ》のグレーテルを連れ、フレデリカは再び宮殿《きゅうでん》に入った。侍女頭《じじょがしら》が準備してくれた台所番への再雇用《こよう》の書類が役に立ったが、台所へは向かわずに、守護宮と呼ばれる宮殿に向かった。イザークは単身、宮殿へ入った。第三騎士《きし》団長の彼が警備の応援《おうえん》で宮殿に入るのも、不自然ではなかった。彼も守護宮へ向かった。

守護宮は六公爵《こうしゃく》家と、高位貴族たちに与《あた》えられる部屋からなる宮殿だ。そこにはグロスハイム家に与えられた部屋がある。しかしグロスハイム家の当主である内務大臣は、雑事で部屋に戻るどころではない。グロスハイム家には、ユリウスの母親である公爵夫人と、三人の妹姫《ひめ》がいるのだが、彼女たちは明日の朝に宮殿に入ることになっている。そのため部屋はユリウスの自由に使えた。

フレデリカたち三人は日が暮れるまで、グロスハイム家の部屋で身を潜《ひそ》めることにした。

「夜まで待って、侍従長が一人になる機会を待つ」

部屋は無人のように見せかけていたので、カーテンも閉め切っていた。そのカーテンの隙間《すきま》から外の様子を確認《かくにん》しながら、イザークが計画を説明する。

「俺とグロスハイムで侍従長を襲《おそ》い、鍵束を盗む。それを持ってフレデリカと一緒に、予備室に向かう。ティアラを盗み、霊廟へ行き、フレデリカの体に触れる」

イザークもユリウスも軍服を脱《ぬ》ぎ、特徴《とくちょう》のない白シャツと黒いズボン、腰《こし》にサッシュを巻いただけの服装だ。顎《あご》の下に黒いスカーフをくりつけているのは、侍従長を襲うときに顔を隠《かく》すためだった。

椅子《いす》に座ったフレデリカは、膝《ひざ》の上に黒猫のグレーテルを抱《かか》えていた。グレーテルは宮殿に入ってから大人しい。その態度の変化に安堵《あんど》した。きっと彼女も、元に戻ることを納得《なっとく》してくれたのだろう。フレデリカの懐《ふところ》にはケルナーの契約書《けいやくしょ》もある。

ユリウスは壁《かべ》に寄りかかり腕組《うでぐ》みしている。いつになく真面目《まじめ》な表情だ。

「葬儀に関する明日の予定は、どうなっているの？　ユリウス」

「明日には、ほとんどの高位貴族が宮殿に伺候する。各々《おのおの》が国王陛下にお悔《く》やみを述べる必要があるから、国王陛下と王妃様は、明日の朝日が昇《のぼ》る時刻に、朝陽《あさひ》の間に姿を見せる。そして集まった者たちが、順次お悔やみの挨拶《あいさつ》を述べる。それが終わるのが正午頃《ごろ》。その後に、宮殿内の礼拝堂が開放され、明後日の葬儀開始まで、参列者は宮殿内に留《とど》まる。国王陛下と王妃様は夕刻には霊廟に入り、夜明けまでフレデリカと共に過ごし、朝陽と共に霊廟を退出。フレデリカを棺《ひつぎ》に納め、霊廟を閉じる作業が始まるのと同時刻に、礼拝堂内で祈《いの》りが始まる」

「明日の夕刻まで、ということね」

冷静にフレデリカは受け止めると、目を閉じた。そして己《おのれ》に言い聞かせる。

（大丈夫。きっとできる、できるから）

もう失敗は許されない。それを思うと不安で怖い。けれどグレーテルや馬手たちや、コーゼル村やケルン村の人たちのために、やらねばならない。それは不安と恐怖《きょうふ》を抑《おさ》え込めるほど、責任としてフレデリカの体の芯《しん》をしゃんとさせる。


陽《ひ》が沈《しず》んだ。空に鋭《するど》く星が瞬《またた》いていたが、リリエンシルト宮殿の上だけは、その輝《かがや》きが霞《かす》んでいる。宮殿内の至る所に明かりが灯《とも》され、闇《やみ》を払《はら》うかのようなきらびやかさだった。

葬儀《そうぎ》のために集まったはずなのに、人が集《つど》うと、自然と賑《にぎ》やかになり華《はな》やぐ。事情を知らない者が入り込んだら、大規模な祝賀会かと思ったことだろう。ただし人々が身に纏《まと》う衣装は、装飾《そうしょく》と色が控《ひか》えめだ。

真夜中を過ぎても明るさは変わらず、そのことにフレデリカは焦《あせ》った。イザークとユリウスも苛立《いらだ》っているようだった。暗闇《くらやみ》が極端《きょくたん》に少ないし、侍従長はいつまで経《た》っても、あちこち忙《いそが》しく歩き回っているからだ。

唯一《ゆいいつ》闇が濃《こ》いのは、王宮と霊廟《れいびょう》の間に広がる庭だ。刈《か》り込まれた植え込みが、迷路《めいろ》のように配置されている。侍従長が頻繁《ひんぱん》に往復する庭だったので、三人はそこに潜んで機会を待った。

一度、真夜中過ぎに、国王と王妃が霊廟と王宮を往復した。久しぶりに目にする両親の姿が懐《なつ》かしくて、胸が絞《しぼ》られるほどに痛くなった。

国王も王妃もいつもと変わらず気丈《きじょう》に前を向き、侍従たちに囲まれていた。しかしその横顔、目の下や頬《ほお》には、疲労《ひろう》と哀《かな》しみの影《かげ》がこびりついていた。その姿を見ると、フレデリカが死んだと思われていることが心から申し訳なかった。

そして、

フレデリカはグレーテルの黒猫を抱《だ》いたまま機会をうかがい、待った。待ち続けた。

「まずいな」

イザークが東の空に視線を向けて呻いた。彼の視線を追うと、遠くそびえる山脈の稜線《りょうせん》あたりが、うっすら紺色《こんいろ》に染まりはじめていた。朝が近い。

「こうなったら、予備室の扉《とびら》を斧《おの》で破壊《はかい》するかい?」

冗談《じょうだん》か本気か、ユリウスが肩《かた》をすくめて立ちあがった。

「それしかないか」

ため息混じりに立ちあがったイザークにつられて、フレデリカも慌《あわ》てて立ちあがる。

「待ってください、そんな乱暴なこと……」

言いさしたときフレデリカの目は、二人の青年の背後、王宮の方向からせかせかと歩いてくる小柄《こがら》な老人の姿を捉《とら》えた。一人きりだ。周囲に人影《ひとかげ》はなく、庭の闇は未《いま》だ濃い。

「侍従長！」

細く鋭い声をあげた瞬間《しゅんかん》、二人の青年は同時にふり返った。二人は顎の下にくくりつけてあった黒いスカーフを目の下まで引きあげると、呼吸を合わせたかのように同時に植え込みから飛び出した。

飛び出した二人に驚き、侍従長は立ちすくむ。その腕《うで》を掴《つか》んだイザークは、くるりと侍従長の背後に回り、首に腕をかけて締《し》めあげた。侍従長は簡単に意識を失い、体から力が抜《ぬ》ける。

その隙《すき》にユリウスが、侍従長の腰から鍵束を取りあげた。

イザークは侍従長の体を、植え込みの中に横たえて隠す。

「来い、フレデリカ！」

低くイザークに呼ばれ、フレデリカも植え込みから飛び出した。三人は闇が濃く、人通りの少ない場所を事前に調べていた。そこを抜け、儀式《ぎしき》の間の予備室に向かった。

予備室に到着《とうちゃく》すると、鍵束の中から予備室の鍵を選び扉を開く。

暗い室内に踏《ふ》みこむ。最奥に並ぶガラスのキャビネットの一つに、目的のティアラがある。

フレデリカは目的のキャビネットに駆《か》け寄り、確認した。細い銀の蔓《つる》を複雑に編み込んだような、繊細《せんさい》な銀細工のティアラだった。不規則に小さなサファイヤがちりばめられ、清楚《せいそ》な輝きを纏っている。黒猫を片腕《かたうで》で抱えたまま、ユリウスから手渡《てわた》された鍵束の鍵を使い、キャビネットを開く。片手でティアラを掴むと、胸元《むなもと》に引き寄せた。

（これが必要なもの。これで戻《もど》れる）

その時、予備室の前をばたばたと駆け抜ける足音が響《ひび》く。さらに遠くで叫《さけ》びあう騒《さわ》がしい声がしたので、三人は顔を見合わせた。遠く聞こえる微《かす》かな声は「侍従長」と聞こえたのだ。

「見つかったか」

イザークはフレデリカの手からティアラを取りあげ、その空いた手を摑んだ。

「グロスハイム、俺はフレデリカを連れて霊廟へ行く。おまえは部屋に戻って、俺とおまえの軍服を持って、霊廟に来い」

侍従長が襲われたことがばれたのなら、すぐに怪《あや》しい者の捜索《そうさく》が始まる。侍従長が気がつけば、自分を襲った者の特徴を告げるだろうから、イザークとユリウスが今の服装ではまずい。上に軍服を着る必要がある。そうすれば彼らは警備を担当する側の人間になれるので、疑われることがない。切り抜けられるはずだ。

「わかった。すぐに僕も行く」

三人は予備室の扉の隙間から外を覗《のぞ》き、誰《だれ》もいないのを確かめてから駆け出した。

ユリウスは守護宮へ向けて。フレデリカとイザークは、霊廟へ向けてだ。

霊廟は、リリエンシルト宮殿の東の端《はし》に位置する。古代神聖聖教風の白大理石の建物で、なだらかで巨大《きょだい》な三角屋根を、円錐《えんすい》の柱が規則的に並んで支えている。山脈の青い影を背負い、出入り口の大理石扉の前に篝火《かがりび》を灯され、霊廟は静かに佇《たたず》んでいる。

扉の前に二人、近衛《このえ》兵が立ち番をしていた。イザークは暗闇の中から躍《おど》り出て、二人をあっという間に殴《なぐ》り倒《たお》した。老人の侍従《じじゅう》長と違《ちが》い、今度は本気の乱暴さで殴り倒していたので、彼らはしばらく目を覚まさないだろう。

重い大理石の扉を、フレデリカはイザークと共に押し開いた。

扉を開くと、中からふわりとバラの香《かお》りが流れ出る。

扉正面奥には、もう一つの扉がある。その扉の奥に歴代の王家の者たちが眠《ねむ》るのだ。そして今、その王たちが眠る扉の前にある白大理石の祭壇《さいだん》の上には、色とりどりのバラが敷《し》きつめられていた。祭壇の四隅《よすみ》に蠟燭《ろうそく》が灯され、祭壇に横たわる者を照らす。

バラの花に埋《う》もれ、両手を胸の上に組んで横たわっているのはフレデリカの体だ。

目を閉じ、穏《おだ》やかな表情で横たわるフレデリカは、お伽噺《とぎばなし》の姫君《ひめぎみ》さながらに美しかった。

(これでわたしは、責任を果たせる)

背後から、頭にティアラが載《の》せられた。イザークがつけてくれたのだ。ふり返ると、

「行け、フレデリカ」

と促《うなが》された。

「はい」

黒猫《くろねこ》を抱《かか》えなおし、フレデリカは自分の体に近づく。イザークも一歩離《はな》れて、背後から一緒《いっしょ》についてきてくれる。

（今度こそ）

「行け、フレデリカ」

促すとフレデリカは従順に、

「はい」

と頷《うなず》いた。子犬のような黒髪《くろかみ》の少女がティアラをつけているのは、ままごとめいていて奇妙《きみょう》だった。けれど可愛《かわい》らしかった。

（今度こそ、元通りだ）

イザークも息を詰《つ》めた。フレデリカは自分の体に近づいていく。

（さよならだな、王女殿下《でんか》。そして頼《たの》むぞ、コーゼル村のこと）

フレデリカは眠る自分の手を握《にぎ》った。そして、暫《しば》し。

（え？）

目を瞬《またた》く。自分が見おろしているのは、やっぱりフレデリカの美しい体で、自分はまだグレーテルの体だった。変化の予兆はない。なにもない。

（……触《ふ》れてる。……ティアラも、ある……なのに、でも。これは……）

黒猫を抱えていた腕の力が抜けた。するりと黒猫が腕から飛び降り、足元でひと声鳴いた。

「わたしは、…………間違《まちが》った…………？」

その言葉が唇《くちびる》からこぼれるのと同時に、足に力が入らなくなり膝《ひざ》が折れ、その場にへたりこんだ。横たわるフレデリカの手を握ったままだったので、手はつられてだらりと祭壇の外へ出てしまった。

バラの花が、幾《いく》つもぱたぱたと白大理石の床《ゆか》に落ちる。それでも未練がましく、フレデリカは自分の空っぽの肉体の手を離せなかった。

「フレデリカ!?　いや、グレーテルか？」

駆け寄ったイザークが跪《ひざまず》く。

「わたしは、間違えた……。間違えたんです、イザーク」

イザークの顔色が変わった。

「おまえは、フレデリカ？　戻れないのか？」

頷くと、イザークは焦《あせ》ったように扉の外へ目をやった。既《すで》に外は薄《うす》い藍色《あいいろ》の景色に変わりつつある。夜明けだ。こうなっては人々が動き出す。

もう一度なにかを試《ため》す時間がないことを、彼も悟《さと》ったようだ。

「……駄目《だめ》か……」

イザークの絞《しぼ》り出すような声を聞くと同時に、涙《なみだ》があふれ出た。

「必要なものはティアラじゃなかった。違った。わたしは、間違えた。けれど、けれど……もう、遅《おそ》い……！」

空いた片手でティアラを頭から外すと、大理石の床に放《ほう》り出して激しく首を振《ふ》る。

「これじゃない、これじゃない！　違う！　ごめんなさい、ごめんなさい。わたしは間違えた！　もう戻れない！　グレーテルも助からない。馬手たちも助からない！　コーゼルやケルンの村の人たちも助けられない！　ケルナーのことも！　ごめんなさい、わたしは間違えた！　失敗した！　責任を果たせなかった！」

「落ち着け」

彼も焦っているようだったが、それでも冷静だ。

しかしフレデリカは絶望感で混乱していた。この場に自分が存在することすら許せなかった。

「イザーク！　ごめんなさい、ごめんなさい！」

「落ち着け」

「謝って済むことじゃないって、わかってる！　だから、だから！　約束どおり撃《う》ち殺して！」

「馬鹿《ばか》！」

ぴしゃりと頬《ほお》を打たれ、フレデリカの口から止めどなく流れ出ていた後悔《こうかい》と懺悔《ざんげ》が止まった。

はっとしてイザークの顔を見ると、彼の薄紫《うすむらさき》の瞳《ひとみ》はいつものように綺麗《きれい》な色だった。

彼は異界を覗きこみ、あらゆるものを見つめてきたような冷静な目で、淡々《たんたん》と告げた。

「間違えた。それは仕方がない。運命だ」

諦《あきら》めというより、それが事実だと知らせるような声だった。


理不尽《りふじん》な運命というものが存在することを、イザークは知っていた。知っているからこそ魔《ま》術《じゅつ》を駆使《くし》し、理不尽な死や運命を変えようと試み続けている。だがそれにも限界があり、どんなに努力しても魔術を駆使しても、逆らい難《がた》い運命というものもある。

（すまないな、グレーテル。俺の力は……、二度目は、およばなかった）

自分の無力感を噛《か》みしめるしかない。そして心の中で、詫《わ》びるしかない。

「フレデリカ。おまえは、よくやった」

フレデリカを責めることもできなかった。彼女はできうる限りのことをした。真剣《しんけん》に力を尽《つ》くした。けれど力が及《およ》ばなかった。それだけなのだ。

フレデリカは声を震《ふる》わせる。

「でも戻《もど》れなければ、全《すべ》てが……」

「逆らえない運命もある」

「嫌《いや》です。グレーテルは、どうなりますか？　馬手たちは？　コーゼル村やケルン村は？」

「村のことは俺がなんとかする。グレーテルの残した契約書《けいやく》を使って、ケルナーの陰謀《いんぼう》を暴《あば》く。確実にどうにかできる保証はないが、なんとかしてみせる。馬手たちに関しても、ケルナーの仕業《しわざ》とわかればお咎《とが》めを免《まぬが》れる可能性がある」

「けれどグレーテルはどうするんですか⁉」

「暗殺実行犯のおまえは、俺が訴《うった》え出る前に安全な場所へ逃《に》がして」

「違います！　黒猫になってしまったグレーテルです！　彼女はどうなるんですか⁉」

「あいつは、……あのままだ」

「嫌です！　ご両親はグレーテルを、本物のグレーテルを抱《だ》きしめてあげたいはずなのに！」

涙を流しながら首を振り、フレデリカは必死に声を張り上げている。その必死さに、イザークは驚《おどろ》いていた。彼女がこれほどまでに、グレーテルやコーゼル村のことを思ってくれたことが、驚きであると同時に嬉《うれ》しかった。彼女がなぜこれほど思い入れを持ってくれたのか、不思議ですらあった。しかし。

「グレーテルの両親は、わたしを抱きしめてくれたのに！」

彼女のその言葉に、卒然と悟《さと》るものがあった。イザークは思わず訊《き》いた。

「寂《さび》しかったんだな？　ずっと」

フレデリカは反射的にだろう、答えた。

「寂しかったんです」


反射的に答えた自分の声で、フレデリカは悟った。自分がなぜこれほど取り乱すまでに、グレーテルを元に戻し、馬手たちを守り、コーゼル村を守りたいと願うのか。今、理解した。

ずっと寂しかった。

宮殿《きゅうでん》の中で大勢の人間に傅《かしず》かれながら、ずっとずっと寂しかった。けれど生まれた時からそうだったので、自分が寂しいということにすら気がつかなかった。だから常に、なんとなくにこにこ笑っていた。そうすれば周囲は喜んでいるからだ。

だから幼い日、バラ園で出会った黒髪《くろかみ》の少女の存在が、とても嬉しかったのだ。はじめてフレデリカは、ひとりぼっちではなくなった。

けれどあの少女が姿を消すと、フレデリカは寂しくなった。はじめて自分は寂しいと理解したが、それを直視することはできなかった。あまりにも寂しすぎて。だからそら豆人形を抱きしめ、寂しさを見ないふりをした。

「寂しかったんです、わたし。ずっと、ずっと。いつも……」

言葉にすると、胸にあふれる寂しさが止めどなく膨《ふく》れあがってきた。

父国王と母王妃《おうひ》には、愛されていると思っていた。周囲の人たちにも、好かれていると思っていた。けれど思うことと感じることは違う。フレデリカはずっと一人で、愛される実感も、好かれている実感もなく、ただ笑って過ごしていた。

でもそれは、とてつもなく孤独《こどく》で寂しいことだった。「わたしは、愛されている」と頭の中で思ってみても、両親と会話することすらままならない。触れられることもない。

ずっと寂しかったから、グレーテルの両親に抱きしめられたときに嬉しかった。村人たちに親切にされて、嬉しかった。イザークと一緒《いっしょ》に食事をして、嬉しかった。だからその嬉しさを分けてくれた人たちや、その人たちが守りたいと思うものを守りたかったのだ。

「でもコーゼル村にいるとき、寂しくなかった。あなたと食事している時、寂しくなかった。だからわたしは守りたかったのに。もう、戻れない。戻れなければ、守れない」

悔《くや》しかった。生まれて初めて、悔しいと思った。

王女フレデリカとして生きていたとき、守りたいものも、責任もなかった。けれどこうなって初めて守りたいものができ、責任を感じたのに、肝心《かんじん》なこの時に王女に戻れない。

今こそ王女としてなすべき、本当の責任があるのに。

「はじめて、寂しくなかった。はじめて、守りたいと思った。自分のやるべきことだと思って、やりたいと思った。王女だったらできることだった。なのに、王女としてやるべきことがあるのに、そうなったときに、わたしは……！」

元の体の力ない手を握《にぎ》り続け、その手を離《はな》すことができなかった。未練がましく、手を握るこの体に戻りたいと願う。

「イザークに、たくさん助けてもらった。ユリウスにも。コーゼル村の人たちにも、グレーテルの両親にも、そしてグレーテルにも。でも、わたしは誰《だれ》のためにもなにもできない」

情けなく、惨《みじ》めだ。寂しくて、寂しくて、自分のやるべきことすらわからない愚《おろ》かしい王女だった自分が情けない。後から後から、涙が流れる。流れ続けるのは後悔だ。

するとふいに抱き寄せられた。イザークの腕《うで》は強くて温かだった。

泣き続けるのをどうしていいかわからず、イザークはフレデリカを抱きしめた。

(王族の矜持《きょうじ》で、気持ちを打ちあけなかったわけじゃない。自分の寂しさも惨めさも、認めるには臆病《おくびょう》だった)

混乱して泣きながら、寂しかった、なにもできなかったと、自らの心を言葉にする彼女が、やっと理解出来た。フレデリカは臆病で善良で、寂しい王女様だった。

「フレデリカ、フレデリカ。もう、いい」

あやすように、イザークは囁《ささや》いた。

「もういい。おまえはよくやった。もう、グレーテルになればいい。それで生きればいい」


イザークの言葉に、フレデリカは言葉を失った。しばらくしてようやく、掠《かす》れる声が出た。

「そんな……。そんなこと。駄目《だめ》です。許されない」

「グレーテルとして生きれば、きっとおまえは幸せになれる。俺が助けてやる」

イザークの幼なじみや故郷を救いきれなかったフレデリカに、彼はなんて優しいのだろうか。優しさが体に浸《し》みるようだった。イザークが言うように、グレーテルとして生きることはきっと幸福だ。けれど自分一人が幸福になるような真似《まね》は、絶対にできない。

それでもイザークの優しさは、今まで受け取ったことがないほどの優しさだ。彼はきっとフレデリカの気持ちを理解しているからこそ、そう言ってくれたのだ。イザークの瞳《ひとみ》を見つめると、それがわかった。彼の瞳を見つめると安堵《あんど》するのは、きっとお互《たが》いのことを理解しているからだ。

口づけするようにイザークの唇《くちびる》が近づき、吐息《といき》がフレデリカの唇に触《ふ》れる。

「……イザーク」

声が震えた。吐息がかかる近さで、

「フレデリカ」

彼が、彼女の名を囁いた瞬間《しゅんかん》だった。

ざわっと、全身を細かい棘《とげ》で撫《な》でたような衝撃《しょうげき》が走り、未練がましく握り続けていたフレデリカの手と自分の手が重なった場所が、かっと熱くなる。そのあまりの熱さにフレデリカは悲鳴をあげ、握っていた手を離した。次には、全身を力任せに突《つ》き飛ばされるような衝撃に襲《おそ》われ、目の前が真っ暗になった。

「フレデリカ！」

イザークの声が聞こえた。

「イザーク！」

助けを求めて叫《さけ》ぶと、フレデリカはとてつもない違和感《いわかん》を喉《のど》に感じた。

飛び起きると、髪《かみ》や肩《かた》から、ぱたぱたとバラの花が落ちた。圧倒《あっとう》的なバラの香《かお》りに目眩《めまい》を覚え、そのぐらつく視界の中で、グレーテルの体を抱《だ》きしめるイザークの姿を認めていた。

「……あ……。………わたし……?」

フレデリカは、自分の手を目の前に持ち上げて見た。細くしなやかな、綺麗《きれい》な指だ。肩にかかる髪は、お日様にミルクを溶《と》かしたような金髪《きんぱつ》。

「……戻《もど》ったのか? ……フレデリカ……」

祭壇《さいだん》の上に座るフレデリカを、イザークは呆然《ぼうぜん》と見あげている。

開きっぱなしになっていた扉《とびら》から、朝陽《あさひ》が射《さ》しこんでいた。それはみるみるうちに大理石の床《ゆか》に伸《の》び、祭壇を照らす。フレデリカの頬《ほお》を照らす。

しばらく言葉もなかった。だがイザークが抱く力ないグレーテルの体に気がつき、ぎくりとする。周囲を見回したが、黒猫《くろねこ》の姿はない。

「グレーテルは!? 黒猫はいない!? そんな、グレーテルは戻ってない!?」

イザークも正気に戻ったように、自分が抱くグレーテルを見おろす。

「呼吸もしてないし、心臓も動いてない。きっと、さっきまでのおまえの体と同じ状態だ」

「じゃあ早く、黒猫のグレーテルを見つけないと」

しかしイザークは、扉の方へ顎《あご》をしゃくった。

「それよりも早く、ここを出ろ。近衛兵《このえ》が気がつく前にここを出て、おまえが生き返ったと、みんなの前に姿を見せるんだ。その騒動《そうどう》の間に、俺はグレーテルの体をどこかへ移す。グレー

テルを元に戻す方法を考えるのは、その後だ。ティアラも返さないとならない。ティアラは、おまえが着けていけ。天使にもらったとでも言えばいいはずだ」

グレーテルの体を抱《かか》えると、イザークは立ちあがった。フレデリカも急いで祭壇を飛び降りたが、自分のドレスの裾《すそ》を踏《ふ》んで、いきなりばたりと倒《たお》れた。イザークが目を丸くした。

「いた、痛い……」

涙目《なみだ》で起き上がると、イザークが呆《あき》れたような顔になっていた。

「おまえ、……鈍《にぶ》いんだな」

「はい。実は、とても」

言いながらティアラを引き寄せ頭に着け、立ちあがる。すると、

「やあ、来たよ！」

朝陽を背後に背負って、明るく爽《さわ》やかなユリウスの声が響《ひび》いた。第一騎士《きし》団の白い軍服姿の彼は、フレデリカに気がつくと、

「ああ、フレデリカ！」

と、感極《きわ》まったように駆《か》け寄って来た。手に持っていたイザークの軍服を彼の肩に無造作に投げつけ、自分はフレデリカの目の前に跪《ひざまず》く。そして恭《うやうや》しく手を取ると、口づけた。

「フレデリカ。僕の王女様。君が天使のような君に戻るのを、待っていた」

「王子様ごっこは後にしな、グロスハイム。グレーテルの体を隠《かく》せる場所はないか？」

ユリウスの感動を遮《さえぎ》るように、イザークが急《せ》かした。ユリウスは嫌《いや》そうな顔でふり返る。

「それなら、天使宮のフレデリカの部屋がうってつけだ。あそこは今、無人だからね」

「俺はグレーテルを運ぶ。グロスハイム。おまえがフレデリカを連れ、王宮へ行け。王女の復活を知らせろ。そうすりゃ、侍従《じじゅう》長を襲った連中のことも、王女復活の衝撃でうやむやになるさ」

「わかったよ。行こう」

ユリウスは立ちあがり、フレデリカに腕を差し出した。

「どうぞ、僕の可愛《かわい》い王女様」

「いえ、腕はいいわユリウス。自分で歩けるから」

フレデリカは断り、イザークに近づいて彼の瞳を見あげた。

「なにがなんだか分からないけれど、元に戻れました。イザーク、……ありがとう。復活を宣言してきます。それと、約束を果たすために。あなたも見守っていてくれますか？」

地獄《じごく》の番犬と呼ばれる第三騎士団の団長は、本来なら国王や王女に近づけない。けれど側《そば》にいて欲しかった。

イザークは困ったように微笑し、グレーテルの懐《ふところ》にある契約《けいやく》書を取り出して差し出す。

「グレーテルの体を隠したら、王宮へ行ってやる。ただし、人目につかないところで見守るだけだ。地獄の番犬は、陛下の前には行けない。だからおまえが、これを持って行け。頼《たの》んだ」

契約書を受け取りながら、フレデリカは力強く頷《うなず》く。頼んだと、信頼《しんらい》されたことが嬉《うれ》しかった。彼の信頼に応《こた》えたいと心から思った。

「約束を果たしてきます。見ていてください。全《すべ》てを終わらせます」

フレデリカは早足に霊廟《れいびょう》を出た。ユリウスが付き従った。

眩《まぶ》しいと、イザークは思った。気弱で善良で、言動が妙《みょう》な王女殿下《でんか》は、本来の体に戻ると触れがたいほどに美しく眩しかった。そしてフレデリカにならば、コーゼル村のことを任せられると思った。それは彼女が優秀《ゆうしゅう》だからでも、強いからでもなく、ただ彼女がイザークの思いを裏切ることがないと知っているからだ。

(頼んだ)

彼女がグレーテルの体に閉じこめられたままだったら、そのままの彼女を生涯《しょうがい》守ろうと決意したさっきの一瞬《いっしゅん》、自分はなにを考え、そんな結論に至ったのだろうか。きっとイザークには、自分の無力に泣く彼女の気持ちが痛いほどに理解出来た。だからだろう。

(これで終わる。今度こそ、さよならの時が来る)

本来、言葉を交《か》わすことすら不可能な王女殿下を、イザークは抱《だ》きしめていた。貴族の中の貴族だが、彼女のことは、もう嫌《きら》いではなかった。

彼女は最初に抱いた印象の通り、たいした王女様ではない。だが可愛い王女様だった。自分の寂《さび》しさにも気づかずに、ただ笑っていた。たいしたこともできないのに、グレーテルやコーゼル村を助けようと必死だった。

イザークにとって大切なものを、弱々しくとも必死に守ろうとしてくれた彼女なら、守ってやってもいいと思った。きっと自分も、フレデリカとグレーテルの混乱に巻きこまれ、混乱していたのだ。

しかしこれでもう、このおかしな混乱は終わる。

（あとは、グレーテルさえ元に戻れば）

イザークはグレーテルの体を抱えなおすと、人目につかないように天使宮に向かった。そしてグレーテルの体をフレデリカのベッドに寝《ね》かせると、再び天使宮を出た。

向かうは王宮の朝陽の間だ。


朝陽が昇《のぼ》るのと同時に、王宮にある朝陽の間に、国王ハインツと王妃《おうひ》ヘレネが姿を現した。

二人の憔悴《しょうすい》した表情に、集まった貴族たちの間からは、ため息のようなざわめきが起こる。

この場に集まり、国王に直接悔《く》やみを述べるのは高位貴族だけだ。

ここに集《つど》うのは六公爵《こうしやく》を筆頭に、公爵、侯爵《こうしやく》、伯爵《はくしやく》までの身分の貴族とその家族。それでも三百人近い人数。その三百人近い貴族たちは整然と並び、ひそめた声で会話を交わしながら、国王の前へ呼ばれる順番を待っていた。

朝陽《あさひ》の間の名にふさわしく、明るい光が射しこむと、室内の壁《かべ》や柱に施《ほどこ》された金の装飾《そうしよく》が輝《かがや》いて室内は光に満ちる。その明るさの中にありながら、空気は重苦しい。明るければ明るい分だけ、その重苦しさと静かさがちぐはぐで、それが一層やるせない哀《かな》しみにも思えた。

咳払《せきばら》いさえも憚《はばか》られる、光の満ちる、しかし静《しず》かに沈んだ空気が、突然《とつぜん》大きく震《ふる》えた。

朝陽の間の扉《とびら》を、誰《だれ》かが乱暴に開いた音だった。広間にいる全員の視線が背後の扉へ向かう。

悔やみの言葉を受けていた国王と王妃も眉《まゆ》をひそめ、広間の出入り口へと視線を向けた。

「ユリウス……？」

国王が呟《つぶや》くのと同時に、グロスハイム公爵と侍従たちがぎょっとし、慌《あわ》てて扉の方へ向かう。

背に朝日を浴び、にこやかにそこに立っているのは、ユリウス・グロスハイムだったのだ。

「皆様《みなさま》、道を空けて頂きましょう！」

駆け寄るグロスハイム公爵や侍従たちを押しとどめるような、朗々と響く声で彼は告げた。

「フレデリカ王女殿下が参られました！」

空気が凍《こお》りついた。

彼はなにを言っているのだろうかと、全員が、国王の怒《いか》りを覚悟《かくご》して息を呑《の》んだ。ユリウスの言葉の衝撃《しょうげき》に、王妃ヘレネがよろめいて国王の腕《うで》にすがりつくと、国王は眉を吊《つ》り上げた。

「ユリウス！　いったいなにを……！」

　しかし、その先の言葉は続かなかった。

　ユリウスが自分の背後にいる者に道を空け、その場に跪き、恭しく頭《こうべ》を垂れたのだ。

　国王の目が驚愕《きょうがく》に見開かれ、そして王妃が震え出す。侍従もグロスハイム公爵も動きを止めた。その場にいた高位貴族たちも、目を見開く。まさかと、掠《かす》れた声がいくつも聞こえた。

「国王陛下。お母様。そして皆様」

　朝陽の中から歩み出たのは、フレデリカ王女だった。純白の死に装束のドレスを身に纏《まと》い、王女のティアラを髪《かみ》に飾《かざ》っている。その姿はまさしく天使だ。純白のレースのみで作られた軽《かろ》やかな死に装束は、華麗《かれい》な天使のローブさながらだった。

　フレデリカは慎重《しんちょう》に歩み出した。慣れない靴《くつ》を履《は》いているせいで、いつ裾《すそ》を踏《ふ》んで転んでもおかしくない。しかしこの時ばかりは、そんなみっともない真似《まね》はできない。

　フレデリカが歩み出すと、自然と貴族たちは道を空け、国王と王妃のところまで真っ直《す》ぐ通路ができた。

(国王陛下が泣いてる。お母様も)

王妃は両手で口を覆《おお》い涙《なみだ》を流していたし、国王の目には涙が一杯《いっぱい》にたまっていた。愛されているのだろうと思っていた。けれど両親は忙《いそが》しくて、甘えることもできず、側にいてもくれなかった。だから愛されているという実感が、今までなかった。けれど二人の涙を目にすると、愛されているのだという実感が、胸の奥から温かい光のようにわきあがる。

片手に丸め持っている契約書を、強く握《にぎ》りなおす。周囲に素早《すばや》く視線を走らせ、イザークの姿を捜《さが》した。彼はどこにいるだろうか。すると朝陽の間を見おろす中二階の回廊《かいろう》に、ちらりと黒い軍服が見えた。

(イザーク)

彼が見守ってくれている。そのことで勇気がわく。

「フレデリカは戻《もど》りました。ご心配をおかけして、申し訳ありませんでした」

国王と王妃の目の前に来ると足を止め、いつものように膝《ひざ》を折った途端《とたん》、

「フレデリカ!」

我慢《がまん》出来なくなったように、王妃が叫《さけ》んで前に飛び出し、フレデリカを抱きしめた。フレデリカは驚《おどろ》いて目を瞬《またた》く。

(お母様が?)

こんな風に抱きしめられたことは、今までなかった。常に節度を持って接する母親は、けしてこんな風に愛情を表現しなかった。けれど今、泣きながらフレデリカを抱きしめた王妃の温かさが、泣きたくなるほど嬉しかった。

規則と慣習に縛《しば》られる生活の中で、普段《ふだん》ならこんな振《ふ》る舞《ま》いは許されない。けれどフレデリカの死と復活という、非日常の異常事態に、母王妃は規則もなにもかも忘れているのだ。

「お母様。申し訳ありません、哀しませてしまいました」

「いいの、いいのよ。フレデリカ。どうして、でも……どうして」

もっと以前から規則や慣習を無視し、両親と向き合う機会を自ら望めば良かったと、母の温かい体温を感じながら思う。そうすれば自分はあんなふうに、自分の寂しさもあやふやなままに、笑顔《えがお》で振る舞うことはなかったのだろう。そうやって全てに向き合い、自分の思いを自覚し、なにかを変えようとする意志があれば、きっともっと賢《かしこ》い王女でいられたはずだ。

フレデリカも、ずっとこうしていたかった。だが彼女にはやるべきことがあった。

今からでも遅《おそ》くない。フレデリカは自分の心に向き合いたいと思う。

自分の心に向き合い、守りたい者、救いたい者、愛《いと》しい者を意識して、彼らのためになすべきことをなすのだ。

国王に視線を向けると、彼もまたフレデリカに駆《か》け寄りたそうに、一歩、足を前に出していた。けれど国王としての威厳《いげん》を保つため、その一歩以上の動きにはなっていない。

王として君臨する父親を前に、フレデリカはこれから、出過ぎた真似を働く必要がある。

フレデリカは母親を労《いたわ》る優《やさ》しさでそっと自分から離《はな》させ、今一度国王に向かって膝を折る。

「国王陛下。フレデリカは戻りました」

「なぜ。どうして……」

声を震わせる国王に向かって微笑《ほほえ》むと、フレデリカはすこし声を大きくし、通る声で告げた。

「死の国へと誘《いざな》われかけたわたしの魂《たましい》を、守護天使が導きました。その守護天使は王女の身に戻るためにと、王女のティアラをわたしに届けました」

そこでフレデリカは、呆然《ぼうぜん》とフレデリカを見守っている高位貴族たちの方へ向き直った。ぐるりと見回すと、ケルナー伯爵《はくしゃく》の顔があった。

自然とフレデリカの表情は厳しくなった。彼女の気配の変化に、国王も王妃も驚いたように目を丸くし、そして貴族たちも目を瞬く。

誰の顔も「フレデリカ殿下《でんか》がこんな表情をするのを、初めて見た」と言っているようだった。常に機嫌《きげん》良く、優しく微笑することしかしなかったフレデリカが、今、怒りの色を見せていた。

「わたしを死の国から連れ戻した守護天使は、わたしを死へと追いやった者を告発しました」

ケルナーに視線を注ぐと、身に覚えのある彼は蒼白《そうはく》になった。しかし「なんのことです」と言いたげな、卑怯《ひきょう》な誤魔化《ごまか》しの笑顔を顔に張りつかせている。

王女の虚像《きょぞう》を演じることは、人々のための義務だと思っていた。だが実感はなかった。それは守るべき人々というものが漠然《ばくぜん》としていたからだ。

しかし今、フレデリカは実感している。

守るべき人たちの顔が、フレデリカには見えている。

だから虚像を演じることが、今は以前ほどに苦しくない。そうするべきだと、強い思いでフレデリカは王女として振る舞える。自らは王女の虚像だと、自信をもって演じられる。

「その者は国王陛下の暗殺を企《くわだ》て、陛下の愛馬に細工をし、陛下を落馬させて死に至らしめようとしました。しかし陛下のご予定が変わったため、わたしがその馬に乗り、落馬しました」

告げると、広間の中央にいた陸軍大臣、ミュラー公爵の目が鋭《するど》く光る。そして油断なく誰かに目配《めくば》せする。

「陛下の暗殺を企てたのは、ケルナー伯爵、あなたです！」

王女の虚像の強い言葉を放つと、ケルナーは背後にじりじりと後退《あとずさ》りはじめる。

周囲の貴族も驚いたようにケルナーから身を引くが、彼はまだ半分笑った顔で言う。

「殿下。なにを仰《おっしゃ》いますか。なぜわたくしが。そんな証拠《しょうこ》は」

「あなたは自分の領地に住む者を脅《おど》し、暗殺者に仕立てました！　卑怯きわまりない！　これが証拠です。あなたが陛下暗殺を企て、暗殺者に対して仕事を命じた契約《けいやく》書です！」

手に持っていた契約書を広げると、フレデリカは声を張った。

ケルナーの親切らしい態度も、振る舞いも、すべて見せかけだった。そんなことも見抜《みぬ》けなかった愚《おろ》かな自分も、ともに断罪するように心からの声を絞《しぼ》った。

「アダルベルト・ケルナーを、わたしは許しません！」

その声に命じられたように、ケルナーに近づいていた騎士《きし》団の面々がケルナーを捕《と》らえようとした。しかしその前に、ケルナーは周囲の者を突《つ》き飛ばし駆け出した。

「追え！」

陸軍大臣の命じる声に、騎士たちは走る。ケルナーは驚く人々を器用にかいくぐり、朝陽の間から飛び出した。それを追おうと、騎士たちが出入り口に殺到《さっとう》する。それを確認《かくにん》した陸軍大臣は、フレデリカの前にやって来ると跪《ひざまず》き、告げた。

「殿下、すぐさまケルナーを捕縛《ほばく》いたします」

「お願いします、ミュラー公爵《こうしゃく》」

陸軍大臣は頭をさげると立ちあがり、身をひるがえして朝陽の間を出た。

それを見送ると、フレデリカは再び国王に向き直りその場に膝を折る。

「出過ぎた真似をお許しください。守護天使の告発を受け、わたしは、わたしの責任で断罪するべき者を断罪することが義務だと思いました。ですから告発しました。お許しください」

フレデリカが陸軍大臣に命じたようなものだ。陸軍大臣も、そのように振る舞った。しかし本来ならば国王にしか許されない行為《こうい》だ。この行いは当然叱責《しっせき》されるべきだった。

しかし国王は、膝をついたフレデリカの手を取ると立たせた。

「守護天使とは、建国の守護天使だったのかい？　フレデリカ」

「あ……はい。たぶん……きっと」

優しい声で訊《き》かれ、戸惑《とまど》いながら答える。

ティアラの件を誤魔化すために「天使にもらったとでも言え」と言った、イザークの言葉を利用した作り話で、なんの守護天使かなんて考えていなかった。けれど建国の守護天使が導いたとした方が、おさまりがよさそうだ。

「そうか。では王も守護天使には逆らえまいから、王女の振る舞いも罰《ばっ》することはできまい。フレデリカ、守護天使がおまえを導いたならば、おまえはきっと良き王になるのだろう」

国王は微笑むと、フレデリカの手を取ったまま周囲を見回し、そして声高らかに告げた。

「葬儀《そうぎ》は中止する。葬儀に集まった者は、祝宴《しゅくえん》に参加するが良い！　王女の復活を祝う！」

その場の者たちが喜びの声をあげ、祝福の言葉が沸《わ》きあがる。

国王に手を取られ、気恥《きは》ずかしくそれらを見回すフレデリカの肩《かた》を、母親の王妃《おうひ》が傍《かたわ》らに寄り添《そ》って抱《だ》いてくれた。

はにかんで微笑み、安堵《あんど》しながらも、フレデリカはあと一つ、やり残したことをどうするべきか考えていた。

（あとは、グレーテル。あなたを元に戻すだけ）

ケルナーは朝陽《あさひ》の間を飛び出した。すると廊下《ろうか》の先から、「ケルナー伯爵、こちらへ！」と、声をひそめつつも鋭く呼ぶ声がした。

廊下の曲がり角から顔を出し手招きしているのは、ユリウス・グロスハイムだった。

ケルナーは数瞬《しゅん》、迷う素振《そぶ》りだったが、ユリウスの手招きに応じて彼の許《もと》へ駆ける。

「こちらから、宮殿《きゅうでん》の裏へ抜《ぬ》けられます」

ユリウスは先導して走り出す。

朝陽の間を見おろす中二階にいたイザークは、ケルナーが動くのと同時に階段を走り下りていた。そして朝陽の間へ続く廊下に飛び出したときに、信じられない光景を目にした。ユリウスに先導され、ケルナーが王宮の外へ逃《に》げ出した後ろ姿があった。

（グロスハイム!?）

第一騎士団の連中は、もたついている。イザークが追うしかないと判断し、駆け出した。

（なんの真似《まね》だ、グロスハイム！）


ケルナーは必死にユリウスを追いながら、切れ切れに問う。

「グロスハイム家の跡継《あとつ》ぎたる君も、わたしと同じく、カルステンス侯爵《こうしゃく》の支持者だったのか」

ユリウスは、いつもの微笑みでふり返る。

「もうすぐ森の中です。森の中に行けば、あなたをここから遠ざけることは容易《たやす》い」

汗《あせ》だくになりながら駆け続け、二人は宮殿の背後に広がる狩猟《しゅりょう》の森に辿《たど》り着いた。木々の緑を水面に映す泉のほとりまで来ると、ユリウスはようやく足を止めてふり返る。

「感謝するよ。ユリウス君」

あえぎながらも笑顔《えがお》を見せるケルナーに、ユリウスも笑顔で近づき、腰《こし》からサーベルを抜く。

「どういたしまして。ここまで来れば、安全にあなたを遠ざけられる。フレデリカの側《そば》からね」

ユリウスはいつもの笑顔だ。だが緑の瞳《ひとみ》だけが、まるで蛇《へび》のように冷たく無表情なのにケルナーは気がついたらしい。ぶるぶると震《ふる》えだす。

「な、なんだ？　君は、わたしを助けたのじゃ……？　カルステンス侯の支持者では……」

「助ける？　なんで？　しかもカルステンス侯爵？　死人だよね。あなたの言っている意味は、よくわからないな。けれど、まあいい。王女たる者にあんな真似を働いたのだから、殺すよ」

血の天使と呼ばれた祖先の血が、彼の中でふつふつとたぎる音が聞こえそうなほどに、彼の笑顔は輝《かがや》いている。

ケルナーは助けを求めるように、周囲に視線を走らせた。すると木立の向こう側になにかを見つけたらしく、救いを求めるように声をあげた。

「助けてくれ！　早く来てくれ、シュルツ！」

ユリウスも木立の向こうに目を向けた。彼の瞳も、黒い軍服姿の青年が駆《か》けてくるのを認める。イザーク・シュルツだ。

「グロスハイム！」

ユリウスの手にあるサーベルをみたイザークは、彼がなにをしようとしているのか悟《さと》ったらしい。制止するように声を張り上げた。ユリウスは舌打ちする。

「手早く終わらせないと邪魔《じゃま》が入るね。もっと楽しみたかったけれど」

「ま、待て。わたしの証言を聞かなくていいのか!?　わたしは、カルステンス侯のことを知っているのだぞ。陸軍大臣はきっと聞きたがる。カルステンス侯が生きて……」

「陸軍大臣は聞きたがるだろうけど、僕は興味ない。あなたを陸軍大臣の手に渡《わた》したら、あなたはしばらくの間は、のうのうと生きてしまうだろうから。渡さない」

「来てくれ、早く来てくれ！　なんでも話す！　カルステンス侯のことも」

ケルナーは腰を抜かさんばかりに震えながら、助けを求めるように、駆けてくるイザークの方へ震える足で歩み出そうとする。その正面に、ユリウスは軽《かろ》やかに回りこむ。

「待て、待ってくれ！　君は聖騎士だろう⁉　聖騎士がそんなことを！」

「聖騎士？　そうだったかな？　忘れた」

ちらりと唇《くちびる》を舐《な》めると、ユリウスはサーベルを構え、笑いながら襲《おそ》いかかった。


「グロスハイム！」

頸動脈《けいどうみゃく》を一刀のもとに切断したのだろう。赤いしぶきが激しく散り、ケルナーの体がその場に崩《くず》れる。ユリウスは軽く背後に飛んで血しぶきをかわすが、袖口《そでぐち》に数滴《すうてき》の赤い染《し》みが散る。

イザークが駆けつけたときには、ケルナーが倒《たお》れた周囲の土が血を吸って、真っ黒に濡《ぬ》れていた。その様を足下《あしもと》に見おろすと怒《いか》りが噴《ふ》きあがった。

「グロスハイム、貴様！　なぜ殺した！」

ケルナーはイザークに向かって何か叫《さけ》んでいた。よく聞き取れなかったが、「カルステンス」の単語だけは聞き取れた。ケルナーはなにかを知っていたのだ。イザークの妹を殺したカルステンス侯のことも知っていたはずだ。助かりたい一心で、それを告白しようとしていた。

（それを……！　この狂犬《きょうけん》が！）

イザークの怒りの表情を、ユリウスは不思議そうに見やる。

「なぜって、フレデリカがケルナーを許せないと言ったからじゃないか。だから殺した」

「考えろ、こいつを今、殺すべきか否《いな》か！　今はその時じゃない！」

「今か後かなんて知らないね。僕は殺したいときに殺す」

その言葉を聞いた瞬間《しゅんかん》、イザークは拳銃《けんじゅう》を抜いて引き金を引いていた。

「殺すなと言ったんだ！」

銃声とともに、ユリウスの右耳の上あたりの髪《かみ》の毛が散った。

「シュルツ⁉」

間髪《かんはつ》容《い》れずイザークは一気に距離《きょり》を詰《つ》め、銃弾《じゅうだん》で怯《ひる》み体勢の崩れたユリウスに足払《あしばら》いをかけ、地面に転倒《てんとう》させた。

ユリウスは起き上がろうとしたが、その右手を蹴《け》りサーベルを跳《は》ね飛ばす。そしてそのまま彼の右手を、ブーツの底で踏《ふ》みにじった。ユリウスは顔を歪《ゆが》める。

「くそっ……悪魔《トイフェル》か？」

あまりの早業《はやわざ》に、ユリウスは自慢《じまん》の剣技《けんぎ》にうったえる暇《ひま》すらなかったのだ。イザークの格闘《かくとう》は、躾《しつ》けられ訓練されて身についたものではない。状況《じょうきょう》判断と反射で戦うので、セオリーがないのだ。きちんと訓練された者であればあるほど、対応に苦慮《くりょ》するはずだった。

「ユリウス・グロスハイム」

イザークは銃口を、地面に横たわったユリウスの額に向け、怒りを押し殺して囁《ささや》く。

「以後、勝手に殺すな。いいか、殺すな。その身のうちに騒《さわ》ぐ血の天使《ブルーノエンゲル》の本能を、飼い慣らせ。次に必要な人間を殺したら、容赦《ようしゃ》しない」

手を踏まれ続ける痛みのためか、ユリウスは掠《かす》れた声で答えた。

「……わかったよ、悪魔。降参だ」

イザークは拳銃をホルスターに戻《もど》すと、ユリウスの手を踏んでいた足をどけた。

「すぐに第一騎士《きし》団の奴《やつ》らが、ケルナーを追って来るはずだ。ケルナーの死体の側におまえと俺がいたら、言い訳が面倒《めんどう》だ。立て、グロスハイム。立てないなら手を引いてやる」

「遠慮《えんりょ》するよ」

ユリウスは起き上がると、サーベルを拾って腰の鞘《さや》に収めつつ、唇を歪めて笑う。

「次は、僕が君を踏みつけてあげるよ。シュルツ」

「反省してねぇな」

舌打ちしたが、さらに説教する気にはなれない。ユリウスを心から反省させようとするならば、きっと半死半生になるまで痛めつける必要があるだろう。

「見つかる前に行くぞ」

イザークはきびすを返す。歩き出し様、地面に倒れたケルナーを視界の端《はし》に捉《とら》える。

（こいつは、なにを知っていた？）

フレデリカはもとの王女殿下《でんか》に戻り、あとはグレーテルを元に戻すのみだ。ケルナーの暗殺計画も暴《あば》かれ、コーゼル村も守られた。

これで全《すべ》てが終わりで、一安心だ。そのはずなのに、七つの時からイザークの心の奥で燻《くすぶ》り続ける復讐《ふくしゅう》の思いだけが、不満げに唸《うな》っている。

ケルナーの死は惜《お》しい。しかし死んだものは仕方がないと、イザークは視線を前に向けた。

（俺の妹を奪《うば》った奴が生きているならば、いずれ必ず見つけ出し、報復する）

地獄の番犬の異名を持つ魔術師《まじゅつし》は、早足に歩き出す。

斜《なな》め背後からは、隙《すき》あらば首を掻《か》っ切ろうと狙《ねら》っているような気配ながら、貴公子然とした容貌《ようぼう》に薄《うす》い微笑《びしょう》をたたえ、血の天使の末裔《まつえい》がついてくる。

初夏の光が森の青葉に反射し、二人の青年の上に砕《くだ》けるように鋭《するど》く散っていた。

終章　告白

朝陽《あさひ》の間でケルナーを告発した後、フレデリカは侍医《じい》の診察《しんさつ》を受けた。

それからすぐに父国王に再び面会し、馬手たちを咎《とが》めないようにと願い、さらにコーゼル村やケルン村に対するケルナーの振《ふ》る舞《ま》いも告発した。

馬手たちへの咎めはなくなった。さらにコーゼル村を含《ふく》むケルナーの領地は、フレデリカの領地として与《あた》えられることになった。フレデリカは領地を持っていなかったので、国王は良い機会だと考えたらしい。当然ケルナーが所有していたコーゼル城も、フレデリカ所有となった。

「もしお許し頂けるのでしたら、明日《あした》から、コーゼル城へ行ってもいいでしょうか？　あんなことがあった後なので、のんびりとした静かな場所でしばらく過ごしたいと思います」

そう申し出ると王妃《おうひ》は寂《さみ》しがったが、侍医たちの勧《すす》めもあり、明日からコーゼル城へ移動することは許された。

コーゼル城への移動を申し出たのは、グレーテルのためだった。

空っぽになったグレーテルの肉体を、いつまでも天使宮に置いておけない。かといって、見えない黒猫《くろねこ》になっているグレーテルを捜《さが》し、助け出すことができるのはフレデリカだけだ。

だからグレーテルの肉体と共に自分がコーゼル城に移動し、そこで彼女を元に戻す算段をつけるつもりだった。

祝いの言葉を受けたり挨拶《あいさつ》したり、全て終わらせると日は暮れていた。そろそろ休んだ方がいいと侍医に促《うなが》されたので、教育係と侍女《じじょ》たちは、フレデリカと共に天使宮へと向かおうとした。

しかし天使宮の裏手に広がるバラ園まで来たときに、フレデリカは歩みを止めた。

「誰《だれ》も、天使宮に来る必要はありません。自分のことは自分でします」

天使宮にはグレーテルの体があるはずだ。誰かが来てもらっては困るのだ。

「ですが、殿下お一人というわけには。物騒《ぶっそう》です」

教育係の公爵《こうしゃく》夫人が困惑《こんわく》顔をするが、

「復活の時、守護天使はわたしに、自分を見つめ直せと言いました。ですから一人静かに、自らを見つめます」

教育係や侍女たちは感じ入ったように目を潤《うる》ませた。守護天使とはいい言い訳を思いついたと、我ながら嬉《うれ》しかった。

「心配ないよ、皆様《みなさま》方。フレデリカは僕が、天使宮まで送っていく。そして彼女の部屋の警備も僕が受け持つから、ご心配なく」

突然《とつぜん》、ユリウスが侍女たちの背後からひょっこりと顔を出した。

「ユリウス？　どこへ行っていたの？」

復活宣言をした後から、彼の姿は見えなくなっていた。どこへ行ったのだろうかと思っていたが、彼はいつもの調子で片目をつぶると、フレデリカに近づいてきた。

「君への愛を実践《じっせん》していた。さあ、行こう。フレデリカ」

「皆さんもお休みになって。明日わたしは、コーゼル城へ向かいます。せっかく目覚めたのに、しばらくまた皆さんとお別れになりますが。落ち着いたら、また天使宮に戻ります」

世話を焼いてくれる人たちにねぎらいの言葉をかけ、ユリウスの先導で天使宮へと向かった。

「ユリウス、袖口《そでぐち》に血が？」

純白の軍服の袖に、鮮《あざ》やかな赤がこびりついていた。彼は肩《かた》をすくめると、笑った。

「ああ、ちょっとね。犬の血で汚《よご》れた」

「犬？　あ、あと。ねぇ、イザークはどこに」

「僕と一緒《いっしょ》に天使宮に戻ってきたけど、先に君の部屋に入った。姿を見られないようにね」

そこでユリウスは、ちょっと悔《くや》しそうに呟《つぶや》いた。

「今まで気がつかなかったけれど、いやな奴だよね、彼」

「イザーク！」

　ユリウスと共に部屋に帰り着いたフレデリカは、寝室《しんしつ》にいるイザークに駆《か》け寄った。

「ケルナー伯爵《はくしゃく》の領地は、わたしの領地となります！　馬手たちも、お咎めなしです！　明日からわたしはしばらく、コーゼル城に滞在《たいざい》する許可も出ました。だからそこにグレーテルの体を移して、彼女を元に戻す算段ができます」

　ベッドに腰掛《こしか》けていたイザークは立ちあがり、安堵《あんど》の表情を見せた。

「全部見てたさ。よくやったよ、おまえは。あとは、こいつだけだな」

　フレデリカのベッドの上には、空っぽになったグレーテルの体が寝《ね》かされている。グレーテルの魂《たましい》が入った黒猫は、霊廟《れいびょう》から姿を消したままだ。

　ユリウスがひらひらと手を振って、気軽に言う。

「ま、とりあえず明日から、この体はコーゼル城へ移せるね。でもこのグレーテルの体とフレデリカを、僕が一人で面倒見てコーゼル城へ移動させるの？　自信ないな、一人なんてね」

　確かに、ユリウス一人では限界がある。フレデリカはイザークを見あげた。

「あなたもこのまま一緒《いっしょ》にいてください、イザーク。グレーテルが元に戻《もど》るまで、力を貸してください。あなたに、側仕《そばづか》えとして一緒にいてもらえれば心強いです」

「地獄《じごく》の番犬が、王女殿下の側仕えになれると思うのか？」

　夜明け前、霊廟で見せた優《やさ》しさと労《いたわ》りが幻《まぼろし》だったかのように、しらっとした表情で言われた。

　あの時の労りはもしかすると、見かけがグレーテルだったからなのかもしれない。

それでも、フレデリカは食いさがった。

「大丈夫《だいじょうぶ》です。名を隠《かく》し、顔を隠せば」

「阿呆《あほう》か？」

呆《あき》れたように突《つ》っこむイザークの肩を、ユリウスが叩《たた》く。

「悪くないんじゃないかな？　偽《いつわ》りの身分なら、いくらでも用意してあげるよ。色々手はある。君は、グレーテルを助けたいんだろう？」

「なにを企《たくら》んでいる、グロスハイム」

「別に。僕は君がフレデリカの守護者となるのは、悪くないと思っただけだよ。君がいれば、面白《おもしろ》いことになりそうだ。フレデリカは、もうちょっと、どうにかなるかもしれない」

「守護者？　大仰《おおぎょう》に寝ぼけてるんじゃねぇよ」

「でも、わたしならグレーテルを助けられます。お願いです、グレーテルのために力を貸してください。あなたも一緒にいてください。イザーク」

グレーテルのためというのは本心だ。ただほんの少しだけ、イザークと離《はな》れたくないのも確かだ。霊廟で彼は、まるで恋人《こいびと》に囁《ささや》くように名を呼んでくれた。それに心が震《ふる》えた。あんなに優しい瞳《ひとみ》を見て、声を聞いてしまったら、彼が慕《した》わしくて仕方ない。

眉《まゆ》をひそめ、イザークはグレーテルとフレデリカを交互《こうご》に見やる。そしてしばらくの沈黙《ちんもく》の後、

「グレーテルが復活するまでならな……仕方ないか」

と、不承不承口にした。フレデリカはほっとして、嬉しくて、笑顔《えがお》でイザークを見つめた。

彼は少し複雑な表情で、フレデリカを見つめ返した。

しかしすぐにユリウスが、イザークの背を押す。

「では、すぐに君の顔を隠す手立てを考えよう！　おいでよ、いいものがあるんだ」

「妙《みょう》な提案をしたら、また踏《ふ》むぞ」

「君、本当に失礼だよね」

言い合いをしながら二人が出て行くと、フレデリカは急いで部屋に鍵《かぎ》をかけた。人払《ひとばら》いした

とはいえ、この部屋を見られない用心のためだった。こそこそする癖《くせ》は板についている。

鍵をかけてほっとすると、改めてベッドに近寄って、眠《ねむ》れるグレーテルを見おろす。

「グレーテル。どこにいるのかしら？」

「ここにいるわよ？」

突然背後から声がしたので、フレデリカはぎゃっと悲鳴をあげて尻餅《しりもち》をついた。ふり返ると、

そこには尻尾《しっぽ》の長い美しい黒猫《くろねこ》が、金の瞳を輝《かがや》かせて座っていた。

「グレーテル！　こんなところに……！　しかも、あなた！　しゃべれるの!?」

「当然でしょう？」

言うと、黒猫はグレーテルの体の上に飛び乗った。フレデリカは息を詰《つ》めた。

（黒猫がグレーテルに触《ふ》れれば、グレーテルは元に！）

しかし黒猫はすました顔で、再びフレデリカの足元に飛び降りてくると、にやりとする。

「あら、なにを期待していたの？」

「だってあなたがグレーテルの体に触れれば、元に戻れる……」

と、言いかけて、フレデリカは思い出した。自分も元に戻るためには、触れるだけでは足りなかった。それならばきっとグレーテルも、元に戻るために何かが必要なのだ。

「わたしは、元に戻るために必要なものがあった。だからきっとあなたも、なにかが必要なのよ。でも、どうしよう。なぜ自分が元に戻れたか、わからないの。あなたに必要なものがなにか、わからない」

「ご心配なく。わたし知ってるわよ」

「知ってる⁉ 知ってるって、どういうこと」

黒猫は、にたにたしている。

「王女に必要なものがティアラだなんて、あなた馬鹿《ばか》じゃない？ あなたはね、あの瞬間《しゅんかん》に王女に必要なものを手に入れたから元に戻れたの」

「あの瞬間に？ 必要なものが？」

「信頼《しんらい》出来る人間よ。あの瞬間、あなたとイザークは互《たが》いを理解し、わかりあえたから元に戻れた。今、王女のあなたに必要なものはそれなのよ」

信頼。理解。確かにあの瞬間、イザークのことがわかったような気がしたし、きっとイザークもフレデリカを理解したと思えた。それが必要なものだったということなのだろうか。

「なんでそんなこと、あなた知ってるの。グレーテル」

「わたしは魔術師《まじゅつし》によって、死を操《あやつ》られた命だからよ」

「どういうこと？　魔術師って、イザーク……」

「あなたは知らなくていいことよ。とにかく、わたしには死にまつわる、人にわからない事がわかる。だから自分が元に戻るために必要なものも、当然知ってるの」

「だったら戻って！　手を貸すから！　イザークやご両親が心配してる！」

「いやよ」

黒猫はつんとそっぽを向く。

「なんで⁉」

「あなたが立派な女王になるまではね」

「え？」

黒猫はフレデリカの瞳を見あげる。

「覚えているでしょう？　あなたは、わたしがあげたそら豆人形を、可愛《かわい》いって抱《だ》きしめた」

「あの子！　あの子は、あなた⁉　わたしはあなたが、大好きだったの！」

息が止まりそうになった。幼い頃《ころ》フレデリカの孤独《こどく》を慰《なぐさ》めてくれた少女。それがグレーテルだというのだ。言われれば真っ直《す》ぐな黒髪《くろかみ》も子犬のような黒い瞳も、面影《おもかげ》があるではないか。

「そう？　でもわたしは、いつもへらへらしている王女様が大嫌《だいきら》いだった」

「き、嫌い？　嫌いだったの……そんな……」

それもまた、結構な衝撃《しょうげき》だった。

「そうよ。貴族なんか、この世から消えればいいと思っていた。わたしを殺した奴の仲間なんか、一人残らず消えればいい」

今、グレーテルは不思議なことを言った。だがフレデリカがその意味を問う隙《すき》もなく、グレーテルは続ける。

「貴族にこのまま国を支配させ続けたら、ひどい国になると思っていた。しかも次の王様が、あなたよ？　こんな女の子が将来国を治めるなんて冗談《じょうだん》じゃないと思ったの。あなた、馬鹿だったし。だってわたしが双子《ふたご》の姉妹《しまい》だなんて、あっさり信じるなんて馬鹿だもの。だからすっごく意地悪してやろうと思って、そら豆人形を抱っこさせたのよ」

「あれ……意地悪……」

「でもあなた、可愛いって言ったの。びっくりした。最初怖《こわ》がったくせに、わたしが抱っこしていたら可愛いと言ってくれた。あなたは受け入れたの。怖くても、偏見《へんけん》を持たずに受け入れる懐《ふところ》がある。だからその時、わたし……この子なら、良き王になれるかもと思った」

「なんで!?　わたしは臆病《おくびょう》で、地味で、それほど賢《かしこ》くもないし、自信もないし」

「じゃあ、あなた、どんな子がいい王様になれると思うの」

「それは絶対の自信にあふれていて、誰《だれ》よりも賢くて、誰よりも強くて。自分が王となることに疑いを持つことがない、しっかりとした」

「古くさいわね」

頭から否定されて、絶句する。自分は力一杯《ちからいっぱい》グレーテルに嫌われ、そして馬鹿にされているようだ。しかし彼女はフレデリカが良き王になれると言う。わけがわからなかった。

「あのね、あなたの言うそれは支配者の資質じゃない。それは独裁者の資質。誰よりも賢く、誰よりも強く、絶対の自信にあふれていたら、その人はきっと自分を信じる。だって誰よりも賢く強いのだもの。当然よ。そして自分が正しいと信じ続ける人は、独裁者になる。けれどね、自分に絶対の自信がなくて、常に自分に問いかけ続ける王は、独裁者にはならない。なれない」

「でもそんな人が王になったら、国は迷走《めいそう》する」

「馬鹿ね。なんのために家臣がいるの？　家臣は王を守り敬い、王の手足として命令を実行するためだけにいるのじゃない。王に助言し、道を誤りそうならば諫《いさ》めるためにいる。たった一人の賢い王より、七人の優秀《ゆうしゅう》な家臣の考えの方が、よっぽど偉大《いだい》な結果を導くわ。広く受け入れられるわ。多様だからよ。支配者は英雄《えいゆう》でなくていい、空っぽの大きな袋《ふくろ》でいいと、東方の賢人《けんじん》は言うそうよ。王様は、そこそこ賢くて、正しい判断が出来る人がいい。そして懐にいっぱい、賢い人、強い人、金勘定《かねかんじょう》が上手《うま》い人、いろんな人を抱《かか》える広い懐だけが必要。抱えられる人も抱えられる居心地《いごこち》が良ければ、忠誠をつくす。忠誠をつくす人を抱え、そして悩《なや》み続ける者こそ、良き王よ」

ぽかんと黒猫を見おろしていると、黒猫は金の瞳で厳《おごそ》かに告げた。

「泣きべそかきながら王になるのよ、あなたは。よろめきながら、でも毅然《きぜん》と、王になりなさい」

それはきっと、かっこ悪い王様だろう。けれど凛《りん》として迷いない王よりも、かっこの悪い王様の方がいいのだと黒猫は告げる。

「わたしはコーゼル村であなたを引っ張り回して、いろんなものを見せたつもり。ケルン村の件は脅《おど》かしすぎて悪かったけれど、あなたはあれを見る必要があった。でもイザークが帰る時間は計算していたし、もしイザークと会えないような状態になったら、わたしがあなたを助けるつもりだったんだからね。感謝してよ。なによ、その顔。お礼は!?」

「あ、はい! ありがとう」

恩着せがましく言われて思わず礼を言ってしまうが、「いや、待て。そこは礼を言うべき所か?」と自分の中の何かが首を傾《かし》げる。しかしグレーテルは満足したらしく、うんと頷《うなず》き、フレデリカが苦情を口にする前に言葉を続けた。

「まだまだ、見せたいものはあるのよ。あなた今でも馬鹿すぎるから。それでも、そんな馬鹿

なままでも、あなたは守護者を一人手に入れたのよ。それは褒《ほ》めてあげる。三百年王国も時代の流れに逆らえない。大陸では王様は必要ないと、次々と王国は滅《ほろ》びていくわ。王国が崩壊《ほうかい》する時代に、あなたは新たな七人の守護者を手に入れ、英雄ヴァルターのように国を守りなさい。時代にふさわしい王国を保つの」

「よく……わからない。じゃ、今回のことは……あなたがすべて仕組んだ？　でも、暗殺計画はケルナー伯爵《はくしゃく》の……」

「わたしもそんなつもりはなかったけれど、偶然《ぐうぜん》、死神がおかしなヘマをしたからね。これは利用出来ると思ったのよ。だから存分に利用するわ、この間違《まちが》いをね」

「でもなんで、こんなにまでしてわたしを王にしたいの⁉」

グレーテルは、フレデリカに王の資質があるという。だから王になり国を保てと言うが、彼女がなぜ、それほどまでに良き王と良き国を望むのか理解出来ない。彼女はコーゼル村の、ただの十六歳の女の子なのだ。その彼女が、そこまで王や国にこだわる理由がわからない。

すると黒猫《くろねこ》は一瞬《いっしゅん》だけ、遠い目をした。

「わたしは特別なことはなにも望まない。普通《ふつう》に、自然に、暮らしたい。毎日いい気分で目覚めたい。この朝がずっと続いていくんだろうなって、退屈《たいくつ》になるくらいの、そんな日々が欲しい。それだけよ。王国が崩壊してその世界が手に入るなら、そうする。けれどオレリアンの革命……。あれを見たら怖くなる。王様が握《にぎ》っていた権力という餌《えさ》が、野犬の群れに放《ほう》りこまれたような様よ。野犬たちは互いに咬《か》みあい、餌をばらばらに食いちぎる」

「オレリアンの革命？　あの噂《うわさ》はやっぱり本当なのね。革命があったのね？」

「ええ、あったのよ革命は。少し前に仕事を頼《たの》まれて、オレリアンに行った。そして見たのよ、革命というものの現実を。だから怖くなった。野犬の群れの中に放りこまれた国が安定するのに、どれほどの時間と命が必要なのか想像もできない。だから王国が滅んだあとに出現するものが、わたしには恐《おそ》ろしい。けれど時代の流れに逆らえないなら、王国は時代にふさわしい形に変わればいいと思ったの。王国のままで、良い国になっていけばいいじゃないと思ったのよ。そして変わらない、いい朝を、わたしに与《あた》えて欲しいって」

その言葉に、なぜか微《かす》かに胸の奥がちくりとした。切実な願いが、グレーテルの声には滲《にじ》んでいる。なぜこれほど切実なのかは、わからない。けれどそれが嘘偽《うそいつわ》りない、彼女の唯一《ゆいいつ》の願いなのだと理解できた。

（いい朝）

王はきっと、その王国に住むすべての者に、そんな朝を約束する責任があるのだろう。

あまりにも重い責任のような気がした。けれどその朝を約束することができれば、どれほど自分が責任の重さに苦しもうが、押しつぶされそうだろうが、誇《ほこ》りに思えるような気もする。

黒猫はふふふっと笑うと、尻尾《しっぽ》でつんつんと、横たわるグレーテルの体を示す。

「ねぇ、そこに寝《ね》ている、わたしの体に触《さわ》ってみてよ」

「なんで？」

「いいから」

言われるままにそろりと手を伸《の》ばし、グレーテルの手に触《ふ》れた瞬間《しゅんかん》だった。ざわっと背筋に悪寒《おかん》が走り、頭のてっぺんから乱暴に放り投げられたような目眩《めまい》がした。

「わっ！」

声をあげて跳《は》ね起きると、ベッドの上にいた。

（…………え）

見回すとベッドの脇《わき》には、倒《たお》れ伏《ふ》した美しき王女、フレデリカの体がある。

「えええええええええええっ⁉」

またフレデリカは、グレーテルになっているのだ。黒猫はきゃらきゃら笑った。

「死神はなんと言ったかしら？『とりあえずは、触れること。その時には王女に必要なものを持ちあわせていて、王女らしくないと駄目《だめ》だよ。さらに本当の意味で元に戻るためには、本物の王女でなければならない』と言ったわよね？　あなたは今、まだ、本当の意味で戻ったわけじゃないの。あなたが本当の意味で王女に必要なもので魂《たましい》が満たされるまで、空っぽのグレーテルの体に触れたら、グレーテルの体に戻っちゃうの。そしてまたフレデリカの体に戻るには、イザークと理解しあって信頼《しんらい》しあったみたいに、また誰かと信頼しあわないと戻れない」

「そ、そんな⁉　じゃあ、どうすれば⁉」

「さあね。あなたが本当の意味で王女になれば、きっと二度とこんなことは起きないでしょうけれど、今は無理ね。まあ、わたしは当分、自分の体に戻るつもりはないし、戻れないわよ。わたしには信頼しあえる人なんかいないし、そんな資格もない」

「待って、でもイザークが心配してる！　あなたもイザークが好きなんでしょう⁉」

数瞬、黒猫は押し黙《だま》った。しかしすぐにきらりと瞳《ひとみ》を輝《かがや》かせ、口の端《はし》を吊《つ》り上げて笑った。

「好きよ。けれど好きになっては駄目な人なの。じゃあね」

黒猫は、バルコニーに続く窓へさっと駆《か》け出した。そしてバルコニーの手すりに飛び乗り、あっという間に地上へと飛び降りた。

「待って、グレーテル！　ど、どうしよう。またグレーテルに⁉」

両頰《ほお》を押さえて青ざめていると、寝室《しんしつ》の扉《とびら》がノックされたので飛びあがった。

「開けてくれよ、フレデリカ。僕だ、ユリウスだよ」

フレデリカはベッドから飛び降り、扉を開いた。そこにはユリウスと、顔の半分が隠《かく》れる仮面を手にしたイザークがいたが、フレデリカを見て目を丸くする。

「グレーテルか？」

イザークが問う。フレデリカは悲鳴に近い声をあげた。

「フレデリカです！　また、戻ってしまいました！」

イザークとユリウスは、沈黙《ちんもく》した。二人して暫《しば》し目が泳いだ後に、部屋の中を覗《のぞ》いて床《ゆか》に倒

れるフレデリカの体を確認《かくにん》し、涙目《なみだ》のフレデリカを見おろし、互《たが》いに顔を見合わせ、そしてまたフレデリカと視線を合わせ、

「………え……？」

と、同時に言った。どうやら二人とも、頭が理解を拒《こば》んでいるようだ。

「グレーテルになってしまったんです！　どうしましょう⁉」

ユリウスは「そうなの……」と生返事し、呆然《ぼうぜん》としている。

イザークは額を押さえて扉の枠《わく》に手をつき、げんなりした顔になった。

「またかよ、おまえ」

フレデリカ王女殿下《でんか》は、優雅《ゆうが》で可憐《かれん》で、賢《かしこ》く、美しい。エーデルクラインの宝石と称《しょう》される美少女。

しかしフレデリカ王女は十六歳のある日、落馬事故であえなく死ぬはずだった。にもかかわらず数日後、突如《とつじょ》息を吹《ふ》き返す。

そして奇跡《きせき》的に復活した彼女の、王女としての本当の人生は、そこから始まることとなる。

きっとどこかで、黒猫が笑っている。泣きべそをかく王になれと。

あとがき

皆様《みなさま》こんにちは。もしくは、はじめまして。三川《みかわ》みりです。

ある日ぼんやりと「馬鹿馬鹿《ばかばか》しくて楽しい話を、真面目《まじめ》に書きたいな〜」と思い、あれこれ妄想《もうそう》していました。その時はただの妄想で終了《しゅうりょう》しましたが、新しい本を書かせて頂けることになったので、その時の妄想をプロットにして出してみました。すると、なんとオッケーが！　ということで、こうやって物語として形になりました。ちなみにプロットの時の仮タイトルは『だいたい死んでる王女の冒険《ぼうけん》』でした……。あまりのセンスのなさに、担当様に絶望された気配もありつつ、担当様と四苦八苦のすえに、タイトルは決定いたしました。

担当様。新しい物語の立ちあげ、本当に、本当に、お手数をおかけいたしました。それなのにいつも楽しく明るく接して頂き、とても感謝しています。そして今回もイラストを描《えが》いてくださることになった、あき様。「今回も、あきさんです」と担当様から伺《うかが》った時には、まさかの奇跡《きせき》に驚《おどろ》き狂喜《きょうき》しました。フレデリカの美しさ、グレーテルの愛らしさ、そして担当様が「MAXかっこいい」と評されたイザーク、イメージぴったりのユリウスと、本当にありがとうございます。あきさんの絵で形にしてもらえた彼らは、幸せ者です。最後になりましたが読者の皆様。この本を手にとって頂き、ありがとうございます。憑依《ひょうい》系災難ヒロインのお話、少しでも楽しんでもらえれば幸いです。また機会がありましたら、お目にかかれることを願って。

三川　みり

BEANS BUNKO

「箱入り王女の災難　魔術と騎士と黒猫の序曲」の感想をお寄せください。
おたよりのあて先
〒102-8078　東京都千代田区富士見1-8-19
株式会社KADOKAWA　角川ビーンズ文庫編集部気付
「三川みり」先生・「あき」先生
また、編集部へのご意見ご希望は、同じ住所で「ビーンズ文庫編集部」
までお寄せください。

箱《はこ》入《い》り王女《おうじょ》の災難《さいなん》　魔術《まじゅつ》と騎士《きし》と黒猫《くろねこ》の序曲《じょきょく》

三川《みかわ》みり

角川ビーンズ文庫　BB73-23　19212

平成27年6月1日　初版発行

発行者———三坂泰二
発　行———株式会社KADOKAWA
東京都千代田区富士見2-13-3
電話(03)3238-8521(カスタマーサポート)
〒102-8177
http://www.kadokawa.co.jp/
印刷所———暁印刷　製本所———BBC
装幀者———micro fish

ISBN978-4-04-102950-3C0193 定価はカバーに明記してあります。

第15回
角川ビーンズ小説大賞
原稿募集中!
「新しい物語」を、ここから始めよう!
締切 2016年3月31日
(当日消印有効)
★応募の詳細はビーンズ文庫公式HPで随時お知らせします。
http://www.kadokawa.co.jp/beans/
イラスト/カズアキ